Zum Buch:

Der siebte Fall für das Ermittlerteam rund um Chefinspektor Mader. In Harry Kämmerers neuem Kriminalroman sieht die Welt wieder einmal düster aus für Kommissar Hummel. Warum muss er immer wieder über Tote stolpern? Das fragt er sich, als er unfreiwillig im Bayerischen Wald landet und auf der Ladefläche eines Transporters mehrere Leichen entdeckt.

Zum Autor:

Harry Kämmerer, Jahrgang 1967, lebt in München und arbeitet in einem Buchverlag. Er ist Autor zahlreicher Kurzgeschichten und hat zwei Hörspielserien fürs Radio geschrieben und produziert. Zu seinen Kriminalromanen zählen die Bände mit dem Ermittlerteam rund um den Münchner Kriminalrat Karl-Maria Mader, die mit »Isartod« beginnen. Weiterhin gibt es die Krimireihe »Mangfall ermittelt« und die Romane »Drachenfliegen« und »Oh, Mama!«. Harry Kämmerers Liebe zu Musik und Kabarett prägt seine Bücher und seine Lesungen mit Livemusik.

HARRY KÄMMERER

LETZTE REISE

Kriminalroman

HarperCollins

Die Originalausgabe erschien 2019 unter dem Titel
Letzte Reise bei Heyne Verlag.

1. Auflage 2024
© 2024 by Harry Kämmerer
Neuausgabe
© 2024 HarperCollins in der
Verlagsgruppe HarperCollins Deutschland GmbH, Hamburg
Umschlaggestaltung von Hauptmann & Kompanie Werbeagentur
Umschlagabbildung von pexels / linda-gschwentner
Gesetzt aus der Berling
von GGP Media GmbH, Pößneck
Druck und Bindung von CPI books GmbH, Leck
Printed in Germany
ISBN 978-3-365-00643-6
www.harpercollins.de

Für Patrick

Letzte Reise ist nach *Isartod, Die schöne Münchnerin, Heiligenblut, Letzte Halbzeit, Harte Hunde* und *Kalter Kaffee* der siebte Kriminalroman mit dem Ermittlerteam um den Münchner Kriminalrat Karl-Maria Mader und seinen Dackel Bajazzo.

Karl-Maria Mader: Chef der Mordkommission I in München, Mitte fünfzig, Dackelbesitzer, wohnhaft im betonierten Neuperlach, liebt Frankreich und Catherine Deneuve (Fernbeziehung, einseitig). Eigenbrötler, geschieden. Hatte sogar eine Jugend – in Regensburg, wo auch seine erst spät entdeckte Halbschwester Helene lebt.

Klaus »Soulman« Hummel, fantasievoller Kriminalbeamter, Gelegenheitskrimiautor ohne rechten Erfolg, ist immer noch unsterblich verliebt in die Schwabinger Kneipenwirtin Beate.

Hummels Kollege **Frank Zankl** hat seine großen Testosteronreserven weitgehend aufgebraucht. Zu Hause haben Frau Jasmin und Tochter Clarissa und der jüngste Spross Angelo die Hosen bzw. die Windeln an.

Doris »Dosi« Rossmeier ist nach wie vor die niederbayerische Seele der Münchner Mordkommission: loses Mundwerk, fintenreich. Klein, stark, rothaarig – »das Sams« (Zitat Zankl). Ihr Freund Fränki liebt sie abgöttisch.

Rechtsmedizinerin Dr. Gesine Fleischer kümmert sich auch diesmal hingebungsvoll um Verletzungen und Todesursachen aller Art.

Dezernatsleiter Dr. Günther ist wie immer besorgt um das gute Ansehen der Polizei.

Bajazzo ist und bleibt der klügste Dackel Münchens. Teilt mit Mader so manche Ansicht und auch Brühwürfel. Versteht sein Herrchen blind und zieht die Fäden im Hintergrund.

Was in der letzten Folge geschah

In *Kalter Kaffee* war Kommissar Hummel verstrickt in den (tiefen) Fall des italienischen Bestsellerautors Sergio Baroli, der Enthüllungsbücher über die Mafia schreibt. Anfangs glaubte Hummel noch, dessen Leben zu beschützen, doch bald merkte er, dass der Journalist und Buchautor nicht mit offenen Karten spielte, und geriet in lebensgefährliche Situationen. Nach einem wilden Finale in Oberitalien ist Hummel wieder glücklich in München und freut sich auf ein paar ruhige Tage. *Kalter Kaffee* endete mit Hummels Sonntagsspaziergang in seinem Viertel Haidhausen. Genau dort beginnt *Letzte Reise*.

Giesing, Haidhausen, Au
Bunte Lichter, dunkles Blau
Hier ist mein Revier
Hier trinke ich mein Bier
Zwischen Weißenburger, Ostbahnhof
Silberhorn und Ostfriedhof
Mariahilf und Nockherberg
Gasteig und auch Muffatwerk
Rosenheimer, Orleans und Tela
Alles rechts der Isar
Hier läuft er, mein roter Faden
Döner, Pizza, Handyladen
Tchibo, Boazn, Metzgerei
Für jeden ist da was dabei
Hier komm ich auf meine Kosten
Meine Sterne stehn im Osten

THE RED LIGHT

»Worte paaren sich zu Reimen. Nacht und Tag. Ständig. Einfach so. In meinem Kopf fügt sich zusammen, was ich alles sehe, wenn ich durch meine Hood gehe. Ich nehme alle Entwicklungen wahr, so langsam sie auch passieren. Und manchmal staune ich, wie schnell sich alles ändern kann, manchmal ganz plötzlich. Also die Stimmung oder das Wetter. Da denke ich wie gestern, alles ist in Ordnung, die Sonne scheint, ich schmecke noch das Eis, das ich gerade auf der Parkbank gegessen habe, schaue hoch in die Blätter der Bäume, der Abendhimmel über dem Bordeauxplatz hat ein warmes Blau. – ? – Nein, er ist pechschwarz. Das Licht ist noch da, die Sonne steht knapp unter dem Wolkenrand. Jetzt wird sie von den Gewitterwolken verschluckt. Es gibt einen Riesenschlag, und Hagelkörner schießen durch das Laub. Ich renne über die Wörthstraße und drücke mich in einen Hauseingang, sehe auf den breiten Gehweg. Komisch, in den Straßencafés keine Spuren plötzlicher Flucht. Keine Gläser, Teller, kein Besteck auf den Tischen, auf den Metallstühlen keine Polster. Alle haben das Unwetter kommen sehen. Nur ich nicht. Weil ich ständig mit meinem Kopf irgendwo bin? Nein, stimmt nicht, ich registriere genau, was in meiner Umgebung vor sich geht. Manchmal zu genau. Und dann habe ich keinen Blick für das große Ganze.

Ich schaue in den Vorhang aus grauweißem Hagel, der da vor mir herunterdonnert, sehe die Millionen Kugeln Eis, die auf Autodächern und Autoscheiben tanzen, sich bei den Gullis sammeln und den Weg in den Untergrund nicht finden, die

Fugen der Trambahnschienen schließen. Alles ist in dunkelgraue Farbe getaucht, völlig unpassend für einen frühen Sommerabend. Als ob da oben jemand beweisen will, dass das ganz einfach geht – Sonne und Sommer ausknipsen. Kein Verkehr, keine Autos, keine Tram. Das Tosen des Sturms, der schneidende Wind, die zahllosen hüpfenden Hagelkugeln.

In der Schule gegenüber brennt Licht. An einem Sonntag? Ist da ein Schutzraum für Unwetterflüchtlinge? Geöffnet von einem katastrophenerprobten Hausmeister? Oder spielt da einfach eine Volleyballgruppe in der Turnhalle? Ich blicke an den Fassaden der Häuser auf der anderen Straßenseite hoch. Keine Lichter hinter den Fenstern. Doch, da im dritten Stock brennt eine schwache Lampe mit rotem Schirm. Ich sehe das Gesicht einer Frau, lange Haare auf den Schultern. *Roxane, you don't have to put on the red light* ... Jetzt kommt jemand dazu, die Hände greifen an die Schultern, nein, um den Hals. Was wird das?! Die Hände drücken zu, der Kopf kippt nach hinten. Ich will rüberlaufen, Sturm klingeln, da küssen sich die zwei Personen. Keine Gewalt, sondern Leidenschaft. Die Hände der zweiten Person ziehen der ersten das T-Shirt über den Kopf. Die beiden verschwinden vom Fenster, wahrscheinlich ins warme Bett oder auf den weichen Berberteppich auf dem glänzenden Fischgrätparkett des Altbaus. Meine Fantasie. Immer eine Umdrehung zu viel.

Mir ist kalt. Hoffentlich hat das Unwetter bald ein Ende. Warum laufe ich nicht zum Café Voilà rüber? Wären nur zwanzig Meter. Aber dann bin ich klatschnass. Ich schaue wieder in den Himmel hoch. Immer noch pechschwarz. Nein, da ist ein feiner Riss, durch den gleißende Laserstrahlen auf die Erde schießen, der Himmel platzt auf, das Licht geht wieder an. Hausfassaden glänzen wie frisch gewaschen, Autos blitzen, auch Straßenschilder und Bistrotische. Überall glitzernde Eishaufen. Das Unwetter ist vorbei. Ich trete auf den Gehsteig raus. Meine Schuhsohlen knirschen auf dem Eis. Sonne bricht jetzt vollends durch. Alles dampft in blassem Gold. Leute kommen wieder aus den Hauseingängen, treten unter dem Dach der Tramhaltestelle hervor und staunen über die unwirkliche Umgebung. Sie zücken Handys, ein paar bewerfen sich voller Eiskörner. Eine Tram quietscht an mir vorbei. Kinderhände wischen beschlagene Scheiben frei. Staunende Gesichter hinter Wasserperlenglas. Eis ächzt in den Schienen. Jetzt sind auch die Autos wieder da. Mit eingeschalteten Lichtern. Obwohl die Sonne strahlt. Was mach ich jetzt? Heiße Dusche? Nach Hause sind es fünfzehn Minuten, zum Johannis-Café fünf Minuten. Wenn überhaupt.

Als ich die Tür vom Johannis-Café öffne, schlägt mir eine Warmfront aus Bier, Schweiß und Würstelwasser entgegen. Wohlvertraut, auch wenn ich schon lange nicht mehr hier war. Aus gutem Grund. In der Regel versinken nachfolgende Vormittage in einem schmerzhaften Nebel. Aus der Jukebox schmettert die Spider Murphy Gang: ›Mit am Frosch im Hois und Schwammerl in de Knia …‹ – ›Sitz di her!‹, herrscht mich ein Gast an und zieht mich zu sich auf die Bank runter.

Kurz darauf steht ein Bier vor mir, und ich stoße mit der Tischgesellschaft an. Und weiß schnell mehr, als mir lieb ist, über die zerrüttete Ehe von Franko aus Berg am Laim, von Hansi aus Giesing mit seinen Prostataproblemen oder über Erwin aus Haidhausen, dessen zwölf Katzen in seinem Einzimmerappartement ihr Unwesen treiben. Und dann ist da noch der ›schöne‹ Manni von den Stadtwerken, ein Großmaul mit strammem Ranzen und schwarzem Zwirbelschnauzer, der zur allgemeinen Erheiterung ein erstaunliches Portfolio an Arbeitsvermeidungsstrategien aus seinem Berufsalltag entfaltet. Puh …«

Hummel verstummt und schaut an die Decke, reibt sich das Kinn mit dem Dreitagebart.

»Alles gut, Hummel?«, fragt Dosi.

»Sorry, ich brauch 'ne Pause.«

»Kriegst du.« Dosi drückt den Pausenknopf des Aufnahmegeräts. »Wenn du ins Erzählen kommst, dann klingt das, als wolltest du schon wieder ein Buch schreiben. Es hört sich an, als würdest du dir ständig von außen zusehen.«

»Das ist auch so. Tut mir leid, bis jetzt war das nicht sehr sachlich, aber mir hilft das, wenn ich mich an die vielen Bilder und Stimmungen so konkret erinnere.«

»Alles gut, lass dir Zeit. Hauptsache, du erinnerst dich, was in der Nacht sonst noch alles los war.«

»Ich geh kurz eine rauchen, dann machen wir weiter, okay?«

»Ja, klar.« Dosi steht auf und drückt den Rücken durch.

Als Hummel im Innenhof des Präsidiums in den Abendhimmel sieht und nachdenklich raucht, versucht er, sich an alle Details dieser chaotischen Nacht zu erinnern. Gelingt ihm erstaunlich gut. Trotz der heftigen Kopfschmerzen sind die Bilder hell und klar. Er drückt seine Zigarette aus und murmelt: »Okay, bringen wir es hinter uns.«

Dosi ist mit ihrem Handy beschäftigt, als Hummel den Vernehmungsraum wieder betritt.

»Machen wir weiter«, sagt er.

Dosi nickt und drückt auf *record*. »Du bist also ins Johannis-Café, was ist als Nächstes passiert?«

»Dann ist da ein Loch. Also erst mal. Ich bin aufgewacht, nein, ich bin ziemlich rüde geweckt worden. Ich war in einem Laster, oben in der Schlafkoje des Führerhauses. Ein Verkehrspolizist hat mich aus dem Schlaf gerissen. Der war voll aggro und hat sich erst beruhigt, als ich ihm meinen Dienstausweis zeigte.«

Hummel stockt.

»Und weiter?«, fragt Dosi.

Hummel schließt die Augen, konzentriert sich, lässt den Film ablaufen und berichtet Dosi in Echtzeit.

»So, der Herr Kollege hält hier ein Schläfchen nach durchzechter Nacht«, meint einer der beiden Polizisten. »Wenigstens können wir uns den Alkoholtest sparen.«

»Ich sitze nicht am Steuer.«

»Und was machen Sie hier?«

Es durchfährt mich wie ein Blitz, warum ich hier bin: »Machen Sie den Laderaum auf! Schnell! Da sind Menschen drin!«

»Das ist der Grund, warum wir den Laster hier stoppen.«

»Wie?«

»Ein anonymer Anruf. Menschenschmuggel.« Der Beamte wendet sich an die beiden Fahrer. »Ist das so?«

Die Angesprochenen schütteln den Kopf.

Der Beamte dreht sich zu mir. »Wie kommen Sie auf die Idee, dass da hinten Leute drin sind?«

»Das ist doch jetzt egal. Ich weiß es. Machen Sie endlich das verdammte Ding auf!«

»Das reicht mir nicht als Erklärung. Also?«

»Ich hab zufällig mitgekriegt, wie mehrere Frauen auf die Ladefläche geklettert sind. Ich bin schnell ebenfalls in den Laster gestiegen. Ich wollte wissen, was da los ist, wohin die zwei Typen mit dem Laster wollten. Leider war ich in keiner guten Verfassung. Bin ich immer noch nicht.«

Jetzt öffnet der Fahrer endlich den Frachtraum. Einer der Polizisten leuchtet mit einer Stabtaschenlampe in den Frachtraum hinein. Aber keine verängstigten Gesichter, keine erschreckten Ausrufe. Stattdessen kalte Luft und Stille – Totenstille. Auf der Ladefläche zusammengekrümmte Leiber.

»Scheiße!«, entfährt es mir. Der Beamte hält mich davon ab, in den Laderaum zu steigen: »Treten Sie zurück. Das kann voller Abgase sein. Oft riecht das Zeug gar nicht.«

Interessiert mich nicht. Ich halte die Luft an und steige auf die Ladefläche, berühre die erste Frau. Eiskalt. Keine Chance, die Frau ist tot. Die anderen auch. Ich springe raus und atme tief durch. Nein, hier geht es nicht um Abgase. Die Kühlung im Laderaum ist an.

»Machen Sie die Scheißkühlung aus«, herrsche ich einen der beiden Fahrer an und schüttele resigniert den Kopf, denn ich weiß, dass es zu spät ist.

Wenig später sitzen die beiden Fahrer des Lasters mit Handschellen im Fond des Streifenwagens. Die eingetroffenen Sanitäter können nur noch den Tod der insgesamt neun Frauen feststellen.

»Die müssen in die Rechtsmedizin«, sage ich.

»Das sehe ich auch so«, meint einer der Streifenbeamten. »Aber jetzt möchte ich von Ihnen noch mal im Detail wissen, was Sie mit der Sache zu tun haben.«

»Ich hab nichts damit zu tun.«

»Erzählen Sie keinen Mist. Waren Sie jetzt in dem Laster oder nicht?«

Mein Kopf schmerzt wie Hölle. Ich zwinge mich nachzudenken, die Geschichte zusammenzubringen: »Johannis-Café. Bier, sehr viel Bier. Bis wir schließlich die letzten Gäste sind und der Wirt uns nach drei Uhr hinauskomplimentiert. Der ›schöne‹ Manni organisiert ein Taxi, das uns in den Münchner Norden kutschiert. Als ich aussteige, sehe ich es. Bin ich wahnsinnig? Ein Puff? Wenn Beate das erfährt! Und schon sind wir drinnen, eine mollige Nackte mit riesigen Brüsten rekelt sich an der Stange, drei Damen setzen sich gleich zu uns. Ich verdrücke mich aufs Klo und husche durch den Notausgang auf den Parkplatz hinterm Haus. So peinlich das alles. Die leeren Augen der Mädchen, nein, Frauen. Oder doch Mädchen? Typen wie ich unterstützen solche Läden! Echt nicht! Ich rauche eine Zigarette, um meine Gedanken zu ordnen. Plötzlich geht die Hintertür auf. Instinktiv ducke ich mich hinter ein geparktes Auto. Frauen, etwa zehn. Mit Taschen. Sie huschen über den Hof und öffnen die Hecktür eines Lasters, steigen auf die Ladefläche. Was wird das? Soll ich einschreiten? Druckbetankt, wie ich bin? Wo ist der Fahrer des Lasters? Ich sehe niemanden. Das Führerhaus hat eine Schlafkabine. Pennt der Fahrer? Ich muss die Polizei rufen.

Ich taste nach meinem Handy. Das ist zu Hause. Ich wollte ja nur eine Runde spazieren gehen. Soll ich zu den anderen zurück und ihnen Bescheid geben? Aber die sind noch besoffener als ich. Die Hintertür des Clubs öffnet sich wieder, und zwei Typen mit Baseballcaps kommen heraus. Gehen zum Heck des Lasters, prüfen den Verschluss. Einer sagt irgendwas, legt den Verschlusshebel um. – Was mach ich? Ich kann sie nicht einfach fahren lassen! Ich öffne leise die Tür der Fahrerkabine, klettere in die Koje, zieh den Vorhang zu. Kurz danach sind die beiden Fahrer an Bord und starten den Motor. Was soll ich machen? Erst mal nichts. Dumpfer Metal dröhnt aus der Stereoanlage. Trotzdem schlafe ich sofort ein in meinem Suff.«

Hummel verstummt, reibt sich die müden Augen, sieht sie ernst an und murmelt schließlich: »Tja, das war ein ziemlich böses Erwachen.«

»Das alles hast du den beiden Polizisten erzählt?«, fragt Dosi.

»Na ja, in Kurzform.«

»Und sie haben dir geglaubt?«

»Keine Ahnung. Doch, ich denke schon. So was denkt man sich ja nicht aus.«

»Und was ist dann passiert?«

»Na ja, da kamen irgendwann noch mehr Polizisten, KTU, Rechtsmedizin. Die Lasterfahrer sind nach München gebracht worden.«

»Und du?«

»Mader ist gekommen und hat mich heimgefahren. Er hat gesagt, dass ich mich hinlegen soll. Und dass du dann abends meine Aussage aufnimmst.«

»Das hätten wir ja jetzt geschafft«, sagt Dosi und schaltet das Aufnahmegerät aus.

Hummel schüttelt den Kopf. »Neun tote Frauen. Weil die Kühlung in Betrieb war. Erfroren. Warum? Dosi, weißt du noch, der schreckliche Fund an der österreichischen Autobahn? Einundsiebzig tote Flüchtlinge in einem verlassenen Kühltransporter! Der Sauerstoff in dem Laster war nach ein paar Stunden restlos verbraucht.«

»Ja, schrecklich. Auch das hier. Neun Personen, auf einer Strecke von vielleicht hundertfünfzig Kilometern, keine zwei Stunden Fahrzeit.«

»Wie schnell erfriert man eigentlich?«

»Ich weiß es nicht. Gesine wird es uns morgen sagen.«

B-WARE

Mader und Zankl sind am nächsten Morgen um halb zehn bereits auf dem aktuellen Stand, denn Dosi hat Hummels detaillierte Aussage gestern Abend noch abgetippt und ihnen das Dokument gemailt.

»Erfroren«, beginnt Dr. Gesine Fleischer, als sie den Bericht der Rechtsmedizin persönlich in der Mordkommission vorbeibringt. »Die Kühlung war auf minus drei Grad eingestellt.

Es hätte gar nicht so kalt sein müssen. Wenn die Körperkerntemperatur unter dreißig Grad fällt, liegt die Sterbewahrscheinlichkeit schon bei siebzig Prozent. Unter sechsundzwanzig Grad geht es ganz schnell.«

»Warum haben die sich nicht bemerkbar gemacht?«, fragt Mader.

»Vermutlich haben sie das.«

»Die Typen vorne hatten laute Musik an«, erklärt Hummel.

Gesine nickt. »Die Frauen haben wahrscheinlich nicht lange gegen die Wände geschlagen. Bei Unterkühlung setzt eine starke Reaktionsverlangsamung ein. Der Körper versucht, seinen Temperaturhaushalt zu regulieren, verbrennt dabei viel Glykose. Erst erhöht sich der Herzschlag, dann wird er langsamer, unregelmäßig. Der Körper merkt, dass etwas nicht passt, und schüttet Stresshormone aus. Aber auch Endorphine, Erfrierende werden immer langsamer in ihren Bewegungen, im Denken. Sie spüren das alles nicht mehr, manchmal setzt sogar eine Art Glücksgefühl ein.«

»Kein schöner Tod«, sagt Dosi. »Boh, ist das alles furchtbar.«

»Was ist denn mit der Presse?«, fragt Zankl. »Ich mein, neun Tote ist ja nicht gerade alltäglich.«

»In Niederbayern geht das sicher durch die Medien«, meint Mader. »Ob das auch in München ein großes Thema ist, werden wir sehen. Dr. Günther will heute mit den Medienvertretern sprechen, damit die noch nichts schreiben, bevor wir irgendwelche Fakten haben. Wir wissen nicht, was da wirklich vorgefallen ist. Der Laster kommt zu uns in die KTU.«

»Die Vernehmung der Fahrer hat leider nichts Brauchbares ergeben«, sagt Zankl. »Das sind zwei Tschechen, die in München wohnen. Die Typen behaupten, sie hätten nicht gewusst, dass da jemand hinten drin war. Die haben Getränke bei dem Laden angeliefert.«

»Ja klar, bei minus drei Grad«, murmelt Hummel.

»Denen war auch nicht klar, dass die Kühlung angeschaltet war. Sagen sie zumindest.«

Dosi sieht Hummel an. »Versuch, dich zu erinnern.«

»Die Typen waren vor der Abfahrt an der Laderaumtür. Haben die Tür zugemacht.«

»Haben die was gesagt?«

»Sorry, Leute, ich weiß es nicht. Nein, ich glaube nicht, dass die mit den Frauen gesprochen haben. Die haben die Verriegelung zugemacht und sind losgefahren.«

»Laut den Streifenpolizisten wollten sie nach Karlsreuth, im Bayerischen Wald«, erklärt Mader. »Da gibt es auch ein Bordell. Das gehört übrigens dem Bruder des Münchner Puffbesitzers. Die Fahrer machen Getränkelieferungen für die Brüder. Spirituosen. Zwei Paletten Getränke standen noch auf der Ladefläche. Aber nichts, was gekühlt werden muss.«

»Hummel, wenn du gleich auf dem Parkplatz in Moosach die Polizei gerufen hättest, wäre das alles nicht passiert«, sagt Zankl.

»Ja, super, Zankl. Danke auch! Ich hatte keine Ahnung, was da abgeht, ich hatte kein Handy dabei. Es war schon kompliziert genug.«

»Na ja, du siehst, dass Frauen einsteigen …«

Dosi haut auf den Tisch. »Zankl, jetzt lass Hummel mal in Ruhe. Der kann doch nichts dafür. Ohne ihn wüssten wir erheblich weniger über den Fall, vielleicht gar nichts. Und wenn wir nicht wüssten, dass die Sache in Moosach begonnen hat, wäre das jetzt vermutlich Sache der Kollegen in Niederbayern.«

»Was ist denn mit dem anonymen Anrufer?«, fragt Hummel. »Der die Polizei über den Transport informiert hat? War das ein Mann, eine Frau?«

»Ein Mann«, sagt Mader. »Mit verstellter Stimme. Er hat gesagt, dass ein Laster mit Frauen auf der Ladefläche von München nach Karlsreuth im Bayerischen Wald unterwegs ist.«

»Der Anrufer hat explizit diesen Bestimmungsort genannt?«

»Ja, die Polizisten haben an der Ortseinfahrt auf den Laster gewartet.«

»Also wollte jemand den Lasterfahrern etwas anhängen?«

»Ja, denen oder ihrem Auftraggeber.«

»Wer soll das sein?«, fragt Zankl. »Der Besitzer von dem Puff in Moosach? Vermisst der denn die Frauen?«

»Ja. Aber vermutlich nur physisch. Der Chef heißt Paschinger«, erklärt Mader. »Er hat bestätigt, dass das seine Angestellten sind. Er meinte, dass er auch nicht weiß, was das alles soll. Offenbar wollten die Frauen abhauen.«

»Und das merkt er nicht?«, fragt Hummel. »Also, wenn auf einen Schlag neun Frauen verschwinden? Diese Typen sind doch voll die Kontrollfreaks.«

»Er war gestern Nacht nicht in seinem Laden.«

»Laut Bericht hatten die Frauen ihre Papiere dabei«, sagt Zankl. »Was ja durchaus erstaunlich ist.«

»Wieso?«, fragt Dosi.

»Weil die Luden ihren Damen die Ausweise immer abnehmen.«

»Jetzt red halt nicht so blöd. ›Luden und Damen‹ …«

»Was soll ich denn sagen? Klingt ›Zuhälter und Prostituierte‹ besser?«

»Nein, Zankl, aber du sagst das so komisch, als wäre das anrüchig. Die Frauen sind Opfer. Sie können nichts dafür.«

Mader klopft mit seinem Kuli auf den Besprechungstisch. »Leute, nicht streiten. Also Zankl, was meinen Sie wegen der Papiere?«

»Na ja, diese Puffbesitzer kassieren doch vermutlich alles ein, was die Prostituierten mobil macht, also ihre Papiere. Ohne Ausweise kommen die nicht weg. Wenn die Frauen ihre Papiere dabeihatten und Reisetaschen mit persönlichen Sachen, dann heißt das doch was. Entweder ging es um eine gemeinsam geplante Flucht, oder aber die Frauen sollten in dem anderen Puff eingesetzt werden. Vielleicht so als B-Ware.«

Dosi stöhnt auf. »Jetzt reicht's, Zankl, ehrlich!«

»Nein, im Ernst. Wenn die Mädchen jung und unverbraucht sind, dann müssen sie das Großstadtpublikum bedienen. Wenn sie nicht mehr so frisch sind, dann geht es ab in die Provinz und dann vielleicht wieder zurück nach Osteuropa.«

»Mann, Zankl, wie sprechen hier nicht über Sondermüll!«

»Dosi, das ist nicht meine Meinung, das ist die Realität. Das ist moderne Sklavenhaltung. Ich hab auch schon mal bei der Sitte ausgeholfen. Und ich hab die Gesetze zur Prostitution nicht gemacht. Den ganzen Scheiß, als wären die Frauen selbstständige Unternehmerinnen. Nur weil der Staat scharf ist auf die Steuereinnahmen. Die sind wie Leibeigene. Wenn die Frauen ihren Job tatsächlich freiwillig machen, dann würden die doch nie und nimmer bei Nacht und Nebel in einem Scheißlaster auf der Ladefläche abhauen! Das ist doch oberfaul!«

»Warum wollte der Anrufer, dass dieser Transport auffliegt?«, fragt Hummel noch mal. »Hat der von toten Frauen gesprochen?«

»Nein, das hat er nicht gesagt«, sagt Mader.

»Aber vielleicht gemeint. Könnte es sein, dass die Kühlung absichtlich an war?«

»Die Fahrer fallen dann allerdings als Täter aus«, meint Zankl. »Die bringen sich doch nicht selbst in so eine Lage. Aber mal so generell: So was Krasses trau ich niemandem zu. Also, dass man das vorsätzlich macht.«

Hummel schüttelt den Kopf. »Wäre der Ladungsraum schon gekühlt gewesen, dann hätten die Frauen das doch gemerkt und wären gar nicht erst eingestiegen. Also muss jemand das Ding angemacht haben. Und da ist die Auswahl ja nicht allzu groß.«

»Na ja, vielleicht haben die Typen aus Versehen die Kühlung angemacht«, schlägt Zankl vor. »Aus Gewohnheit.«

»Nein«, sagt Mader, »die haben Stein und Bein geschworen, dass sie nicht wussten, dass da jemand drin war, und auch dass sie nicht an der Steuerung für die Kühlung rumgefummelt haben.«

Hummel schnaubt auf. »Ja, das würde ich auch sagen, wenn bei mir auf der Ladefläche neun Menschen erfroren sind. Wir müssen die Typen noch mal befragen. Die sind noch in U-Haft?«

»Nein, die sind wieder auf freiem Fuß. Ein Verstoß gegen die Beförderungsbestimmungen ist kein Kapitalverbrechen.«

»Dass ich nicht lache!«

»Das sollen Sie auch nicht, Hummel«, sagt Mader. »Aber so ist das Gesetz.«

»Aha. Und was ist mit dem Puffbesitzer?«

»Der wurde ebenfalls vernommen und hat ein wasserdichtes Alibi. Natürlich.«

»Natürlich? Das werden wir ja sehen. Den will ich persönlich sprechen. Aber zuerst die Fahrer. Wo wohnen die in München?«

»Ganz in der Nähe von dem Club in Moosach«, sagt Mader. »Hummel, ich weiß nicht, vielleicht sollten Dosi und Zankl das machen?«

»Was soll das? Weil ich in dem Laster war? Ich bin Zeuge! Ich bin nicht in die Sache verwickelt!«

»Na ja, emotional schon.«

»Ja, klar, Mader. Soll mich das kaltlassen? Neun Tote. Junge Frauen. Ich bin bei der Mordkommission, ich kann das trennen.«

»Na, dann hätten wir das auch besprochen«, sagt Dosi.

»Ist das jetzt okay, dass ich dabei bin, Mader?«

»Ja, aber bitte steigt nicht zu sehr aufs Gas.«

BÜRGERLICH

»Einer der Polizisten, die den Laster gestoppt haben, ist ein Bekannter von mir«, sagt Dosi, als sie im Auto sitzen. »Ich hab seinen Namen im Protokoll gelesen.«

Hummel sieht sie erstaunt an. »Aus deiner alten Heimat Passau?«

»Nein, ganz andere Baustelle. Erinnerst du dich an die Bayerwaldgeschichte mit diesem Freizeitpark? Der Stefan Brandner ist der Dorfcop von Grafenberg. Das ist der nächste größere Ort da draußen mit einer Polizeistation.«

»Die Welt ist klein«, sagt Hummel. »Und brutal. Und jetzt fühlen wir den zwei Fahrern noch mal auf den Zahn.«

Die Fahrer bewohnen in Moosach gemeinsam ein Doppelhaus mit ihren Familien. Etwas anders, als es Dosi, Zankl und Hummel erwartet haben. Nicht proletarisch, eher gutbürgerlich. Optisch zumindest. Die Männer sind nicht da. Die Stimmung ist gedrückt, die Ehefrauen sind besorgt. Ihre Männer sind nach der polizeilichen Befragung gestern nicht nach Hause gekommen.

»Was arbeiten Ihre Männer?«, fragt Dosi eine der Ehefrauen.

»Sie fahren Laster. Für Ibo.«

»Und da verdienen sie genug Geld, dass sie die Miete für dieses große Haus zahlen können?«

»Das Haus gehört uns.«

»Oh, na dann.«

»Sie arbeiten sehr hart, sehr viel.«

»Jetzt auch?«

»Wir erreichen sie nicht. Wir machen uns Sorgen.«

Dosi überlegt kurz. Dann nickt sie ernst. »Wir schreiben sie zur Fahndung aus.«

»Dosi, echt jetzt! Du kannst die Typen nicht einfach zur Fahndung ausschreiben«, sagt Zankl, als sie draußen ins Auto steigen.

»Ich klär das mit dem Staatsanwalt. Das ist doch oberfaul. Die verdienen einen Haufen Kohle, in ihrem Laster sterben neun Frauen. Und jetzt, auf dem Heimweg von der Polizei, verschwinden sie vom Erdboden, und ihre Familien wissen nichts.«

»Vielleicht lügen die Frauen uns an. Und die beiden Jungs sind im Hobbykeller und spielen Tischtennis.«

Dosi schüttelt den Kopf. »Zankl, ich hab den leisen Verdacht, dass die nie wieder Tischtennis spielen.«

Zankl zuckt mit den Achseln. »Fahren wir jetzt zu dem Puffheini?«

»Morgen«, sagt Hummel. »Wir müssen die Fahndung nach den zwei Fahrern einleiten.«

FREMDVERSCHULDEN

Die Ehefrauen der Lasterfahrer haben recht mit ihrem schlechten Gefühl. Ihre beiden Ehemänner werden am nächsten Morgen in einer Garage in Feldmoching gefunden. In einem alten Amischlitten, bei laufendem Motor.

»Wenn das jetzt ein Selbstmord sein soll, dann fress ich einen Besen«, sagt Hummel, als sie den Fundort der Leichen begutachten.

»Warten wir die Obduktion ab«, meint Mader, der nicht gerade glücklich ist mit der Entwicklung des Falls. »Neun tote Frauen und jetzt noch die beiden Fahrer des Lastwagens!«

»Auch wenn KTU und Obduktion keine Spuren für Fremdverschulden finden, es ist doch sonnenklar, was hier passiert ist«, findet Hummel. »Das ist nie und nimmer Selbstmord. Vielleicht haben die ein Betäubungsmittel bekommen und dann im Schlaf fleißig die Abgase eingeatmet.«

»Geht das so einfach?«, fragt Zankl. »Ich denke, seit Kat und Rußfiltern geht das nicht mehr?«

»Na ja, wenn die Kiste einen Kat hat, dann fress ich 'nen Besen.«

»Du wiederholst dich. Aber ich hab mal gelesen, dass diese Selbstmordmethode heute nicht mehr klappt.«

»Eigentlich nicht. Du musst dann schon sehr lange die Abgase einatmen, dass es letal wird. Deswegen tipp ich ja auf Betäubungsmittel.«

»Und die sind leider oft schon nach sehr kurzer Zeit im Körper nicht mehr nachweisbar. Liquid Ecstasy zum Beispiel.«

»Haben wir denn die Todeszeit?«, fragt Dosi.

Mader nickt. »Laut Gesine heute am frühen Morgen.«

»Hat sie denn was festgestellt, also im Labor?«

»Noch hat sie uns keinen Bericht geschrieben.«

»Jetzt mal theoretisch«, sagt Zankl. »Das riecht doch nach Rache.«

»So schnell? Und von wem?«, fragt Mader.

»Vielleicht bestraft der Puffbesitzer die beiden Jungs, weil sie seine Girls haben sterben lassen. Wir müssen ihn fragen.«

»Mir ist das echt unheimlich«, sagt Hummel. »Erst die neun Frauen, jetzt die zwei Typen. Mich würde es nicht wundern, wenn da noch mehr Tote dazukommen.«

»Das riecht schon fast nach Bandenkrieg«, meint Dosi.

»Wer überbringt jetzt den Ehefrauen die schlechte Nachricht?«, fragt Mader.

»Das mach ich«, sagt Dosi.

Mader nickt und sieht Hummel und Zankl an. »Und ihr sprecht mit dem Puffbesitzer.«

LE PUFF

Hummel fühlt sich unwohl, als sie auf dem Parkplatz des Puffs in Moosach eintreffen.

»Alles klar?«, fragt Zankl.

»Ungute Erinnerungen. Oder gerade nicht. Ich war so besoffen.«

»Hättest du denn noch einen hochgekriegt?«

»Mann, Zankl! Dein Gelaber geht mir manchmal echt aufn Sack! Wofür hältst du mich?«

»Für Mister Lover-Lover.«

»Ja, genau. Ich sag dir, die große Blonde hatte solche Dinger …« Hummel macht mit den Händen melonengroße Kreisbewegungen.

Zankl seufzt: »Du Glückspilz. Ich bin ja leider verheiratet.«

»Ja, deine arme Frau.«

Sie betreten den Laden in dem unscheinbaren Flachbau. Zwei Reinigungskräfte mit Kopftuch wischen Tische, und ein Mann poliert gerade den pechschwarzen Estrich. Die Luft riecht scharf nach Reinigungsmitteln und Schweiß.

Ein bulliger Glatzkopf mit Bomberjacke taucht hinter der Bar auf. »Was wollt's ihr?«

»Den Chef.«

»Warum?«

»Freund und Helfer. Wir sind angemeldet.«

Glatze überlegt kurz, dann verschwindet er nach hinten.

Kurz darauf ist der Chef da. Ein sonnenverwöhnter Frühsechziger mit Schmerbauch unter dem grellbunten Hawaiihemd. In seinem lichten Haupthaar steckt eine Pilotensonnenbrille.

»Grüß Gott, Paschinger. Mir gehört dieser hübsche kleine Club.«

»Das ist schön. Auch dass Sie nicht länger bei uns bleiben mussten.«

»So seh ich das auch. Ich verstehe ja, dass ihr eure Arbeit machen müsst. Das ist schrecklich mit den Mädels. Menschlich vor allem. Aber auch geschäftlich. Wobei das im Moment nachrangig ist. Sehr tragisch. Was kann ich noch für euch tun?«

»Uns interessiert vor allem eins: Was haben die Frauen überhaupt in dem Laster gemacht?«

»Das frag ich mich auch. Wir haben einen Kleinbus mit allem Komfort.«

»Geschäftsreisen?«

»Wir machen auch Außentermine. Wenn ein großer Versicherungskonzern zum Jubiläum den Führungskräften etwas Besonderes bieten möchte ...« – »Lassen Sie das!«, unterbricht ihn Zankl. »Also haben Sie noch weitere Informationen zur besagten Nacht für uns?«

»Ich weiß nicht, was da vorgefallen ist, ich war an dem Abend nicht im Laden. Die Damen sollten nicht verreisen, zumindest zu diesem Zeitpunkt nicht.«

»Sie kennen den Saunaclub in Karlsreuth?«

»Ja klar, den betreibt mein Bruder. Sehr erfolgreich. Sorgt für ein hohes Steuereinkommen in dieser strukturschwachen Region. In Zeiten von Überlast greifen wir uns manchmal unter die Arme. Allerdings ist das schon ein bisschen ein Niveauunterschied. Also von den Kunden. Na ja, auch bei den Mädels, aber nur ein bisschen.«

»Ganz toll«, sagt Hummel. »Wenn die Damen bei Ihnen durchgenudelt sind, schicken Sie sie ins Hinterland?«

»Man könnte es charmanter ausdrücken. Aber ja, so ist es. Doch die Damen, um die es hier geht, waren noch nicht so weit. Die hätten das Niveau noch lässig ein Jahr halten können.«

Hummel schüttelt den Kopf.

»Jetzt tun Sie mal nicht so. Wenn ich richtig unterrichtet bin, waren Sie in besagter Nacht in meinem Club und haben es ganz schön krachen lassen.«

»Wenn das Ihre Mitarbeiter sagen. Und wahrscheinlich haben Sie auch kompromittierende Videoaufnahmen von mir. Beim Bieseln zum Beispiel.«

»So arbeiten wir nicht. Wir sind Dienstleister. Ohne Nachfrage kein Angebot. Und hier gibt es keine heimlichen Videoaufnahmen. Unser Geschäft basiert auf Diskretion. Und ansonsten auf Transparenz. Alle Damen sind steuerlich gemeldet und krankenversichert.«

»Und Sie wissen wirklich nicht, warum die Frauen in dem Laster waren?«, fragt Zankl noch mal.

»Nein, ich sagte Ihnen ja bereits: An dem Abend war ich nicht im Haus.«

OBST UND GEMÜSE

»Boh, ich könnt kotzen«, sagt Hummel auf dem Parkplatz zu Zankl. »Was für ein abgefeimtes, aalglattes Arschloch!«

»Na ja, schon interessant, dass er von dem Transport so gar nichts wusste.«

»Das sagt er nur so.«

»Warum sollte er das machen? Vielleicht wollten die Ladys flüchten, hatten einen Deal mit den beiden Tschechen. Sie sollten sie da rausbringen. In einer Nacht-und-Nebel-Aktion. Ist die Katze aus dem Haus, tanzen die Mäuse. Die Frauen hatten alle ihre Sachen dabei: Papiere, Handys, Klamotten.«

Hummel sieht ihn skeptisch an. »Du denkst also, die zwei Tschechen wollten sie aus dem Business rausholen?«

»Ja, vielleicht.«

»Dann wechseln wir jetzt ein paar Worte mit diesem Ibo, dem Chef von dem Fuhrunternehmen. Der hat ein Büro am Großmarkt.«

»Macht der in Obst und Gemüse?«

»Vielleicht. Aber nicht zwingend. Das Büro ist in dem großen Kontorhaus. Da sind alle möglichen Firmen drin.«

»Hey, dann könnten wir ja vorher in der Großmarktgaststätte was essen.«

Hummel sieht auf die Uhr. »Für Weißwürste ist es leider schon zu spät.«

»Dafür ist es nie zu spät.«

»Nie nach zwölf.«

»Ja klar, Mister Bavaria. Und das Bier wird immer noch mit Eisstangen gekühlt.«

»Hä?«

»Beim Pschorr am Viktualienmarkt gibt's das. Folklore für die Touris.«

»Nix für mich.«

»Ja, du bist eher der Typ fürs Johannis-Café mit einem gepflegten Nachtclub-Besuch hinterher.«

»Ja, wenn ich meine sieben Sachen nicht zusammenhabe, bin ich unberechenbar.« Hummel setzt einen irren Blick auf.

Zankl lacht. »Wenn es doch noch Weißwürste gibt, geb ich welche aus.«

BECHEROVKA

Es gibt keine Weißwürste mehr, die sind schon seit halb elf aus. Das erfahren Zankl und Hummel, als sie sich um ein Uhr an einem der wenigen freien Tische im Wirtshaus auf dem Großmarktgelände niederlassen.

»Glück gehabt«, sagt Hummel.

»Sei mein Gast. Schweinsbraten ist auch okay.«

»Cool, Zankl. Gibt's was zu feiern?«

»Nein, nur so. Das nächste Mal bist du dran.«

Nach dem Essen besuchen sie Ibo. Der hart arbeitende Spediteur ist schwer getroffen, als er vom Ableben seiner beiden besten Männer hört. Die Tränen in den Augen versucht er mit einem halben Wasserglas Becherovka zu trocknen. Was ihm nicht gelingt. Er schlägt hart mit der Faust auf den Tisch, ein Bilderrahmen mit einem Familienfoto fällt um. Er stellt seine Familie wieder auf und poltert: »Das ist doch nie und nimmer Selbstmord! Wenn ich rauskrieg, wer das war, den bring ich um, die Drecksau!«

»Sie machen gar nichts! Und wir ermitteln im Moment noch gar nicht.«

»Wieso nicht?«

»Weil es auch Selbstmord sein kann.«

Ibo lacht auf.

»Warum waren Ihre Leute in dem Puff?«, fragt Zankl.

»Das weiß ich nicht.« .

»Hatten die beiden Nebenjobs?«

»Ja natürlich hatten die Nebenjobs. Wie soll man sonst in München überleben? Wenn ein Lastwagen frei war, durften sie sich was dazuverdienen. Umzüge und solche Sachen. Die beiden haben Geld gebraucht, sie haben sich in Moosach ein Haus gekauft.«

»Woher haben die so viel Geld?«

»Ist ja erst angezahlt. Ich hab ihnen auch ein bisschen was geliehen. Sie haben sehr viel gearbeitet. Meine besten Männer! Was mach ich jetzt ohne die?«

Er beantwortet seine rhetorische Frage mit einem weiteren Becherovka.

»Wann bekomm ich meinen Laster wieder?«

»Das hängt davon ab, was die kriminaltechnischen Untersuchungen ergeben.«

Ibo gießt sich noch einen Becherovka ein.

»Eins noch«, sagt Zankl im Gehen.

»Ja?«

»Sie fahren heute nicht mehr Auto!«

»Hä, warum?«

PRIORITÄT

Teamsitzung mit Mader am Nachmittag. Dosi hat nicht viel Positives zu berichten. Der nochmalige Besuch bei den nun frischgebackenen Witwen war eine Katastrophe. Sie musste Erste Hilfe leisten und einen Krankenwagen rufen, weil eine der Frauen mit Weinkrämpfen zusammengebrochen war.

»Ich habe nicht den Eindruck, dass das Kriminelle waren«, sagt Dosi.

Hummel nickt. »Ihr Chef meint, beide wären ehrliche Malocher. Na ja, vielleicht waren die Jungs nur Kleinkriminelle, ein paar Gefälligkeiten, nicht so genau nachfragen ...«

»Um was kümmern wir uns jetzt eigentlich? Um die toten Frauen oder um die zwei toten Männer?«, fragt Zankl.

»Um beides«, sagt Mader.

»Ja, aber was hat Priorität?«

»Die Fälle hängen doch zusammen«, meint Hummel. »Die zwei Fahrer sind gestorben, weil die Frauen ihnen auf der Ladefläche verstorben sind. Da verwette ich meinen Hut drauf.«

»Welchen Hut?«, fragt Gesine, die gerade das Büro betritt.

»Hast du was Neues für uns?«, fragt Mader. »War es Selbstmord bei den beiden Fahrern?« »Na ja, den klassischen Selbstmord in der Garage bei laufendem Motor gibt es eigentlich nicht mehr dank Partikelfilter und Katalysatoren. Und der Treibstoff ist generell schadstoffärmer als früher. Aber wenn es lang genug dauert, kann das durchaus gesundheitsschädlich sein bis hin zum Tod. Bei den beiden Opfern war der Carboxyhämoglobinwert im Blut bedenklich.«

»Was heißt das?«, fragt Dosi.

»Je stärker die Hämoglobinmoleküle, die Sauerstoff durch die Blutbahn transportieren, mit Kohlenmonoxid versetzt sind, desto schlechter. Damit nimmt die Fähigkeit des Bluts ab, den Körper mit Sauerstoff zu versorgen. Das merkt man kaum. Auch wenn die körperlichen Funktionen noch intakt sind und die Menschen noch atmen können, so ersticken sie doch wegen zu wenig Sauerstoff in der Atemluft. Wie gesagt – eigentlich ist es heute kaum noch möglich, sich durch Abgase zu vergiften, aber wenn sie über einen langen Zeitraum eingeatmet werden, kann das durchaus passieren. Zumal dieser Oldtimer offenbar eine echte Dreckschleuder ist. Ich geb euch die Ergebnisse, sobald ich mit meiner Analyse durch bin.«

»Was suchst du denn noch?«, fragt Hummel. »Betäubungsmittel?«

»Ja. Denn freiwillig hält auch der engagierteste Selbstmörder nicht so lange still.«

TAUSEND EURO

Dosi ist unzufrieden, als sie zu Hause eintrifft. Sie haben nicht wirklich viel zu den beiden Fällen rausgekriegt. Sie schaut auf die Uhr. Halb sieben. In einer halben Stunde kommt Fränki heim. Sie setzt Nudelwasser auf und holt eine Fertigtomatensoße aus dem Küchenschrank. Macht sich ein Bier auf. Denkt an die Ehefrauen von heute. Deren Männer nie mehr heimkommen. Furchtbar. Jetzt würde sie gerne eine rauchen. Macht sie nicht. Sie hat mit Fränki eine Wette laufen. Wenn er es schafft, dauerhaft aufzuhören, kriegt er tausend Euro von ihr. Da kann sie jetzt nicht einfach eine Zigarette aus seinem Altbestand nehmen, aus seinem Versteck hinter den Socken in der Kommode. Wäre ein schlechtes Vorbild, sie als Gelegenheitsraucherin. Sie steht am offenen Küchenfenster, riecht das Nudelwasser und die Tomatensauce und sieht in den orangefleckigen Abendhimmel.

»Hallo, Schatz, was machst du da?«, sagt Fränki von der Küchentür aus und stellt seine Laptoptasche ab.

»Ich koche. Das riecht man doch.«

»Vergiss die Nudeln, Dosi. Stadionwurst!«

»Was?«

»Sag bloß, du hast es vergessen? Sechzig gegen Wacker. Die Jungs kommen alle.«

»Die Jungs?«

»Und ihre Frauen. Die ganze Gang von Giesing 75. Unser Stammtisch.«

»Boh, das ist mir heute zu viel. Ich hatte einen anstrengenden Tag.« Sie sieht die Enttäuschung in seinen Augen. »Okay, okay. Aber die Nudeln gibt's vorher noch.«

»Aber ganz schnell. Wir treffen uns im Sixty Lions zum Vorglühen.«

ALLEINE

Hummel verbringt den Abend alleine. Obwohl er so gerne Beate sehen würde. Aber die Ereignisse der letzten Tage beschäftigen ihn zu sehr, halten ihn davon ab, sie anzurufen oder zu sehen. Klar, er dürfte Beate eh nichts über seine Arbeit erzählen. Aber er fühlt sich wie ein Verräter, dass er mit wildfremden Typen aus dem Johannis-Café in einen Puff gefahren ist. Ganz schwache Aktion. Wie der letzte Proll. Als ob er nach ein paar Bier schon sein Gehirn an der Garderobe abgibt und ohne jeden Skrupel in den nächsten Sexschuppen reinmarschiert. Ich muss weniger trinken, denkt er, als er die Wasserperlen an seiner Flasche Tegernseer betrachtet. Andererseits: Man darf die Ursachen für menschliche Schwächen nicht immer außerhalb von einem selbst suchen, also beim Alkohol. Hui, was für ein abstrakter Gedanke. Nein, das Bier kann nichts für meine Schwächen. Hummel trinkt die Flasche aus und stellt Soul FM im Internetradio ein. Er nimmt sich ein neues Bier aus dem Kühlschrank und zündet sich eine Zigarette an. Bettye LaVette singt: »What I don't know, won't hurt me ...«

VORURTEILE

Als Dosi im Bett liegt, hat sie einen leichten Fetzen. Stadion ohne Bier – geht einfach nicht. Es war sehr lustig. Auch wenn Sechzig – wie so oft – verloren hat. Sie haben gesungen, ihre Mannschaft angefeuert, den Schiedsrichter ausgepfiffen wegen eines angeblichen Handspiels im Strafraum von Sechzig und dem nachfolgenden Elfmeter. Sie haben heiß diskutiert und ihren Frust ertränkt. Die Arbeit war völlig aus ihrem Kopf verschwunden. Jetzt ist sie wieder da. Begleitet von Fränkis leisem Schnarchen. Sie hat vor allem die weinenden Ehefrauen im Kopf, das Schluchzen im Ohr, das ihr durch Mark und Bein ging. Der Tod der beiden Lastwagenfahrer hat sie weit weniger berührt als die Reaktionen ihrer Frauen. Ja, sie hatte Vorurteile, war davon ausgegangen, dass das Typen sind, die für Geld alles tun. Warum haben die beiden die Prostituierten in ihrem Laster rumgefahren? Wenn die Frauen freiwillig dort eingestiegen sind, dann hat das doch eine Bedeutung.

Wollten die Fahrer ihnen helfen, unbemerkt zu verschwinden, zu fliehen? Dosi denkt an die Laster mit Flüchtlingen, die durch Österreich und Deutschland fahren, gesteuert von skrupellosen Schleppern, die auch mal einen Laster einfach auf dem Seitenstreifen stehen lassen, wenn ihnen die Leute im Laderaum erstickt sind. Grausig. Und sie hat täglich mit so was zu tun. Zum Glück hat Fränki einen ganz anderen Beruf. IT – das wäre nichts für sie. Immer auf irgendwelche Zahlenkolonnen auf dem Bildschirm starren. Tote Materie. Sie lächelt in die Dunkelheit. Wäre ja doch eine Gemeinsamkeit in ihren Berufen.

Morgen wird sie mit Hummel nach Karlsreuth fahren, um den Bruder des Münchner Puffbesitzers zu befragen. Zankl soll hier die Stellung halten. Für sie ist der Trip in den Bayerischen Wald mal wieder ein Heimatbesuch. Dass der Brandner da immer noch arbeitet, als Dorfpolizist aus Grafenberg, erstaunlich! Wollte doch eigentlich weg von da, nach München, raus aus der Enge des Dorfs. Wie hieß noch mal seine Band? *Kings of Luck*? Nein. *Kings of Fuck*. Genau. Die waren gar nicht schlecht mit ihrer Mischung aus Metal und Hip-Hop: »Hey, I bin da King of Fuck, I mach euch alle platt ...«

BEGEISTERT

Hummel lenkt den Wagen über die kurvige Strecke im hintersten Bayerischen Wald. Vier Kilometer noch bis nach Karlsreuth, wo sich der Saunaclub befindet, der Bestimmungsort des Frauentransports aus München.

»Der Besitzer war nicht begeistert, als ich uns angemeldet hab«, sagt Dosi.

»Wir sind ja in Zivil. Da müssen die Kunden keine Angst haben.«

Dosi deutet zu einem Werbeschild am Straßenrand: *Komm im Happy Saunaclub – zwanzig neue Mädchen.* Die Zahl ist mehrfach überklebt.

Dosi schüttelt den Kopf. »Können die gleich so ein Digitaldisplay hinmachen. Wie bei der Tankstelle – mit den Tarifen, die sich ständig ändern, vielleicht sogar nach Tageszeit und Nachfrage. Neue Mädchen! Was für ein Dreck! Der Nachschub versiegt nie. Und die Frauen werden weitergereicht. Je nach Nutzungsdauer wird downgegradet.«

»Wie Zankl sagt«, meint Hummel.

»Marlon auch.«

»Marlon. Unser Marlon?«

»Ich hab ihn angerufen. Wollte eine Fachauskunft. Er ist ja wieder bei der Sitte in Augsburg. Na ja, nach dem Absturz seines Vaters als Staatssekretär kann er froh sein über einen festen Job.«

»Ich versteh immer noch nicht, was du an dem findest.«

»Ach, Marlon ist doch ein fescher Mann.«

»Lass mal Fränki nicht wissen, dass du mit Marlon wieder in Kontakt bist.«

»Kontakt wäre sehr übertrieben. Wir haben telefoniert. Außerdem: Da steht Fränki drüber.«

»Bist du dir sicher?«

»Nein. Du kennst ihn ja. Aber da läuft nix. Außerdem hab ich Marlon bis heute im Verdacht, dass er damals mein Motorrad manipuliert hat.«

»Und trotzdem rufst du ihn an?«

»Er ist mir was schuldig. Und er war auch sehr auskunftsbereit. Jedenfalls sagt er, dass die Mädchen aus Bulgarien, Rumänien oder Russland zuerst als Frischware in die Großstadt kommen, also nach München, Nürnberg oder Augsburg. Und wenn sie dann nicht mehr ganz so frisch sind, werden sie in die Provinz verfrachtet. Erst Bayerwald, dann Tschechien oder Polen.«

»Wenn sie Gammelfleisch sind.«

»Spinnst du?«

»'tschuldige. Aber das klingt, als würdest du Waren herumschicken. Wenn sie nicht mehr frisch ist, wird sie neu etikettiert. Preisreduziert.«

Dosi nickt nachdenklich.

Sie passieren das Ortschild von Karlsreuth. Riesige Lagerhallen flankieren die Straße, ein Automaten-Casino, eine Imbissbude auf dem zugehörigen Parkplatz.

Hummel blinkt. »Ich hab Hunger. Lass uns was essen.«

»Ich würde ein Gasthaus bevorzugen«, sagt Dosi.

»Ach komm, so ein ehrliches halbes Hendl ist doch was Reelles.«

»Ja, hier gibt's bestimmt nur glückliche Biohendl. Genauso schaut das hier aus.«

Hummel parkt neben dem Imbisswagen und gähnt herzhaft.

»Ist es bei dir gestern auch spät geworden?«, fragt Dosi.

»Bei mir wird's immer spät. Boh, jetzt ein Kaffee.«

»So, ihr schaut's aus, als wärt's ihr hungrig«, begrüßt sie die junge – Hummel fallen fast die Augen raus – bildschöne Dame vom Grill.

»So schaut's aus«, sagt Dosi und grinst über Hummels fassungsloses Gesicht. »Zwei halbe Hendl mit Kartoffelsalat.«

»A Bier dazu?«

Dosi schüttelt den Kopf. »Nein, danke, vielleicht trinken wir hinterher noch einen Gourmetkaffee.«

»Obacht, der ist stark.«

»Des pack ma scho.«

Die Imbissdame ist gesprächig. Sie heißt Sabine und ist eigentlich Speditionskauffrau. Sie hilft aber immer mal wieder am Imbiss ihres Vaters aus, wenn der unter den Folgen von Restalkohol leidet. Was leider recht oft vorkommt, wie sie offenherzig erzählt.

Das Hendl schmeckt grauenvoll, trocken, ledrig, aber Hummel lobt es überschwänglich, vergleicht es gar mit einem indischen Tandoori-Hähnchen, was bei Dosi dann doch Stirnrunzeln hervorruft. Aber klar, wenn Augen so schön funkeln, dann wollen Worte wohlgewählt sein.

Der Kaffee hält ganz das, was ihnen versprochen wurde. Er schmeckt wie Batteriesäure. Hummel muss sich zwingen, den Plastikbecher auszutrinken.

»Köstlich!«, lügt Hummel mit einem Zittern in der Stimme.

»Noch einen?«

»Nein, danke, ich muss noch fahren.«

»Sag mal, Sabine, kennst du den Happy Sauna Club?«, fragt Dosi.

Die Imbissfrau mustert Dosi misstrauisch.

»Damit jetzt kein falsches Bild entsteht«, sagt Dosi. »Wir sind von der Polizei.«

»Kommt ihr wegen der toten Frauen?«

»Ja.«

»Das ist wirklich schlimm. Die sind in dem Laster erstickt wie die Tiere.«

»Nicht erstickt, erfroren.«

»Das ist nicht besser.«

Kurz darauf wissen sie erheblich mehr über den Saunaclub, und vor allem über die Auseinandersetzungen im Dorf wegen des Puffs.

»Frag doch mal den Brandner«, schlägt Sabine vor. »Der ist unser Dorfsheriff.«

»Stefan Brandner?«

»Ja, kennst du den?«

»Ja. Aber der arbeitet doch in Grafenberg?«

»Die Polizei in Grafenberg ist auch für uns zuständig.«

»Hat der Brandner noch seine Disco?«

»Ja, das TOXIC ist der einzige Laden in der Gegend, wo du hingehen kannst. Manchmal ist die Musik ein bisschen oldschool, aber trotzdem ein guter Laden. Der Brandner wohnt jetzt hier in Karlsreuth.«

»Aha?«

»Er hat die Tochter vom Bürgermeister geheiratet. Seit letztem Jahr haben sie Zwillinge. Und Brandner ist jetzt voll der Hausmann.«

»Kann ich mir kaum vorstellen. Wo finden wir ihn?«

»Oberöd 4. Ein Riesenhof, die erste Straße gleich rechts rein.«

Hummel ist nachdenklich. Er erinnert an Dosis und Zankls Abenteuer hier im Bayerwald. Der unterirdische Freizeitpark im Tschechischen, der dann geflutet wurde. Die Geschichte, die ihm Dosi damals erzählt hat, ist ja die Basis für einen Roman, bei dem er dann nur noch Co-Autor war. Jetzt ist er also selbst in der Region. Dosi hat ihm mit einer gewissen Faszination von Stefan Brandner erzählt: Dorfcop, Discobesitzer, Biker, Cowboystiefelträger und Sänger in einer Hip-Hop-Metal-Band. Und immer Frauengeschichten.

Offenbar beschäftigen Dosi ähnliche Gedanken. »Brandner ist sesshaft geworden?«, sagt sie unvermittelt.

»Na ja, vielleicht ist die Tochter des Bürgermeisters so hübsch wie die Imbissdame.«

»Vorsicht, Hummel, das sag ich Beate.«

»Mach das ruhig, vielleicht erwacht dann bei ihr ein bisschen mehr Interesse an mir.«

»So schlimm?«

»Na ja, es war schon mal besser. Es ist halt ein ewiges Hin und Her. Mist, jetzt haben wir Sabine gar nicht nach ihrem Nachnamen gefragt.«

»Dazu ergibt sich bestimmt noch Gelegenheit.«

»Meinst du?«

»Aber sicher, edler Ritter. Auf dem Land verliert man sich nicht aus den Augen. So, jetzt fahren wir mal in den Puff.«

Wenig später parken sie hinter einer Sichtschutzwand vor einem Containerbau. Die roten Diodenherzen in den Fensterscheiben blinken hektisch. Romantisch wie eine Registrierkasse. Auf dem Parkplatz stehen viele Autos.

»Frühbucherrabatt«, meint Hummel.

»Meinst du?«

»Ich kenn mich nicht aus in dem Geschäft.«

Dosi sieht ihn zweifelnd an.

»Hey, ich hab keine Ahnung, wie ich da reingerutscht bin. Ich war vorher noch nie im Puff. Und jetzt sind wir aus beruflichen Gründen hier. Wir müssen rausfinden, wer für den Frauentransport verantwortlich ist.«

Dosi nickt. »Im Bordellbusiness herrschen bestimmt mafiaähnliche Strukturen. Und Bandenkriminalität ist ja eigentlich nicht unser Aufgabenbereich. Mal so generell: Ist das jetzt wirklich Mord? Also das mit den Frauen? Das hab ich mich gestern die ganze Zeit gefragt.«

»Dosi, wer immer die Frauen dazu gebracht hat, in den Laster zu steigen, der hat billigend in Kauf genommen, dass da was passiert. Das ist wie bei den Flüchtlingen. Irgendwelche skrupellosen Typen laden die hinten auf ihren Laster und fahren sie durch Ungarn oder Österreich, und wenn die Leute ersticken, dann lassen sie die Karre einfach am Straßenrand stehen. Das ist Mord.«

»Na ja, ich weiß nicht, Hummel, ob das dasselbe ist. Ich tipp mal eher auf fahrlässige Tötung.«

»Das macht doch keinen Unterschied. Die behandeln Menschen wie Ware, die nur interessant ist, solange sie Profit abwirft. Wenn das nicht mehr der Fall ist, ist es ihnen egal, was mit den Leuten passiert. Auch ob sie sterben.«

»Warum sind die Frauen da überhaupt eingestiegen? Mit Taschen, Klamotten, Ausweisen. Sollten sie in einer Nacht-und-Nebel-Aktion weggeschafft werden, oder wollten sie fliehen?«

Hummel zuckt mit den Achseln. »Das müssen wir rauskriegen. Aber wie?«

»Jetzt schauen wir uns erst mal die Wellnessoase hier an. Du hast uns angemeldet, Hummel?«

»Herr Paschinger erwartet uns. Das ist auch so eine Sache, dieses Family-Business. Der eine Paschinger betreibt einen Puff in München, der andere einen im Bayerwald. Perfekte Verwertungskette. Es lebe der Mittelstand und seine Familienunternehmen.«

Franz Paschinger sieht ganz anders aus als sein älterer Münchner Hawaii-Hemd-Bruder. Er könnte glatt als BWLer oder Banker durchgehen. Mitte dreißig, teurer Anzug, schlank, dezent gegelte mittellange dunkle Haare. Fester Händedruck. Aalglatter Geschäftsmann. Dosi und Hummel bekommen eine Führung durch das vorbildlich geführte Haus. Hinter der Containerfassade sieht es aus wie in einem gehobenen Fitnessclub mit Sauna, Duschen. Den Bereich mit den vielen kleinen Zimmern bekommen sie nicht zu sehen. Ein paar Männer mit Business- und Trachtenhemden sitzen mit spärlich bekleideten Damen an der Bar beim intimen Plausch. Aus den Boxen sickert süßliche Loungemusik. Auf der Bühne ist gerade nichts los. Zum Glück, denkt Hummel. Ist schon peinlich genug.

Franz Paschingers Antwort auf Dosis Frage zur Transport-logistik ist unbefriedigend: »Ich hab keine Ahnung, wohin die Damen wollten, was sie in dem Laster gemacht haben. So-weit ich weiß, hat mein Bruder einen recht komfortablen Kleinbus für Geschäftsreisen.«

»Das war jedenfalls die letzte Reise der Frauen. Sie wussten also nichts von dem Transport?«, fragt Dosi noch mal.

»Nein. Eine Verlagerung von Personal war erst für Novem-ber geplant.«

»Wenn das Haltbarkeitsdatum für München erreicht ist.«

»Wenn Sie es so nennen wollen. Ja, in der Provinz sind die Ansprüche nicht ganz so hoch. Handwerklich schon, wie Sie vielleicht an unserem Raumdesign erkennen können, bei den Damen schätzt man es aber eher rustikal. Hier ist sexuelles Notstandsgebiet, verkehrsberuhigte Zone. Da freuen sich die Kunden über jede Anregung.«

»Haben Sie denn jetzt Geschäftseinbußen wegen des Vor-falls mit den toten Frauen?«, schaltet sich Hummel ein.

»Das können Sie laut sagen. Was meinen Sie, was hier los ist? Und nicht erst seit dem bedauerlichen Vorfall. Immer wieder gibt es Proteste der Dorfbewohner, und dann das ganze Gezeter wegen Zuhälterei, Bandenkriminalität und al-les. Das ist doch Unsinn. Das hier ist ein Club mit klaren Spielregeln. Die Damen arbeiten eigenverantwortlich. Ich kann diese selbst ernannten Moralapostel hier draußen nicht mehr hören! Wäre die Nachfrage nicht da, wäre ich nicht hier. Erst gestern ist der Mob hier wieder aufgelaufen mit Transpa-renten. Wissen Sie was? Nicht wenige von den Typen kenne ich, die waren schon mal in meinem Laden. Als Kunden. Scheinheilig! Wenn ich im Glashaus sitz, werf ich doch nicht mit Steinen! Wenn das noch mal passiert, dann stelle ich die Überwachungsvideos vom Parkplatz ins Netz.«

Dosi sieht ihn ernst an. »Das lassen Sie fein bleiben, das ist illegal.«

»Das weiß ich selbst. Aber ich versteh die ganze Aufregung nicht. Alles, was ich hier tue, ist legal. Der gesetzliche Rahmen ist genau definiert, und selbstverständlich halte ich mich daran. Ich zahle eine Menge Steuern, die Frauen sind krankenversichert, wir haben regelmäßige Kontrollen vom Gesundheitsamt. Und die Pacht für dieses Grundstück ist sehr hoch, mal abgesehen von den Instandhaltungskosten für dieses architektonische Schmuckstück. Da verdienen ein paar empörte Dorfbewohner einen Haufen Geld mit uns. Nicht nur der Verpächter – auch Elektriker, Klempner, der Getränkefachhandel, das örtliche Möbelhaus. Wir machen guten Umsatz, bringen einen Haufen Steuereinnahmen in diese gottverlassene Gegend. Und was bekommen wir? Nur Ärger. Wen stört denn das hier draußen? Wir haben sogar diese hohe Sichtschutzwand bauen lassen. Von einem örtlichen Handwerksbetrieb. Wer hierherkommt, weiß genau, was er will und was ihn erwartet. Wir machen keine aggressive Werbung für unsere Dienstleistungen.«

»Na ja«, meint Hummel, »an der Bundesstraße wird schon recht offensiv mit zwanzig neuen Mädchen geworben.«

»Sie werden lachen, das Schild ist nicht von uns. Das ist nur eine von vielen Provokationen. Hier arbeiten keine Mädchen, sondern Frauen. Aus freien Stücken, auf eigene Rechnung. Wir stellen nur die Infrastruktur zur Verfügung. Sorgen Sie bitte dafür, dass das mit den Anfeindungen aufhört.«

»Dafür sind wir nicht zuständig. Das müssen Sie mit den Kollegen hier vor Ort besprechen. Wir sind von der Mordkommission. Wir untersuchen den Tod der neun Frauen. Was fällt Ihnen dazu ein?«

»Ich vermute mal, die wollten Deutschland verlassen.«

»Auf der Ladefläche eines Lasters?«

»Fragen Sie nicht mich, sondern den Fahrer.«

»Die Fahrer. Beide sind tot.«

»Oh.«

»Und die Frauen sind erfroren. Es wäre ein großer Zufall, wenn man die Kühlung für einen leeren Laderaum anmacht.«

»Ja, ich verstehe schon. Sie möchten das gerne meinem Bruder und mir in die Schuhe schieben. Aber warum sollten wir das tun? Uns selbst schädigen? Ich weiß ja nicht, wie das in München ist, ob sich da so eine Geschichte aus der Provinz einfach versendet, ob das wirklich jemand mitbekommt. Aber hier habe ich seit dem Ereignis hohe Einbußen. In der Zeitung standen sehr spekulative Artikel, die Leute zerreißen sich das Maul. Das ist schlecht fürs Geschäft. Wir zahlen drauf. Auch die Damen. Wenn jetzt wegen dem Vorfall und dem Gerede längerfristig weniger Kundschaft kommt, haben wir ein Problem. Normalerweise ist der Parkplatz um diese Uhrzeit komplett besetzt.«

»Tatsächlich. Um diese Zeit?«, staunt Dosi.

»Gerade um diese Zeit. Abends sind die Herrschaften doch bei ihren Familien in ihrem Eigenheimglück. Das hier ist so etwas wie ein Schnellimbiss.«

Dosi lacht auf. »Ganz toll. Ein McFick, sehr schön. Einmal Quickie mit großer Cola, bitte!«

Paschinger mustert sie kalt. Dann grinst er müde. »Tut mir leid, für Damen haben wir aktuell nichts im Angebot. Außer, Sie stehen auf Ihresgleichen.«

»Halten Sie den Mund! Wenn wir rausfinden, dass Sie irgendwas mit dem Tod der Frauen zu tun haben, dann kriegen wir Sie dermaßen am Arsch, dann tauschen Sie Ihren Armani-Anzug gegen eine Gefängniskluft, ist das klar. Paschinger?«

HORRORCLOWNS

»Woher wusstest du, dass das ein Armani-Anzug ist?«, fragt Hummel draußen auf dem Parkplatz.

»So was erkenn ich sofort.«

»Echt?«

»Mann, Hummel. Ich hab keine Ahnung. Was für ein blöder Geck hier draußen auf dem Land! Der große Geschäftsmann. Erzählt was von Business und Steuern und Nachfrage und Bedürfnissen und selbstbestimmter Arbeit. Ich lach mich tot.«

»Ich auch. Und die Gesetze lassen das alles zu. Aber wo er nicht ganz unrecht hat: Das ist wie Strukturförderung für den ländlichen Raum. Hahaha. Ich könnt kotzen. Und wenn die Frauen dreimal ihren Job freiwillig machen. Statten wir jetzt diesem Brandner einen Besuch ab?«

»In seiner Musterehe«, murmelt Dosi. »Ja, heute kann mich nichts mehr erschüttern.«

Dosi täuscht sich. Sie finden auf dem großen Hof in Oberöd eine Ehehölle vor, die sie sich nicht schlimmer ausmalen könnten. An der Seite des dezent aufgequollenen, aber immer noch attraktiven Brandner treffen sie eine bösartige Matrone mit viel zu vielen Rundungen. Die Zwillinge im Geradenichtmehrsäuglingsalter kriechen als laut greinende Horrorclowns über den Laminatboden, auf dem eine XXXLutz-Wohnlandschaft wuchert.

Ein Traum, denkt Dosi, ein Albtraum.

Das Gespräch unter den misstrauischen Blicken seiner Frau dauert sehr kurz.

»Siebzehn Uhr, Kirchenwirt, Oberpolling«, flüstert ihnen Brandner zum Abschied zu.

Hummel ist irritiert von der flammenden Angst in den Augen des Mannes. Neigt seine übergewichtige Ehefrau zu Gewalt? Dominant ist sie in jedem Fall. Hölle, Hölle, Hölle!

Als sie sich wenig später im Nachbarort Oberpolling treffen, zischt Brandner erst einmal eine Halbe Bier weg. Er ist sichtlich gestresst und steht unter Zeitdruck.

»Brandner, warum bist du so unter Strom?«, fragt Dosi. »Deine Frau?«

»Ja, so einfach ist das. Und doch so kompliziert. Sie ist schrecklich, eine Katastrophe.«

»Warum hast du sie dann geheiratet?«

»Zwangsehe. Sie war schwanger. Sie hat auf der Heirat bestanden, ihre Eltern auch. Hier auf dem Land kommst du aus so einer Nummer nicht so einfach raus.«

»Aber finanziell ist das doch die Erlösung für dich? Dein Schwiegervater hat offenbar einen Haufen Geld?«

»Ja, ich arbeite nur noch zum Spaß bei der Polizei. Eigentlich könnte ich daheimsitzen und Däumchen drehen. Aber da sitzt sie ja schon. Diese Frau ist böse und vereinnahmt mich komplett. Sie verschlingt alles um sich herum. Nicht nur Essen. Sie saugt alles ein – wie ein schwarzes Loch. Ich hab voll in die Scheiße gelangt. Aber wer hätte das geahnt? Das war voll die Discomaus – so ein heißer Feger! Und kaum sind zwei Jahre rum, sieht sie aus wie ein Germknödel. Aber na ja, stimmt schon, wenigstens ist der Vater reich.«

»Na, dann passt es ja.«

»Nein. Nichts passt. Aber egal. Wie kann ich euch helfen?«

Zwei Bier später wissen sie erheblich mehr. Über das gesamte Dorf, die Doppelmoral der Leute, den Kleinkrieg der Stammtischbrüder und Lokalpolitiker mit dem Puffbetreiber, der eigentlich expandieren will. Auch über die Videoüberwachung, nicht vonseiten des Puffbesitzers, sondern vonseiten einer Bürgermiliz auf der Zufahrtsstraße, die Kunden beim Einfahren auf den Parkplatz des Puffs filmt.

»Warum machst du nichts dagegen?«, fragt Hummel.

»Wo kein Kläger, da kein Richter. Der Puffbesitzer will seine Ruhe, die Freier haben Angst, wenn da noch mehr Wind gemacht wird. Und ich sag euch dazu eins: Das wahre Problem ist im Moment vor allem, dass die Einheimischen selbst nicht mehr in den Puff gehen können, weil so viel getratscht wird. Nicht alle in der Gegend sind gegen den Puff. Tja, man kann nicht alles haben. Wahrscheinlich werden die tschechischen Läden jetzt stärker frequentiert. Qualität hin oder her.«

»Ja, die Verwertungskette«, seufzt Dosi.

»Jetzt sind jedenfalls Menschen gestorben«, sagt Hummel.

Brandner nickt.

»Und was denkst du darüber?«, fragt Dosi Brandner.

»Na ja, ich bin nur ein kleiner Polizist in Grafenberg, kein Mordermittler.«

»Du wolltest doch mal zur Mordkommission?«

»Ach. Ich wollte vieles. Aber das hier, ich weiß nicht. Nein, das kann kein simpler Unfall sein.« Er winkt der Bedienung.

»Drei Bleifrei, bitte!«, klinkt sich Dosi ein.

Brandner stöhnt leise auf.

ORIGINAL SIEBZIGER

»Ich weiß nicht, ob das die richtige Wahl war«, sagt Hummel, als er seine Tasche in den ersten Stock des von Dosi ausgewählten Hotels trägt. Ein Hotel ist es nicht wirklich, maximal eine Pension in einem wenig anmutigen eternitverschalten Gebäude mit drei Stockwerken, das irgendwie überdimensioniert erscheint für die kleine Ortschaft. Für Hummel hat es das Flair eines Schullandheims, das es früher vielleicht auch mal war.

Aber Dosi strahlt und deutet auf die tulpenblütenförmigen Milchglasschirme der Wandlampen. »Das ist doch ein richtig geiler Laden!«

»Na ja.«

»Hey, komm, du bist doch sonst so der Retrotyp. Das ist alles original Siebziger.«

»Alles gut, Dosi. Sehr funky. Hast du schon Pläne für das Abendessen?«

»Du würdest gerne wieder zu dem Imbiss, oder?«

»Wenn du mich so direkt fragst.«

»Ich glaube nicht, dass unsere Dame da immer noch Schicht hat. Aber es stimmt: Die war bemerkenswert hübsch. Leider zu jung für dich.«

»Wenn du das sagst. Aber hier in der Pension ess ich nix. Vollpension, das klingt wie James Bond.«

»Hä?«

»Die haben die Lizenz zum Töten. Hörst du nicht, wie da unten in der Küche andauernd die Mikrowelle plingt?«

»Hummel, ich bin voll guter Hoffnung, dass wir hier im Dorfwirtshaus einen guten Schweinsbraten kriegen.«

Wenig später betreten sie das Wirtshaus neben der Kirche. Optisch mit seinen Hirschgeweihen an der Wand und der trüben Beleuchtung durchaus gemütlich und vielversprechend, geschmacklich aber eher untere Mittelklasse. Der Schweinebraten ist trocken, das Duett von Packerlknödeln deprimierend, und der Beilagensalat ist der absolute Albtraum. Findet Hummel. Frisch aus der Dose.

»Isst du deinen Salat nicht?«, fragt Dosi.

»Nein, definitiv nicht. Ich bring dieses Essig-Riffelzeugs nicht runter. Wenn du noch was willst, nur zu.«

Dosi verputzt auch Hummels Beilagensalat.

»Großartig. Also nicht geschmacklich, eher so ideell. Kindheitserinnerung – Sellerie, Karotten, Weißkraut, Rote Bete. Wunderbar.«

»Ja, Dosi, ein echtes kulinarisches Highlight.« Hummel trinkt sein Bier aus.

»Und jetzt fahr ma zum Brandner in die Disco, ins TOXIC.«

Hummel gähnt. »Boh, ich bin schon ganz schön platt.«

»Nix da. Ich bin gespannt, ob der Brandner da noch selbst auflegt.«

»Den lässt seine Frau doch nicht aus. Woher weißt du denn überhaupt, dass seine Disco heute aufhat?«

»Das Internet weiß alles. Heute steht *Rocks off* auf dem Programm. *Best of 70ties & 80ties.* Früher hat der Brandner vor allem so Achtzigerjahre-Wave-Sachen gespielt. Cooles Zeug.«

»Das ist doch vor deiner Zeit?«

»Danke für das Kompliment, aber da gibt's gute Sachen. Bist du dabei?«

»Bei coolen Sachen immer. Wer fährt?«

»Wer beim Schnickschnackschnuck verliert, fährt zurück.«

Hummel verliert. Was ihm eh egal ist, da er sich von dem Abend nicht so die große Unterhaltung erwartet. Eigentlich kommt er nur mit, um Dosi einen Gefallen zu tun und nicht als Langweiler dazustehen. Er überlegt, ob zwischen Dosi und Brandner mal was gelaufen ist. Ob sie deswegen unbedingt in seine Disco will. Aber dann würde sie nicht unbedingt auf seiner Begleitung bestehen. Außerdem ist Dosi eine treue Seele. Oder? Jetzt fällt ihm wieder Marlon ein, der Polizist von der Sitte aus Augsburg, auf den sie so abgefahren ist. Tja, die Hormone. Aber darüber sollte er sich kein Urteil erlauben. Er denkt an die grünen Augen der Frau vom Grill. Was für eine Schönheit! Da haut's einem den Schalter raus, denkt er jetzt. Ist das gut, wenn es Bereiche gibt, in denen man sich nicht unter Kontrolle hat? Er grübelt. Ihm fallen sein Besuch im Johannis-Café und das unrühmliche Ende auf dem Puffparkplatz im Münchner Norden ein. Das war geistig und moralisch far out. Nein, prinzipiell ist es schon besser, wenn man sich im Griff hat. Aber hätte er sich nicht so besoffen, würden sie jetzt nicht so viel über die Geschichte mit den toten Prostituierten wissen, und vermutlich würden nicht sie hier ermitteln, sondern die Kollegen aus Regensburg. Und er hätte die schöne Frau am Grill nicht getroffen. Und so weiter. Klar, das alles steht in keinem Kausalzusammenhang, aber trotzdem hängt alles zusammen, das Hässliche und das Schöne, der Tod und das Leben. Das alles geht ihm durch den Kopf, als er mit Dosi über die kurvige Straße zur Disco fährt.

Dosi parkt den Wagen auf dem großen Parkplatz der Disco. Viele Autos. Über der Eingangstür glüht der eisblaue Neonschriftzug TOXIC.

»Der Brandner ist schon ein interessanter Typ«, sagt Dosi. »Damals spielte er auch noch in einer Band. Die *Kings of Fuck*.«

»Aha. Und wie klingen die *Kings of Fuck*?«

»Wie Donnerhall.«

In der Disco ist es gesteckt voll. Aus den Boxen perlt *Kiss Me, Kiss Me, Kiss Me* von The Cure.

Könnte schlimmer sein, denkt Hummel gut gelaunt und ordert zwei Pils an der Bar.

»Aber du fährst zurück«, sagt Dosi.

»Logisch. Eins geht schon.«

»Maximal zwei.« Dosi hebt warnend den Zeigefinger und stößt mit Hummel an.

Der nächste Song hat auch mit Küssen zu tun, KISS mit *I Was Made For Loving You*.

Spitzennummer!, findet Dosi und stürmt auf die Tanzfläche. Hummel muss grinsen. Die denkt sich nix. Als wäre sie hier im Urlaub. Na ja, ist ja auch ein Heimspiel für sie. Jetzt entdeckt er Brandner. Der geht mit Kontrollettiblick durchs Lokal, sammelt im Vorbeigehen Gläser und Flaschen ein. Muss ja ein ziemlich ruhiger Posten bei der Polizei hier draußen sein, wenn man für so einen anstrengenden Nebenjob noch Energie und Muße hat, denkt Hummel. Und erstarrt. Die grünen Augen vom Grill! Die langen schwarzen Haare! Jetzt offen! Enge Jeans, verwaschenes Clash-T-Shirt. Eifersucht kocht in Hummel hoch, als Sabine den Discobetreiber mit Küsschen begrüßt. Hummel leert seine Bierflasche mit einem großen Schluck. Iggy Pops *Lust For Life* knallt aus den Boxen. Die Tanzfläche füllt sich noch mehr. Seine Angebetete tanzt neben Dosi. Dosi deutet zu ihm. Seine Traumfrau schaut rüber und winkt. Linkisch hebt er die Hand, versinkt fast vor Scham im Boden. Er lächelt, nein, er grinst. Soll er auch auf die Tanzfläche? Oder sieht das jetzt komisch aus? Er ist erleichtert, dass ihm die nächste Nummer von Boy George die Entscheidung abnimmt. Definitiv nicht sein Sound. Obwohl das jetzt egal wäre. Eh zu spät. Denn sie ist nicht mehr auf der Tanzfläche. Wo ist sie hin? Dosi tanzt unverdrossen weiter. *Do You Really Want To Hurt Me …*

»Hey!«

Er dreht sich um. SIE! Mit zwei Cognacschwenkern. Sie hält ihm einen hin.

»Äh?« Irritiert sieht er auf die schwarze Flüssigkeit.

»Magst du nicht?«

»Ich muss noch … Was ist das?«

»Was wird das schon sein?«

»Ein Rüscherl?«

»Prost!«

Er nimmt das Glas, sie stoßen an. Die Cola mit dem billigen Cognac schmeckt furchterregend, löst aber endlich seine Handbremse.

»Du tanzt super«, platzt er heraus.

»Was?«

»Du. Auf der Tanzfläche. Wie ein Gummiball.«

Sie lacht. »Was bist du denn für ein Vogel?«

»Hummel.«

»Wie? Hummel?«

»Kein Vogel, wie die Biene, also eine dicke Biene. Brumm-brumm – Hummel.«

Sie lacht wieder.

»Und Hummel ist dein Vorname?«

»Nein, mein Nachname. Ich bin der Klaus.«

»Ich bin die Bine.«

Hummel strahlt. Bine und Hummel – super!

»Willst du tanzen?«, fragt Bine.

PERFIDE

Am nächsten Morgen weiß Hummel nicht, wo er ist. Er mustert mit schmerzenden Augen und stechenden Schläfen die florale Tapete und die erschreckende Inneneinrichtung des Pensionszimmers. Greift voller Panik neben sich ins Bett. Nein, da ist nur die zerwühlte Bettdecke auf der anderen Seite. Zerwühlt? Nein, keine Spur, dass noch jemand außer ihm in diesem Bett geschlafen hat. Mann, was für Gedanken! Hummel schämt sich, dass er eine so treulose Seele ist. Er schließt die Augen, sieht sich mit Bine am Tresen in Brandners Disco. Immer neue Rüscherl. Oh, welch perfides Gift!

Es donnert an der Tür. Sie wird geöffnet, bevor er ›Herein‹ sagen kann. Dosi – mit einem Grinsen breit wie die Autobahn.

»Das ist nicht lustig«, stöhnt Hummel.

»Doch, das war sehr lustig.«

»Sicher nicht!«

»Du warst der Hammer!«

»Was hab ich gemacht?«

»Getanzt, als ob dir der Teufel auf den Fersen ist. Wie du bei *The Message* deine Jacke weggeschleudert hast und auf den Knien über die Tanzfläche gerutscht bist, ganz großes Kino. John Travolta ist ein Milchbubi gegen dich.«

»*The Message?*«

»Grandmaster Flash. Du weißt schon: Don't push me cause I'm close to the edge / I'm trying not to lose my head / It's like a jungle sometimes / It makes me wonder / how I keep from goin' under …«

Dosis Tanzschritte auf dem Linolboden entlocken Hummel ein schmerzhaftes Grinsen.

»Wir haben uns kaputtgelacht«, sagt Dosi.

»Wer ist wir?«

»Bine, Brandner und ich.«

»Ganz toll. Oh Mann, ist das peinlich. Die Scheißrüscherl. Was ist mit Bine?«

»Was soll mit ihr sein?«

»Denkt sie jetzt, dass ich ein Säufer bin?«

»Na ja, so blau, wie du warst …«

»Hab ich mich irgendwie ungut verhalten?«

»Nein, voll der Gentleman. Und du hast auch nicht ins Auto gekotzt, als ich dich heimgefahren hab.«

»Tut mir leid, ich wollte eigentlich fahren.«

»Passt schon.«

»War ich sehr peinlich?«

»Nein, megalustig, so kenn ich dich gar nicht. Sonst bist du doch immer der große Grübler. So, jetzt geh dein schlechtes Gewissen duschen und komm frühstücken.«

GESPENSTISCH

Auf dem Heimweg nach München ist Hummel sehr schweigsam, starrt nach vorne in die tief stehende Spätnachmittagssonne.

»Is was?«, fragt Dosi.

»Nein, alles gut.«

»Immer noch wegen gestern?«

»Nein. Also nur ein bisschen. Eher die Leute heute. Komisch.«

»Komisch ist nicht das richtige Wort. Eher schrecklich. Die meisten berührt das Schicksal der Prostituierten kaum.«

Hummel nickt nachdenklich. Ja, ein merkwürdiger Tag. Sie haben den ganzen Ort abgeklappert. Mitleid hatte fast niemand mit den Prostituierten. Und mehrere hatten gesagt, dass es doch gar nicht so schlecht wäre, wenn man jetzt mal sieht, wie es da zugeht beim Paschinger, was das für ein Milieu ist. Vielleicht müsste der Laden jetzt endlich dichtmachen. Es hörte sich fast so an, als hätten sie auf so ein Ereignis gewartet. Und in diesem dumpfen bigotten Umfeld muss Bine leben. Aber was geht ihn das an? Die schöne Bine. Nein, geht gar nicht. Er hat eine Freundin. Die beste und schönste von allen: Beate. Scheiße, das hat er irgendwie nicht ganz im Griff. Blöde Hormone.

»Ich kann dich in Haidhausen absetzen«, sagt Dosi, als sie in Schwabing von der Autobahn abfährt.

»Nein, danke. Münchner Freiheit wäre super.«

Sie sieht ihn an und grinst.

Er geht nicht darauf ein. Ja, er wird bei Beate in der Kurfürstenstraße vorbeischauen. Und nein, es gibt nichts zu beichten. Er muss Beate nichts erzählen. Es ist nichts passiert.

Er winkt Dosi hinterher, als er an der Münchner Freiheit ausgestiegen ist. Viertel vor sechs. Wenn er sich beeilt, hat der Blumenladen an der Leopoldstraße noch offen.

Mit einem großen Strauß Tulpen marschiert er kurz darauf die Franz-Josef-Straße entlang in Richtung Kurfürstenplatz. Vielleicht kann er Beate heute in der Blackbox ein bisschen zur Hand gehen. Das wäre doch schön.

Würziger Fleischduft zieht ihn in eine türkische Imbissbude. Während er auf seinen Döner wartet, sieht er auf den Fernseher mit den Nachrichten. N-TV. Zu sehen ist das Kaufhaus an der Münchner Freiheit.

Der Dönermann hält in seiner Arbeit inne, schaut zum Fernseher und wechselt zum Bayerischen Fernsehen. Auch dort Bilder von der Münchner Freiheit.

Da war ich eben, denkt Hummel, da war doch nix? Ein Anschlag? Bitte nicht!

Er liest die Ticker-News unter den Bildern: *Terroralarm in Schwabing?* Nun ist der Pressesprecher der Münchner Polizei auf dem Bildschirm zu sehen. Der Ton am Fernseher geht an: »Die Lage in und um das Kaufhaus an der Münchner Freiheit ist unübersichtlich. Im Kaufhaus sind Schüsse gefallen. Augenzeugen sprechen von einer vermummten Person mit einem Schnellfeuergewehr. Zum jetzigen Zeitpunkt ist es völlig unklar, wie viele Personen sich noch in dem Kaufhaus befinden.«

Das reicht Hummel. Er verlässt den Dönerladen. Es ist gespenstisch still draußen. Kein Verkehr. Wie von einem Magneten gezogen rennt er in Richtung Münchner Freiheit. Sieht schon bald die Einsatzwagen und die Blaulichter. Er probiert Beates Nummer. Sie geht nicht dran. Kurz darauf erhält er eine SMS von ihr.

   – *Bin im Kaufhaus. Bewaffneter Mann*
   – *Bist du in Sicherheit?*

Der Bildschirm seines Handys wird schwarz. Ausgerechnet jetzt! Scheißakku! Er muss da hin! Auf der Straße ist kein Durchkommen. Er braucht ewig bis zur U-Bahn-Station Münchner Freiheit. Aus den Zugängen strömen die Menschen, kanalisiert von Einsatzkräften der Polizei. Hummel blickt zu dem gläsernen Aufzugschacht hinter der Absperrung. Das könnte gehen. Er drückt sich gegen den Menschenstrom in die U-Bahn runter. U-Bahn-Personal und Polizisten mit gelben Westen dirigieren die Menschenströme. Hummel sucht den Aufzug zur Oberfläche. Die Ordner sind mit den Menschenmassen überfordert. Hummel sieht den verlassenen Souvenirstand. Schnappt sich eine Baseballcap mit *I love Munich*. Zieht den Schirm tief ins Gesicht. Er wartet einen günstigen Moment ab und spurtet zum Lift. Hat keiner gesehen. Er geht in die Hocke, um im Glasschacht nicht sofort gesehen zu werden. Drückt den Knopf mit E. Der Lift setzt sich in Bewegung. Lift stoppt oben, Tür geht auf. Er rennt zum Eingang des Kaufhauses, schaut nicht rechts, nicht links, hört nichts, achtet nicht auf die Megafonansagen der Polizei.

Als sich die Glastüren hinter ihm schließen, ist es still. Totenstill, denkt Hummel und schiebt den bösen Gedanken gleich wieder weg. Er atmet tief durch. Er hat keine Waffe dabei. Wo ist der Typ? Wie viele Menschen sind hier? Wo ist Beate?

Er sieht niemanden. Atmosphäre atomschlagmäßig. Kaufhaus ohne Menschen. Die stickige Luft summt, knistert. Elektrostatik. Hummel bricht der Schweiß aus. Gar nicht so sehr Panik, eher die stehende Hitze. Die Glastüren schließen erstaunlich dicht. Kaum ein Geräusch von außen. Blaulichter reflektieren in Spiegeln und Glasflächen. Hummel zieht den Schirm der Baseballcap noch tiefer ins Gesicht. Er möchte nicht, dass ihn ein Kollege auf einem der Überwachungsvideos erkennt.

Erdgeschoss menschenleer. Welches Stockwerk? Rolltreppe? Nein! Die Rolltreppen stehen. Hummel schleicht geduckt durch die Regale. Nimmt eine Glastür ins Treppenhaus. Er horcht. Nichts. Treppe hoch. Erster Stock. Nichts. Zweiter Stock. Er späht in die Verkaufsräume. Da ist jemand. Waffe? Kann er nicht erkennen. Was hält der Mann über den Kopf? Handgranate? Die dicke Weste – Sprengstoff? Und wo sind die Leute, die Kunden? Mit wem spricht er da? Hummel öffnet lautlos die Tür und schleicht in Richtung des Geiselnehmers. Durch die Regale sieht er jetzt die Leute. Alle liegen auf dem Boden. Ist Beate dabei? Nicht zu sehen. Er muss was tun. Muss er? Er arbeitet nicht bei einer Antiterroreinheit. Warum ist er da einfach reinmarschiert? Jetzt hört er die Stimme des Geiselnehmers. Er spricht in sein Handy. Sein Deutsch ist akzentfrei. Er fordert die Befreiung politischer Gefangener.

Darauf geht die Polizei doch nie ein, denkt Hummel. Er sieht zur Rolltreppe. Geht das? Hat der Typ wirklich Sprengstoff? Die bleiche schwitzige Gesichtshaut des Geiselnehmers glänzt im Neonlicht. Hummel sieht keine Augen hinter den tiefschwarzen Sonnenbrillengläsern. Trotzdem spürt Hummel es – der Typ ist am Limit, unberechenbar. Er muss ihn von der Gruppe weglocken. Bis zur Rolltreppe sind es etwa fünfzehn Meter. Hummel überlegt kurz, dann huscht er zurück ins Treppenhaus. Einen Stock runter.

Der Geiselnehmer wartet auf den Rückruf der Polizei und sieht sich nervös nach allen Seiten um. Die Leute am Boden mucksmäuschenstill. Lampen an der Decke summen.

Plötzlich ein Geräusch. Was ist das? Die Rolltreppe. Kommt da wer?

»Liegen bleiben!«, brüllt der Mann die Geiseln an und geht in Richtung Rolltreppe. Ja, sie läuft. Er wundert sich. Was soll das? Zufall? Oder kommt da einer von unten hoch?

Hummel öffnet mit pumpender Lunge die Treppenhaustür und sieht den Geiselnehmer von hinten. Der starrt auf die Rolltreppe, wo ihm jetzt ein großer Stoffteddy entgegenkommt. Was soll das?! Hummel fliegt durch den Raum und stößt den Mann mit voller Wucht in den Rücken und die Rolltreppe runter. Die Handgranate fällt dem Mann aus der Hand.

Stille. Dann knallt es dumpf. »Raus!«, schreit Hummel und scheucht die Leute durchs Treppenhaus nach unten. »Raus, raus, raus!« Er treibt sie durchs Erdgeschoss nach draußen.

Die Polizei nimmt sie entgegen. Bevor Hummel den Einsatzkräften sagen kann, wo sich der Attentäter befindet, stürmt schon das schwer bewaffnete SEK an ihm vorbei. Hoffentlich ist außer dem Typen keiner mehr im Kaufhaus, denkt Hummel und blickt sich ängstlich nach Beate um. Nein, er sieht sie nicht. Das SEK kommt schon wieder aus dem Kaufhaus. Der Festgenommene ist mit einer Decke auf dem Kopf verhüllt, die Hände sind auf dem Rücken gefesselt.

Hummel atmet auf. Gefahr gebannt, der Typ ist unschädlich. Jetzt muss er schauen, dass er Land gewinnt. In dem Trubel hat keiner gemerkt, dass er nicht zu den Geiseln gehört. Er taucht einfach in der Menge der Schaulustigen ab.

Hummel schwirrt der Kopf. Er zieht die Kappe vom Kopf und wirft sie in einen Mülleimer. Was hat er da gemacht? Wenn der Typ einen echten Sprengsatz dabeigehabt hätte und nicht bloß eine Blendgranate? Unklug. Kompletter Aussetzer von ihm. Zum Glück ist nichts passiert. Aber wer weiß, was der Typ mit den Geiseln gemacht hätte? Beate? Er muss sie anrufen. Er bittet einen Passanten, ob er schnell einen Anruf machen kann.

Beate meldet sich sofort: »Klaus, wo bist du?«

»Beate, wo bist du?«

»Ich war in dem Kaufhaus. Ich bin durch einen Lieferantenausgang rausgekommen.«

»Gott sei Dank.«

»Und du, wo bist du?«

»Ich bin in der Franz-Josef-Straße. Es ist alles abgesperrt. Soll ich dich abholen?«

»Nein, lass mal, das dauert noch. Ich muss noch meine Zeugenaussage machen. Kannst du mir einen Riesengefallen tun und die Blackbox aufsperren? Der Schlüssel liegt bei mir zu Hause im Flur auf der Kommode.«

»Ja, klar. Und dir geht es wirklich gut, Beate?«

»Ja, alles in Ordnung.«

»Gott sei Dank.«

»Ich komm dann, so schnell ich kann.«

»Der Attentäter ist außer Gefecht?«

»Ja. Es ist niemand zu Schaden gekommen. Angeblich ist eine Blendgranate explodiert. Irgendein Typ ist ins Kaufhaus und hat die Leute rausgeholt. Ein Held! Wahnsinn, er hat den Attentäter abgelenkt, die Rolltreppe runtergestoßen und die Leute rausgebracht!«

»Aha.«

»Und dann ist er verschwunden, spurlos.«

»Ist das nicht leichtsinnig, einfach so da reingehen?«

»Hey, der Typ hat die Leute da rausgebracht!«

»Ja, gut, dass es vorbei ist. Ich liebe dich!«

»Ich dich auch. Bis später.«

Hummel grinst. Er ist ein Held. Auch wenn er das für sich behalten wird. Und er grinst auch wegen des Schlüssels. Definitiv ein Vertrauensbeweis. Ihren Wohnungsschlüssel hat er ja schon. Aber dass er sich um die Blackbox kümmern soll, das hat noch eine andere Qualität. Hat er noch nie gemacht. Er wird es nicht vermasseln. Er schüttelt den Kopf. Wahnsinn, was für ein Tag! Er spürt jetzt nagenden Hunger. Der Dönerladen, klar. Und die Blumen! Die hat er dortgelassen.

Die Blumen sind natürlich weg. Soll er dem Imbissbesitzer jetzt einen Vortrag halten? Nein, er ist ja schließlich Hals über Kopf aus dem Laden gestürzt. Der Ladenbesitzer kann ihm nicht sagen, wer die Blumen mitgenommen hat. Komisch, würde er einfach so fremde Blumen mitnehmen? Soll der Typ in der Hölle schmoren. Aber vielleicht freut sich darüber seine Frau, die ihr ganzes Leben von ihm noch keine Blumen bekommen hat. Und wenn es eine Frau war? Nein.

Frauen tun so was nicht, oder? Hummel schlingt seinen sehr scharfen Döner runter, federt ihn mit einem Becher Ayran ab und verlässt das Lokal. Halb neun. In einer halben Stunde muss er die Blackbox aufsperren.

Er holt sich den Schlüssel aus Beates Wohnung, trinkt noch ein Glas Wasser in der Küche, sieht die benutzte Kaffeetasse in der Spüle, lächelt. Vielleicht stehen da morgen zwei weitere Tassen. Die Küchenuhr zeigt zehn vor neun. Er muss los.

Die leere dunkle Kneipe zu betreten ist ungewohnt für Hummel. Die Stille. Er macht das Licht an, geht zur Musikanlage. Skippt durch die CD-Sammlung. Entdeckt ein Album *Best of Alex Chilton*. Die kennt er noch gar nicht. Dass Beate so was hat, überrascht ihn. Oder hat er sie ihr geschenkt? Egal. Er legt die CD ein und lauscht Chiltons Gitarrenversion von Nina Simones *My Baby Just Cares For Me*. Hummel singt mit und räumt gut gelaunt die Stühle von den Tischen. Dann zapft er sich ein Bier.

Den ersten Gast kennt er. Peter, aus der Senioren-WG im Haus. Ist laut Beate meistens der Erste hier. Hummel ist stolz, dass er genau weiß, was Peter bekommt: roten Hauswein und ein großes Glas Leitungswasser.

»Wo ist Beate?«, fragt Peter.

»Kommt etwas später. Sie meinte, ich soll schon mal aufsperren. Sonst steht der Peter auf der Straße, zieht dann vielleicht frustriert ab und kommt nicht wieder.«

»So weit kommt's noch.«

Peter widmet sich seiner Zeitung. Hummel weiß, dass es die Zeitung von gestern ist. Hat Beate ihm mal erzählt. Irgendwie cool, findet Hummel. Nimmt das Tempo aus dem ganzen Nachrichtenwahnsinn und ist Nulltarif. Allerdings wundert er sich, wie man bei der Schummerbeleuchtung überhaupt lesen kann. Entweder Adleraugen oder Peter tut nur so, als ob er liest, um nicht von anderen Gästen angelabert zu werden. Aber im Moment sind sie nur zu zweit im Lokal.

Als Beate um halb elf endlich eintrifft, ist der Laden brechend voll. Hummel ist klatschnass geschwitzt und kommt mit dem Ausschenken kaum hinterher. Beate gibt ihm einen Kuss und übernimmt das Regiment.

»Wo sind denn Kathi und Max?«, fragt Hummel.

»Haben heute frei.«

»Allein schafft man das nicht.«

»Jetzt hast du ja mich, Klaus. Und ich hab dich.«

»Du bist gut drauf, was?«

»Ja. Das war total verrückt. Wie ich den Typen gesehen hab, also der hat die ganze Zeit gebrüllt und die Granate durch die Luft geschwenkt, da hab ich zuerst gedacht: Okay, das war's dann wohl. Wenn ich da lebendig rauskomme, dann ändere ich mein Leben.«

»Aha, und wie?«

»Nicht so schnell aufregen, wenn etwas nicht klappt, aufmerksamer sein, ruhiger.«

»Wie bist du denn rausgekommen?«

»Ich hab den Lieferantenausgang gesehen. Er hat gebrüllt, dass alle zu ihm kommen sollen, aber ich hab mich nach hinten geschlichen. Mit einer jungen Frau und ihren zwei Kindern. Ich hab mir vor Aufregung fast in die Hose gepinkelt.«

»Kein Wunder.«

»Und dann waren wir draußen. Die Polizei hat uns gleich in Empfang genommen. Die haben uns ewig befragt. Auch, ob wir den Typen gesehen haben, der den Geiselnehmer die Rolltreppe runtergestürzt hat.«

»Und, hast du ihn gesehen?«

»Nein, da war ich ja bereits draußen. Wahnsinn, wie verrückt muss man sein, dass man so was macht. Trotzdem: Respekt!«

Hummel nickt und lächelt. »Hauptsache, dir ist nichts passiert und auch sonst niemandem.«

UNBEEINDRUCKT

Samstagmorgen. Im Präsidium ist wenig los. Dosi winkt Hummel an ihren Schreibtisch. Sie zeigt ihm das Video aus dem Kaufhaus. Ein Schatten huscht durch den Verkaufsraum, schon stürzt der Geiselnehmer die Rolltreppe runter.

»Man sieht kein Gesicht«, sagt sie, »aber die Klamotten kommen mir bekannt vor.«

»Ja, schicke Mütze.«

»Nein, der Rest.«

Hummel blickt sie treudoof an und sagt: »Tja, die Typen heutzutage tragen alle dasselbe. Lederjacke, Jeans, Turnschuh.«

Dosi sieht ihn zweifelnd an. »Du hast bei Beate übernachtet?«

»Ja, wieso?«

»Du hast noch dieselben Klamotten an wie gestern.«

»Lederjacke, Jeans, Turnschuh – wie so viele.« Hummel hängt seelenruhig seine Lederjacke über die Stuhllehne. »Und, wer ist der Terrorist?«

»Ein IS-Sympathisant. Deutscher. Konvertit.«

»Hatte der echt Sprengstoff dabei?«

»Der Hüftgurt war nur eine Attrappe. Und die Blendgranate war nicht wirklich gefährlich. Aber sie hat das ganze Kaufhaus verräuchert und die Sprinkleranlage in Gang gesetzt. Da ist ziemlich viel kaputtgegangen. Bist du gut versichert?«

»Jetzt lass den Scheiß, Dosi! Ich bin gestern Abend direkt in die Blackbox und musste aushelfen. Kathi und Max hatten frei. Frag Beate.«

»Wann macht die Kneipe auf?«

»Da muss man schon vorher eine Menge vorbereiten.«

»Na dann. Weißt du, was ich mir gestern noch überlegt hab, zu unserem Fall mit den toten Frauen? Also jetzt mal ganz steile These: Ihr Tod war kein Unfall, sondern Vorsatz. Nur mal theoretisch. Was ist, wenn jemand absichtlich die Kühlung angeschaltet hat?«

»Warum sollte das jemand tun?«

»Rivalisierende Banden. Die bekriegen sich, wollen den Konkurrenten schädigen.«

»Und töten dafür unschuldige Frauen?«

»Ja, vielleicht. Der Anrufer hat gewusst, was da passiert.«

»Und warum sind die Frauen da überhaupt eingestiegen?«

»Vielleicht eine Falle? Jemand hat versprochen, sie da rauszubringen.«

Hummel schüttelt den Kopf. »Zu krass. Und Bandenkriminalität ist nicht unser Ressort.«

»Jetzt sei mal nicht so amtlich.«

»Wo ist eigentlich Zankl?«

»In der KTU. Er will mit einem Kriminaltechniker noch mal einen genaueren Blick auf den Kühl-Lkw werfen.«

»Ja, das Problem an der Theorie ist ja auch, dass die Kühlung noch nicht angewesen sein kann, als die Frauen eingestiegen sind. Denn die hätten das gemerkt und wären gar nicht erst eingestiegen.«

»Zeitschaltuhr?«

»Ich kenn mich mit so was nicht aus. Wir werden sehen.«

Hummel klemmt sich hinter seinen Computer, studiert die Meldungen über den Geiselnehmer gestern, schaut sich die Pressefotos an. Sehr gut, ein Wunder, dass ihn niemand erkennbar abgelichtet hat, als er ins Kaufhaus reingespurtet ist. Die Überwachungskameras zeigen bloß einen Typen mit einer bescheuerten Touristenkappe.

»Keine Spuren am Laster, die uns weiterbringen«, sagt Zankl später in der Kantine und setzt sich an der Tisch zu Dosi und Hummel.

»Hat die Kühlung eine Zeitschaltuhr, oder kann die von selbst angehen, irgendeine Automatik?«, fragt Dosi.

»Nein, die muss man manuell anmachen. Also, wenn sie aus ist. In Betrieb springt sie schon automatisch an, wenn es zu warm ist. Wie beim Kühlschrank.«

»Dann war die Anlage aus, als sie eingestiegen sind. Wann könnte jemand die Kühlung denn angeschaltet haben?«, fragt Dosi. »Auf dem Parkplatz noch? Auf der Fahrt?«

»Na ja, die Fahrer können wir nicht mehr fragen. Das wird wohl seinen Grund haben, dass die nicht mehr auskunftsfähig sind. Wer die Frauen auf dem Gewissen hat, ist auch für die beiden zuständig.«

»Nicht zwingend. Das mit den Fahrern könnte auch ein Racheakt des Puffbesitzers sein.«

»Hummel, du hast auch sonst niemanden gesehen, der sich an dem Laster zu schaffen gemacht hat?«, fragt Zankl.

»Es war stockfinster. Und es ging alles so schnell. Aber klar, es kann schon noch jemand an dem Laster dran gewesen sein, ohne dass ich es mitgekriegt hab. Gesehen hab ich aber niemanden.«

Als Hummel am späten Nachmittag das Präsidium verlässt, ist er alles andere als zufrieden. Er kann sich nicht an alle Details erinnern. Das ist alles sehr verwirrend. Mit schnellen

Ergebnissen ist da nicht zu rechnen, vor allem, wenn die zwei Hauptzeugen tot sind. Egal jetzt, morgen ist Pause. Der Sonntag gehört Beate.

DENKZETTEL

»Du Arschloch, ich hab dir doch gesagt, dass das eine Scheißidee ist.«

»Was hast du? Du fandest das super. Du wolltest den Heinis ebenfalls einen Denkzettel verpassen.«

»Ja, wenn sie das Zeug von München in den Bayerwald bringen. Dann hätte sie die Polizei hopsgenommen. Hat sie auch. Aber hinten waren keine Drogen oder Laborausstattung, nur ein paar Kisten Schnaps. Und neun Frauen. Tot. Neun Frauen!«

»Keine Frauen.«

»Nein?«

»Nutten.«

»Hey, komm.«

»Das war ein Betriebsunfall.«

»Was hast du denn den Bullen gesagt, als du sie angerufen hast? Dass da Drogen an Bord sind?«

»Na ja, das mit den Frauen auch. Das war eine spontane Idee, wie ich gesehen habe, dass die da hinten einsteigen.«

»Und warum sind sie da überhaupt eingestiegen? In einen Laster?«

»Was weiß denn ich?«

»Ich glaube, du verarschst mich.«

»Nein, das tu ich nicht. Das war reiner Zufall. Ich dachte nur: Wie geil ist das denn? Viel besser als Drogen. Ich hab dir nichts gesagt, weil ich nicht wusste, wie du reagierst.«

»Ganz toll. Und jetzt sind sie tot. Erfroren. Das ist doch kein Zufall! Warum war die Kühlung an? Hey, sag mir das!«

»Du Arsch, schau lieber, wo du hinbrunzt.«

»Jetzt sag was!«

»Was soll ich sagen? Die Cops machen dem Paschinger jetzt die Hölle heiß. Und das dauert nicht lang, dann ist der Schandfleck hier draußen weg. Komm, wir trinken noch einen Whiskey Sour.«

ERREGT

Hummels Handy klingelt. Beate stöhnt entnervt auf. »Mach das Scheißding aus!«

Hummel steht auf und geht zur Garderobe, findet das Handy in seiner Jackentasche. Es hat aufgehört zu klingeln. Er checkt den verpassten Anruf. Die Nummer kennt er nicht. Auf dem AB ist ein Anruf. Er geht in die Küche und hört den Anruf ab. Eine erregte Frauenstimme: »Klaus, ich ruf an wegen der toten Frauen, in dem Laster, ich … Ruf bitte zurück!«

Er kennt die Stimme nicht. Oder? Kurz zögert er, dann drückt er auf *Rückruf*.

»Hallo, hier ist Klaus Hummel?«

»Klaus, ich bin's, Bine.«

»Oh, Bine … Hey, hallo! Ich versteh dich so schlecht.«

»Ich, ich … Ich bin in der Disco, wart mal kurz …«

»Was ist denn passiert?«

»Ich bin in der Disco. Beim Brandner. Ich war vorhin auf dem Klo. Da hab ich ein Gespräch mit angehört. Von zwei Typen.«

»Zwei Typen auf dem Klo? Was machst du auf dem Männerklo?«

»Frauen war besetzt, da bin ich rein. Ich war in einer der Kabinen. Da hör ich zwei Männer über die toten Frauen in dem Laster sprechen. Die Typen haben was damit zu tun.«

»Hast du sie gesehen?«

»Nein, leider nicht. Ich hab gewartet, bis sie das Klo verlassen haben. Erst dann bin ich aus der Kabine raus.«

»Hast du sie in der Disco gesehen?«

»Wie denn? Ich weiß doch nicht, wie die Typen aussehen. Außerdem ist der Laden gerammelt voll. Heute ist *Metal Night*, da ist die Hölle los.«

»Sonntagnacht?«

»Ja, klar. Kannst du kommen?«

»Jetzt?«

»Nein, morgen. Ihr ermittelt doch in dem Fall mit den toten Frauen?«

»Ja, das tun wir.«

»Vielleicht finden wir die Typen.«

»Und wie?«

»Äh … Das weiß ich nicht. Kommt ihr?«

»Ja, wir kommen morgen.«

»Gut. Danke. Hey, das ist schön, deine Stimme zu hören.«

»Äh, ja, danke. Du auch, ich mein, ich auch, also deine Stimme … Bis morgen dann!« Er legt auf.

»Wer war das?«, fragt Beate, die sich ein Glas Wasser in der Küche zapft.

»Das war dienstlich.«

»So klang das nicht. Und um diese Uhrzeit?«

»Es geht um den Tod der neun Frauen in dem Kühllaster. Eine Zeugin.«

»Die dich mitten in der Nacht anruft, an einem Sonntag?«

»Bist du jetzt eifersüchtig oder was?«

»Auf deinen Job? Niemals. Komm wieder ins Bett.«

MILIEU

Montagmorgen. Dosi ist krank. Hohes Fieber. Plötzlich. Aus dem Blauen. Sie ist frustriert. Ja klar, es war keine gute Idee, bis tief in die Nacht mit Fränki auf dem Balkon zu sitzen. Bei dem vielen Bier hatte sie gar nicht gemerkt, dass es empfindlich kühl geworden war. Jetzt hat sie die Quittung. Fränki hingegen ist topfit und um acht Uhr in die Arbeit verschwunden.

»Und du gehst heute nicht ins Büro!«, hatte er sie noch ermahnt.

Nein, kein Gedanke daran. Sie fühlt sich völlig gerädert, schreibt Mader eine Nachricht und legt sich wieder ins Bett.

Mader ist erstaunt. Er kann sich nicht erinnern, dass Dosi schon einmal krank gewesen wäre. Er ist gerade mit Bajazzo beim Gassigehen im Ostpark, als er ihre Nachricht erhält. Die Sonne strahlt müde durch den milchigen Morgendunst, Jogger schnaufen wie Dampfloks durch den Park, und ein paar Hundebesitzer mit ihren pfotigen Gefährten machen dasselbe wie Bajazzo und er. Klare Rollenverteilung: Der eine macht sein Geschäft, der andere räumt hinter ihm auf. Bajazzo beendet sein Business, und Mader zückt sein Tütchen. Jetzt fällt ihm ein, dass seine Schwester heute Geburtstag hat. Helene. Jahrgang dreiundsiebzig. Kaum zu glauben – sie geht lässig für Mitte dreißig durch. Kann er sie jetzt schon anrufen? Nein. Zu früh. Aber er darf es auf keinen Fall vergessen! Er lässt das gefüllte Tütchen in einen Mülleimer plumpsen und geht weiter zur anderen Parkseite, um an der Station Michaelibad in die U-Bahn zu steigen.

TICK ZU LAUT

»Ja, verdammt, ich bin heute Abend pünktlich zurück«, zischt Zankl und zieht die Wohnungstür hinter sich zu. Natürlich einen Tick zu laut. Ach Mann, das geht ihm vielleicht auf den Wecker! Ja, er weiß, dass das heute ein wichtiger Termin ist. Der Infoabend für die Einschulung von Clarissa. Aber er arbeitet nun mal nicht beim Patentamt oder in einer Versicherung, wo man den Griffel um siebzehn Uhr fallen lässt und ins Privatleben entschwindet. Immer diese Vorwürfe seiner Frau Jasmin. Nicht zum ersten Mal beschleicht ihn der Gedanke, dass Ehe und Familie nicht die schönsten Daseinsformen auf Erden sind. Da hat es Hummel besser. Beate ist Kneipenwirtin und hat selbst ungewöhnliche Arbeitszeiten. Die macht keinen Druck. Na ja, dafür geht es bei denen aber ständig rauf und runter. Auch anstrengend. Tja. Und Dosi ist nicht verheiratet und hat einen eifersüchtigen Freund, der mit Argusaugen über sie wacht. Mader ist wahrscheinlich der Klügste von ihnen. Ehe hat er hinter sich. Bajazzo stellt keine dummen Fragen. Klar, es liegt nicht unbedingt an der Ehe, sondern daran, wie viel Spielraum man dem anderen zugesteht. Und da hat Jasmin definitiv noch Luft nach oben. Nein, sie hat ja recht, er will auch, dass bei Clarissas Einschulung alles klappt, und da muss man sich eben informieren. Wobei er nicht nachvollziehen kann, warum Jasmin in sieben Grundschulen vorstellig geworden ist, um sich dann am Ende doch für die nächste, ihre Sprengelschule, zu entscheiden. Erst war Jasmin begeistert, dass es dort auch einen Sonderschulzweig gibt, doch dann hat sich gerade der Gedanke an Inklusion als

Widerhaken erwiesen. Ob das denn auch wirklich gut sei – so niveaumäßig für Clarissa? Ja, was denkt sie denn? Dass man die Lernschwäche der anderen mit der Luft einatmet? Wahnsinn! Nein, er findet es ganz gut, dass Clarissa auch mal sieht, dass es nicht alle Kinder so leicht haben wie sie. Clarissa wird in der Schule keine Probleme haben, so neugierig, wie sie ist, da ist er sich sicher. Schule – wie die Zeit vergeht.

Zankl hat gar nicht gemerkt, dass er auf seinem Weg in die Arbeit bereits am Stachus angekommen ist. Dort hat sich ein interessanter Unfall ereignet. Ein Blumenlaster ist umgekippt, und aus der aufgerissenen Seitenverkleidung ergießen sich Tausende rote Rosen auf den Asphalt. Ein unwirklich schönes Bild. Der Fahrer ist unverletzt, er steht mit großen Augen vor dem roten Meer. Wie schnell war der denn dran, dass ihm der Laster umkippt? Vermutlich gibt die fest installierte Blitzanlage darüber Auskunft. Zankl sieht jetzt auch die fröhlichen Augen der Kollegen von der Verkehrspolizei, die die Fußgänger nicht daran hindern, sich bei den Blumen zu bedienen. Ja, lasst Blumen sprechen, denkt Zankl und nimmt sich auch eine Rose. Für Dosi. Jasmin hat die nicht verdient. Heute.

VOR ORT

»Das wird schwierig«, meint Mader bei der Teambesprechung, »wenn wir den Fall komplett an uns ziehen.«

»Warum denn?«, fragt Hummel, der gerade erläutert hat, dass sie unbedingt noch mal nach Karlsreuth müssen.

»Weil das fast zweihundert Kilometer von München weg ist.«

»Aber ich war doch mit Dosi schon mal da, um uns umzuhören.«

»Aber eigentlich sollt ihr hier in München ermitteln.«

»Das tun wir auch. Die Prostituierten haben hier in München gearbeitet, dort sind sie in den Laster gestiegen. Aber offenbar gibt es eine heiße Spur in Karlsreuth.«

»Woher hat die Zeugin überhaupt Ihre Nummer?«, fragt Mader.

»Wir haben unsere Visitenkarten dagelassen. Wie wir es immer machen, wenn wir Leute vor Ort befragen. Falls ihnen noch was einfällt.«

»Okay, Jungs, ihr fahrt hin. Aber morgen seid ihr beide wieder im Büro. Was ist mit den beiden Fahrern? Neue Erkenntnisse? Was sagt Gesine?«

»Ich geh gleich noch bei ihr vorbei«, sagt Hummel. »Vielleicht hat sie noch was gefunden.«

»Da hab ich wenig Hoffnung«, meint Zankl.

»Na, mal sehen. Kommst du mit?«

»Ja, die Neugier stirbt zuletzt.«

Sie gehen gemeinsam ins Kellergeschoss runter. Das Tackern hören sie schon auf dem Flur. *Taktatatakataktaktak…*

»Was zur Hölle ist das?« Hummel grinst schief und beschleunigt seine Schritte dann doch.

»Ruhig Blut, Hummel!«, mahnt Zankl.

Hummel stößt die Tür zur Pathologie auf. Das Tackern hallt von den Wänden.

»Was zur Hölle …?!«, sagt Zankl.

Sie sehen Gesine in Ekstase, Stepptanz im Kittel, Rockschöße fliegen, harte Absätze knallen auf die Steinfliesen, Gesines Augen sind geschlossen. Ihre langen Haare kleben an der schweißnassen Stirn. Eine letzte Salve aus ihren Absätzen, dann ist es still. Nein, Hummels Ohren klingen noch lange nach. Er schüttelt den Kopf, als ob er das Klingeln abschütteln will. Zankl klatscht.

»Na, meine Herren?«, fragt Gesine schwer atmend. »Alles gut?«

»Wow, Gesine, wie ein Maschinengewehr«, sagt Zankl.

»Geil, oder?« Sie schlüpft aus den Schuhen. »Die sind gerade mit der Post gekommen. Ich musste sie gleich testen.«

»Du kaufst Schuhe, ohne sie vorher anzuprobieren?«, fragt Hummel.

»Niemals. Ich hab sie nur neu besohlen lassen. In Madrid. Hier kann das ja keiner.«

»Wenn du das sagst. Ja, Respekt, das sah richtig professionell aus.«

»Ja, vielleicht mach ich da eine Revue draus. Titel weiß ich schon: *Da steppt der Tod*. Ja, so könnte das Programm heißen. Hier unten, das wäre doch ein kleiner feiner Veranstaltungsort. Was meint ihr, was das auf den Edelstahltischen erst für einen geilen Sound macht?«

»Davon sind wir überzeugt«, sagt Zankl. »Und, wie sind die beiden Lasterfahrer gestorben, also im Detail?«

»An den Abgasen. Die müssen die ganze Nacht in den Abgasen gesessen sein. Und das geht nur, wenn du ausreichend sediert bist. Ich tippe auf K.-o.-Tropfen. Spuren gibt es natürlich nicht, denn das Zeug ist ja bereits nach ein paar Stunden nicht mehr nachweisbar.«

»Und wie hätten sie die K.-o.-Tropfen zu sich genommen?«

»In ihren Mägen waren Donuts und Kaffee. Habt ihr Pappbecher gefunden, Verpackungsmaterial?«

»Nein.«

»Wie soll das gelaufen sein?«, fragt Hummel.

»Hey, Jungs. ich krieg nur raus, was in den Leuten ist. Der Kaffee und die Donuts, das sind die einzigen Spuren, den Rest müsst ihr erledigen. Ich glaube, dass ihnen jemand die Sachen vorbeigebracht hat, so von wegen: ›Hey, Leute, schaut mal, was ich euch von Dunkin' Donuts mitgebracht hab.‹ Die zwei freuen sich wie Schnitzel, genießen Gebäck und Kaffee und entschlummern sanft. Der edle Spender kommt später zurück, checkt, ob die Typen auch wirklich schnarchen, und parkt sie ins Auto. Er startet den Achtzylinder, nimmt die Becher und die Donut-Tüte mit und verlässt die Garage. Und schon sind die beiden Jungs auf ihrer letzten Fahrt. Die sehr lang dauert. Doch mit den relativ sauberen Kraftstoffen heute ist das nicht so einfach wie früher. Aber wenn es lang genug dauert, dann geht auch das. Also die Theorie funktioniert natürlich nur, wenn der Täter sehr gut über die Gewohnheiten der beiden Jungs Bescheid wusste, also, dass sie gerne da in der Werkstatt waren, um an ihrem Oldtimer rumzuschrauben.«

»Nicht schlecht, Gesine«, sagt Zankl. »Gute Theorie.«

»Kommt vom Steppen. Macht die Birne frei. Solltet ihr auch mal probieren. Ich schreib euch den Bericht. Aber nur die Fakten. Das mit den K.-o.-Tropfen ist ja nur graue Theorie.«

»Aber keine schlechte«, meint auch Hummel.

»Vielleicht kauf ich mir auch Steppschuhe«, sagt Zankl draußen im Hof.

»Echt jetzt, Zankl?«

»Ja, im Ernst, das hilft bestimmt auch gegen Aggressionen.«

»Hast du welche?«

»Ja. Und wie. Und ich warn dich, wenn wir heute Abend nicht pünktlich von unserem Bayerwaldausflug zurück sind, dann bekomm ich richtig Stress. Und du auch.«

»Wir nehmen die Aussage von Sabine auf und fahren gleich zurück. Wir müssen dann eh erst überlegen, wie wir weiter vorgehen. Bine hat die Männer schließlich nicht gesehen.«

»Bine? Das klingt ziemlich vertraut.«

»Auf dem Land ist man nicht so förmlich.«

IRGENDWAS SÜSSES

»Boh, spinn ich?«, rutscht es Zankl raus, als sie an dem Imbiss-wagen in Karlsreuth halten.

»Was denn?«, fragt Hummel.

»Komm, tu nicht so. Das ist die schönste Frau, die ich je gesehen hab.«

»Zankl, das sag ich Jasmin.«

»Und die steht hier an einem Scheißimbiss!«

»Ja, das Schöne und Hässliche liegen manchmal eng beieinander.«

»Das kannst du laut sagen.«

»Was willst du?«, fragt Hummel.

»Einen Kaffee und was Süßes.«

»Ja, klar.«

»Haha. Irgendein Teilchen.«

Hummel holt zwei Kaffee und ein großes Stück Streusel-kuchen.

»Bine kommt gleich.«

»Das ist echt deine Zeugin?« ·

»Ja, sie hat mich gestern Nacht angerufen.«

»Die dürfte mich auch mitten in der Nacht anrufen.«

»Beate war nicht begeistert.«

»Verständlich.«

Nicht einmal Bines breiter O-Ton Süd vermag Zankls Be-geisterung zu bremsen. Hummel muss grinsen, weil er seinen Chauvi-Freund noch nie von der charmanten Seite erlebt hat. *Flötiflöti, jaja, ganz wunderbarer Kaffee, schön kräftig, und das Wetter, ja, der Kuchen ist ein Gedicht …*

Inhaltlich kommen sie nicht wirklich weiter, weil Bine die Typen in der Disco leider nur gehört und nicht gesehen hat.

»Würdest du denn die Stimmen wiedererkennen?«, fragt Zankl.

»Vielleicht. Ja, könnte sein. Aber wo und wann denn? Ich kann ja nicht immer am Männerklo vom TOXIC rumhängen und warten, ob die beiden Jungs da wieder auftauchen. Oder soll ich im Wirtshaus sitzen und warten, ob ich da ihre Stimmen höre?«

»Na ja, wenn du ihre Stimmen nicht erkannt hast, dann kennst du sie auch nicht«, meint Hummel. »Das ist doch schon was.«

»Was meinst du?«

»Na ja, du kennst doch vermutlich viele Typen hier im Ort.«

»Was soll denn das heißen?«

»Nichts. Außer, dass die zwei vermutlich nicht aus der Ortschaft hier sind. Weil hier ja jeder jeden kennt.«

Sie überlegt kurz. »Ja, vermutlich.«

»Dann können wir die jungen Männer hier im Ort schon mal weglassen. Macht es Sinn, wenn wir mit Brandner reden, ob ihm gestern zwei Typen aufgefallen sind?«

»Vielleicht. Der eine war jedenfalls ziemlich besoffen. So der weinerliche Typ.«

»Wir sprechen mit Brandner.«

»Sagt mir Bescheid, wenn ihr was hört.«

Zankl sieht ihr versonnen hinterher, als sie zu dem Imbisswagen zurückschwebt.

»Hör auf zu träumen, Zankl. Wir fahren zu Brandner.«

»Jetzt tu nicht so, als ob dich das kaltlässt. Was für eine Schönheit!«

»Da hast du durchaus recht. Jetzt komm endlich.«

Sie finden Brandner nicht in seiner Dienststelle. Er hat sich krankgemeldet.

»Dann statten wir ihm einen Hausbesuch ab«, meint Hummel.

Zu Hause ist Brandner ebenfalls nicht anzutreffen. Seine Gattin weist die beiden darauf hin, dass ihr Mann im Dienst ist, was sie nicht im Geringsten anzweifeln.

»Der Schlingel«, sagt Zankl. »Aber egal. Dann fahren wir jetzt zurück nach München. Ich steh bei Jasmin im Wort. Wenn ich heute nicht pünktlich heimkomm, krieg ich Megastress.«

»Lass uns noch schnell bei der Disco vorbeifahren. Vielleicht ist Brandner ja da.«

»Aber nur kurz!«

Brandners Auto steht hinter der Lagerhalle, die das TOXIC beherbergt, und ist erst zu sehen, als sie eine Runde über den großen leeren Parkplatz drehen. Die wummernde Musik hören sie bereits durch die geschlossene Eingangstür der Diskothek.

»Na ja, wegen Kopfschmerzen bleibt er jedenfalls nicht dem Dienst fern.«

Die Eingangstür ist nicht verschlossen. Sie betreten die Disco. *Boys Don't Cry* von The Cure schallt ihnen entgegen. Begleitet von einer Wand aus Trockeneis und Stroboskopblitzen. Brandner windet sich selbstvergessen auf der Tanzfläche.

Hummel und Zankl gesellen sich dazu. Die Musik, die Lichtblitze, der kalte Geruch von Trockeneis. Drei tanzende Männer im Nebel. Eine ganze LP-Seite lang.

Nach fünfzehn Minuten ist Schluss. Die drei Gestalten erstarren auf der Tanzfläche.

Brandner und Zankl umarmen sich.

Zankl grinst. »Na, altes Haus, alles gut?«

»Zankl, willst du wieder in unsere Unterwelt eintauchen.«

»Klar, ich bin ja schon auf den Geschmack gekommen. Was machen Rottmann und Co.?«

»Ach, unser lieber Bauunternehmer arbeitet sich an den Naturschützern ab. Das neue Freizeitparadies ist noch in der Planung.«

»Auf der Dienststelle haben sie gesagt, du bist krank«, meldet sich jetzt Hummel.

»Ich hab eher Schluss gemacht. Meine Frau macht mich krank. Tu dies, tu das, warum kommst du so spät heim? Wo gehst du noch hin? Manchmal brauch ich das einfach: Musik, Dunkelheit, Alleinsein.«

»Wir sind wegen Bine hier«, sagt Hummel. »Sie hat mich angerufen, weil sie hier in der Disco zwei Typen gehört hat, die etwas über die toten Prostituierten wussten.«

»Wie – gehört? Hat sie die Typen nicht gesehen?«

»Nein, sie war auf dem Männerklo. In einer Kabine.«

»Um dort was zu tun?«

»Um zu bieseln, tipp ich mal.«

»Ja, kann sein, vor dem Mädelsklo ist immer eine Schlange.«

»Sind dir gestern zwei Typen aufgefallen, die nicht aus Karlsreuth sind?«

»Hierher kommen die Leute aus allen umliegenden Käffern.«

»Ja, aber viele kennst du doch bestimmt. Zwei jüngere Typen. Einer war ziemlich blau.«

»Na ja, es war bumsvoll. Aber ja, da waren zwei Typen, die waren ein bisschen komisch. Der mit Vollbart war so heulsusig, hatte offenbar seinen Moralischen. Der andere hat ihn dann irgendwann rausgebracht.«

»Beschreibung?«

»Boh, kann ich nicht sagen, Hummel. Ja, der eine mit dem rötlichen Vollbart, kräftige Statur. Der andere dunkle kurze Haare. Eher schmal. Ähnliche Klamotten. Wie viele Männer hier. Jeans, Bikerboots, Hardrock-T-Shirts.«

»Und du kennst die nicht?«

»Nein. Wobei, der mit dem Bart kam mir irgendwie bekannt vor. Hm. Vielleicht ist mir doch was aufgefallen. Das Auto. Ich stand draußen beim Rauchen, da ist ein Auto mit quietschenden Reifen weggefahren.«

»Und da saßen die drin?«

»Ich hab sie nicht gesehn, nur so ein Gefühl. Sie sind ja kurz vorher aus dem Laden raus.«

»Nummernschild?«

»Keine Ahnung. Aber eine auffällige Karre. Ein ziemlich schicker Audi A5. Coupé. Schwarz. Fetter Sound, eine ziemliche Granate.«

»Okay, das kann nicht so schwer sein, so viele wird es in der Gegend nicht geben. Gut, sehr gut, Brandner. Das hilft uns wirklich weiter.«

»Wir müssen los«, meint Zankl und tippt auf seine Armbanduhr.

»Halt, einen Moment noch!« Brandner verschwindet in Richtung Bar, bringt drei Bier mit. Dann geht er ans DJ-Pult, dreht die Platte um, macht die Discokugel an. Nebelmaschine und Boxen fauchen. Setzt die Nadel in die Rille vor der letzten Nummer: *Three Imaginary Boys*.

HAPPY HENDL

Die Auskunft von den Kollegen bekommen sie schnell. Im näheren Umkreis gibt es nur zwei schwarze A5. Der eine gehört einem Pfarrer. Sie lachen bei der Vorstellung, wie der in der Disco die Soutane fliegen lässt und hinterher in dem A5 nach Hause in seine Kemenate heizt. Vielleicht nicht alleine? Der andere Audi ist zugelassen auf den Besitzer eines

Hühnerzuchtbetriebs in Plassing, einem Ort zehn Kilometer östlich im Wald.

»Scheiße!«, sagt Zankl, als sein Blick auf die Uhr fällt. »Wir müssen los! Der Elterninfoabend in der Schule!«

»Wann ist der?«

»Siebzehn Uhr dreißig.«

»Vergiss es. In einer Stunde schaffen wir es nicht nach München. Soll ich Jasmin anrufen?«

»Lass mal, das mach ich schon selber. Verdammt noch mal!«

Das Telefonat dauert länger und hat einige Windungen. »Jaja, mir geht's gut, Hummel auch. Mach dir keine Sorgen. Bis später«, verabschiedet sich Zankl schließlich von seiner Frau.

»Hey, war das nicht ein bisschen dick aufgetragen mit dem Auffahrunfall?«, fragt Hummel.

»Ach, hier im Bayerwald fahren doch alle wie die Henker. Jedenfalls erwartet sie mich jetzt nicht mehr zu dem Infoabend. Aber zu spät darf es nicht werden, Jasmin will um neun Uhr noch zu ihrem Spanisch-Stammtisch.«

»Zankl, Zankl, ich weiß nicht, ob ich das gut finde. Lügen haben kurze Beine.«

»Notlügen nicht. Brandner macht das, ich mach das. Und du vermutlich auch.«

»Ich? Wie kommst du auf die Idee?«

»Ich hab mir das Video aus dem Kaufhaus an der Münchner Freiheit angesehen.«

»Ich auch. Und?«

»Nichts und.«

HAPPY HENDL verkündet das große Schild an der Bundesstraße, als sie bei der Adresse des Halters von der Straße abbiegen. Links und rechts der Straße erstrecken sich niedrige lang gestreckte Hallen.

»Ein Hühner-KZ«, murmelt Hummel.

»Über so was macht man keine Witze.«

»Ja, da hast du recht. Trotzdem nicht schön. Um Qualität geht's da sicher nicht.«

»Kennst du *Brust oder Keule* von Louis de Funès?«

»Ja. Visionärer Film. Hier leben definitiv keine Happy Hendl.«

Hinter kastenförmigen Wirtschaftsgebäuden taucht jetzt ein stattlicher Hof auf. Hell erleuchtet. Vor dem Wohnhaus mehrere große Autos: ein Jeep, ein Mercedes-Geländewagen, ein Hummer, ein Quad. Aber kein Audi A5.

Kaum haben sie ihren zierlichen Golf im Schatten der fetten Schlitten geparkt, erscheint ein stattlicher, vierschrötiger Mann in Wachsjacke und dreckverspritzten Gummistiefeln.

»Ah, der Hühnerbaron«, sagt Zankl leise.

»Es war das Hendl, nicht die Nachtigall«, raunt Hummel.

»Wer sind Sie?«, fragt der Gutsherr.

»Polizei.« Hummel zeigt seinen Ausweis. »Guten Abend.«

»Was gibt's?«

»Sind Sie Franz-Josef Greindl?«

»Ja?«

»Sie sind der Halter eines schwarzen Audi A5 mit dem Kennzeichen FRG-AX 217?«

»Ja, ich bin der Halter. Aber mein Sohn Andreas fährt den Wagen. Ist er wieder in eine Radarfalle gerauscht?«

»Das würden wir gern selbst mit ihm besprechen.«

»Er ist nicht da.«

»Wo finden wir ihn?«

»In München bei der Arbeit. Das hoffe ich zumindest.«

»Das Auto ist hier angemeldet.«

»Ich hab's bezahlt.«

»Können Sie uns seine Telefonnummer geben?«

»Kommen Sie rein, die Nummer ist in meinem Handy.«

»War Ihr Sohn gestern hier?«

»Ich weiß es nicht. Eigentlich kommt er nur am Wochenende heim. Aber manchmal schaut er auch unter der Woche vorbei.«

Das Haus ist entgegen den protzigen Autos durchaus geschmackvoll eingerichtet. Mit leichtem Ethnotouch. An den Wänden hängen asiatische Holzmasken. Der Hühnerbaron sucht sein Handy, findet es aber nicht.

»Sina, weißt du, wo mein Handy ist?«, ruft er in Richtung Küche.

Eine asiatische Schönheit kommt aus der Küche und lächelt breit.

»Wir wollen nicht stören«, sagt Zankl.

»Die Herren sind von der Polizei. Andi ist mal wieder zu schnell gefahren.«

Zankl nickt zustimmend.

»Sina, ich find mein Handy nicht. Da ist Andis Handynummer drin. Ich kann mir die langen Nummern nicht merken.«

Die Frau geht zur Treppe und ruft nach oben in den ersten Stock: »Kinder, habt's ihr dem Papa sein Handy? Der braucht's.«

Hummel grinst. Lupenreines Bayerisch.

Ein kleiner Junge mit dunklen dichten Haaren taucht auf der Treppe auf und überreicht seiner Mama das Handy. Die gibt es an ihren Mann weiter, der dem Jungen zärtlich über den Kopf streicht, bevor dieser wieder nach oben huscht. Greindl diktiert Hummel die Nummer, der sie gleich selbst probiert. Doch er erreicht nur die Mailbox. Er bittet um Rückruf.

»Haben Sie auch seine Münchner Adresse?«, fragt Zankl.

»Pilgersheimer Straße 12.«

»Danke, das war's auch schon. Falls er sich rührt, sagen Sie ihm bitte, dass er sich bei uns meldet.« Hummel reicht ihm seine Visitenkarte.

»Das ist eine vielfältige Gegend«, sagt Zankl im Auto. »Interessante Typen, interessante Lebensmodelle.«

»Nein. Das ist wie überall. Offenbar hast du Vorurteile über den Bayerischen Wald.«

»Ja, vielleicht. Aber ich kann mich nicht erinnern, vorher schon mal in einer leeren Disco am Nachmittag getanzt zu haben. Du etwa?«

UNFALL

»Mein Vater hat angerufen«, sagt Andreas Greindl ins Telefon. »Die Bullen suchen mich. Hörst du, Robert?«

»Ich hab doch gesagt, dass das schiefgeht.«

»Wie kommen die jetzt auf mich?«

»Vielleicht geht es ja um was ganz anderes. Was waren denn das für Bullen?«

»Leider nicht Verkehrspolizei. Mein alter Herr sagt, dass auf der Visitenkarte Mordkommission steht.«

»Mordkommission? Scheiße! Mordkommission! Wenn die uns das mit dem Tod der Frauen anhängen? Das war doch ein Unfall!«

»Klar war das ein Unfall.«

»Und wenn die das anders sehen?«

»Wir müssen den Ball flach halten, Robert. Ich ruf dich an, wenn sie bei mir waren und ich weiß, was die wirklich wollen.«

»Und ich?«

»Von dir hat keiner gesprochen. Wenn sich die Bullen melden, haben wir beide dasselbe gemacht an dem Abend. Wie besprochen – wir waren auf dem Festival.«

Greindl legt das Handy weg, geht in die Küche und macht sich ein Bier auf. Er überlegt angestrengt, ob sie irgendwelche Spuren hinterlassen haben. Nein, haben sie nicht, er hatte Handschuhe an, und er hat ein Alibi. Das Festival im Backstage. Wenn sie nicht gerade eine rote Ampel überfahren haben und geblitzt wurden, weiß keine Sau, dass sie zwischendrin mal eine Stunde nicht in der Halle waren.

LEUCHTPUNKTE

Mader hält vor dem Haus in der Pilgersheimer Straße. Er hätte gerne Dosi dabei. Leider ist sie krank. Er sieht noch mal auf seine Notiz, die er sich vorhin beim Telefonat mit Hummel gemacht hat. Hausnummer 12.

»Bajazzo, wenn der Typ Stress macht, krallst du ihn dir.«

Bajazzo sieht ihn treuherzig an.

Mader steigt aus, klingelt, wartet. Nichts passiert. Niemand zu Hause? Er klingelt noch mal. Wieder nichts.

Jetzt öffnet sich die Haustür. Ein junger Mann mit Baseballcap tritt nach draußen.

»Herr Greindl?«

Der Mann sagt nichts, sieht Mader aber einen Moment zu lange an.

»Mader, Kriminalpolizei.«

»Äh, ja?«

»Sind Sie Herr Greindl?«

»Ja? Was wollen Sie?«

»Mich mit Ihnen unterhalten.«

»Ich wollte gerade los.«

»Wohin?«

»Was geht Sie das an?«

»Fahren Sie einen schwarzen Audi A5?«

»Ja, wieso?«

»Polizei.«

»War ich zu schnell?«

»Kriminalpolizei.«

»Was wollen Sie? Brauch ich einen Anwalt?«

»Das weiß ich nicht. Wo waren Sie denn gestern?«

»In München. Bei der Arbeit.«

»Nachts auch?«

»Nein, ich arbeite in der Regel tagsüber.«

»Ich meine: Waren Sie nachts auch in München?«

»Nein, da war ich auf dem Land. In einer Disco.«

»Wie heißt die Disco?«

»Das TOXIC in Grafenberg.«

»Das sind fast zweihundert Kilometer.«

»Sie kennen sich ja gut aus im Bayerischen Wald.«

»Ein bisschen weit für ein paar Stunden Discobesuch.«

»Sagen Sie das nicht. Ich schaff die Strecke in anderthalb Stunden.«

»Das glaub ich Ihnen. Sind Sie oft im TOXIC?«

»Gelegentlich. Früher wäre ich da nie hingegangen, da haben die immer Wave und Indie gespielt. Ich bin eher so der Hardrocker. Seit die aber am Sonntag die *Metal Night* haben, fahr ich ab und zu hin.«

»Waren Sie allein unterwegs?«

Greindl sieht ihn misstrauisch an.

»Können wir das drinnen besprechen?«, fragt Mader.

»Wenn es sein muss.«

Mader folgt ihm in den zweiten Stock.

»Setzen Sie sich«, sagt Greindl, als er Mader ins Wohnzimmer geführt hat. Er deutet zu dem dunkelblauen Zweiersofa und verschwindet in die Küche. Kommt mit einer Schale Wasser zurück und stellt sie Bajazzo aufs Parkett. Bajazzo trinkt nicht gleich, sondern sieht Mader fragend an. Der nickt. Bajazzo stürzt sich auf das Wasser.

Greindl lächelt. »Wir hatten immer Hunde auf dem Hof. Ich hatte auch mal einen Dackel. Xaver. Der ist immer noch da. Inzwischen siebzehn Jahre, der alte Herr. Also, was wollen Sie wissen?«

»Waren Sie gestern alleine in der Landdisco?«

»Nein, es war gesteckt voll.«

»Ich meine: Sind Sie alleine dorthin gekommen?«

»Nein, ein Bekannter von mir war dabei.«

»Name, Adresse?«

»Moment! Worum geht es hier eigentlich?«

»Um neun tote Frauen. Prostituierte. Sie wurden in einem Laster gefunden, der kurz vor Karlsreuth von der Polizei kontrolliert wurde.«

»Ich hab keine Ahnung, wovon Sie reden.«

»Das glaub ich nicht. Die ganze Gegend dort spricht von nix anderem. Also, mit wem waren Sie gestern Abend unterwegs?«

»Mit Robert Weinzierl, einem alten Schulfreund.«

»Haben Sie mit ihm über den Tod der Frauen gesprochen?«

»Bis eben wusste ich noch nicht einmal, dass dort etwas passiert ist.«

»Gut, das kriegen wir noch raus.«

»Was?«

»Ob Sie darüber gesprochen haben. Wir haben einen Zeugen, der Sie bei einer Gegenüberstellung unschwer wiedererkennen wird.«

»Na dann ist ja alles gut.«

»Nichts ist gut. Laut dem Zeugen hat es den Anschein, dass Sie etwas mit dem Tod der Frauen zu tun haben.«

Greindl sieht Mader mit kühlem Blick an. »Wir beenden das Gespräch jetzt. Wenn es noch was gibt, sprechen Sie bitte mit meinem Anwalt. Gehen Sie jetzt bitte.«

»Ich erwarte Sie morgen um zehn Uhr im Präsidium zur Vernehmung.« Mader legt seine Visitenkarte auf den Couchtisch. »Das ist kein Wunsch, sondern eine offizielle Vorladung. Gerne mit Ihrem Anwalt.«

Als Mader auf der Straße steht, muss er grinsen. Er hat das wie ein blutiger Anfänger gemacht. Einfach so rausplatzen, gleich in die Vollen gehen. Absichtlich. Damit hat der Typ nicht gerechnet. Das hat ihn nervös gemacht. Das Gespräch morgen wird Zankl führen. Der ist gut in so was. Soll er mal zeigen, was seine Fortbildungen in Verhörtechnik gebracht haben.

Mader geht zu seinem unscheinbaren Dienstwagen rüber, einen grauen 3er-BMW älteren Baujahrs. Er lässt Bajazzo in den Fußraum auf der Beifahrerseite steigen und steigt ebenfalls ein. Nein, er ist kein Anfänger. Er wartet. Es dauert nicht lange, bis Greindl das Haus verlässt und in den schwarzen A5 steigt. Wo wird der jetzt hinfahren? Unauffällig schert Mader aus und folgt dem Audi. Altstadtring, Schwabing, Autobahn. Hinter der Abfahrt bei Neufahrn gibt es keine Geschwindigkeitsbeschränkung, und er ist chancenlos. Die Rückleuchten des A5 verschwinden im weichen Abendlicht. Mader fährt am nächsten Parkplatz raus. Wählt Hummels Handynummer.

»Hallo, Hummel, wo seid ihr?«

»Auf dem Rückweg von Karlsreuth. Kurz vor Deggendorf.«

»Greindl ist unterwegs nach Hause.«

»Haben Sie mit ihm gesprochen?«

»Erst war er ganz cool. Aber dann nicht mehr so. Ich hab ihn für morgen vorgeladen.«

»Und jetzt?«

»Er ist offenbar auf dem Weg in seine alte Heimat. Würde mich nicht wundern, wenn er die zweite Person von gestern Abend besucht, um sich mit ihr abzustimmen.«

»Das kann man doch auch telefonisch.«

»Offenbar will er das *face to face* machen. Vielleicht hat er Angst, dass wir sein Handy anzapfen. Können Sie sich an ihn dranhängen?«

»Wir sollen ihn vorläufig festnehmen?«

»Nein, natürlich nicht. Schaut einfach, was er macht.«

»Okay, wir versuchen unser Glück. Wir melden uns.«

Mader schüttelt den Kopf. Eigentlich findet seine Ermittlungsarbeit vor allem am Schreibtisch statt. Aber fühlt sich gar nicht so schlecht an, mal wieder rauszukommen. Mader schaut in den sich pink färbenden Abendhimmel, sieht die Leuchtpunkte des nächsten Flugzeugs, das im Landeanflug auf den Münchner Flughafen ist. Man hört die Maschinen kaum, denn über allem liegt das beständige Rauschen der Autobahn. Mader schaut zu den großen Höfen jenseits des Rastplatzzauns. Ob die Menschen, die auf den Höfen leben, den Sound der Autos überhaupt noch wahrnehmen? Das Donnern der Flieger bei Start und Landung? Mader lässt Bajazzo aus dem Wagen. Bajazzo stürzt sich sofort auf die Wiese, um sein Geschäft zu erledigen. Ein Reisebus mit Hamburger Kennzeichen rollt an Mader vorbei und hält bei den Toiletten. Wie Lemminge strömen die Senioren aus dem Doppeldeckerbus. Vor den Toiletten bilden sich sofort zwei lange Schlangen. Panik liegt in der Luft, Dringlichkeit. Mader muss lachen. Nein, das ist nicht komisch. Wahrscheinlich hat der Busfahrer die letzten vier Stunden nicht gehalten.

KEINE AHNUNG

»Jasmin lässt sich scheiden«, murmelt Zankl.

»Ach komm, das sagt sie nur so«, sagt Hummel.

»Sie hat gar nichts gesagt. Ich sag das. Sie hat einfach aufgelegt. Das muss sich ändern.«

»Ja, das ist unhöflich, einfach aufzulegen.«

»Sehr witzig.«

»Willst du jetzt nur noch Innendienst machen?«, fragt Hummel. »Damit du pünktlich heimkommst?«

»Zur Hölle, nein! Trotzdem. Dieser Infotermin ist schon geplatzt, sie kann ja Angelo nicht allein bei Clarissa lassen, und jetzt kommt sie nicht mal zu ihrem Stammtisch. Ganz große Scheiße ist das.«

»Kann Clarissa nicht auf Angelo aufpassen?«

»Oh Mann, du hast überhaupt keine Ahnung von Kindern.«

»Nein, hab ich nicht. Aber von Frauen. Sag ihr was Nettes.«

»Hä?«

»Na, zum Frühstück. Dass du sie liebst.«

»Hä?«

»Mach's einfach. Schau, was passiert.«

Hummel fährt kurz hinter der Autobahnabfahrt rechts ran. »Da wären wir wieder. Hier muss Greindl durch, wenn er aus München kommt.«

Er steigt aus und steckt sich eine Zigarette an. Atmet tief die gut gedüngte Luft ein. »Every day has a new flavour«, stellt er fest.

Zankl schüttelt den Kopf. »Ich vermute, das stinkt immer gleich, jeden Tag. Nach Kuhscheiße. Ansonsten ist es hier ja ganz schön. Also, diese herbe Schönheit. Nicht so geleckt wie unser Oberbayern.«

Hummel nickt. Ja, so sieht er das auch.

Es ist erstaunlich still. Kaum Autos. Sonnenuntergang. Die Höhenzüge des Bayerischen Walds verschwimmen im roten Licht.

Den heiseren Rennauspuff hören sie gleich.

Zankl nickt anerkennend. »Von Neufahrn keine fünfzig Minuten, nicht schlecht.«

»Dann schauen wir mal, wohin Don Bolido zu so später Stunde noch will.«

Sie folgen dem A5 durch die anbrechende Dunkelheit. Hinter Kirchberg, einer kleinen Ortschaft mit ein paar Bauernhöfen und einer kleinen Kirche, sehen sie, wie der Audi die Auffahrt zu einem Weiler hochfährt.

»Er fährt jedenfalls nicht zu seinem Herrn Papa«, stellt Hummel fest.

Hummel parkt den Wagen am Straßenrand, und sie machen sich zu Fuß auf den Weg zu dem Hof. Das Hoflicht wirft ein paar spärliche Lux auf rostige Landmaschinen, die schon lange nicht mehr in Betrieb sind. Zankl und Hummel schleichen im Schatten an der Hauswand entlang zu dem einzigen erleuchteten Fenster. Hummel schaut vorsichtig am Fensterstock vorbei durch die schmutzige Scheibe in eine schäbige Küche. Auf der Arbeitsplatte stehen viele leere Bierflaschen, ein paar schmutzige Töpfe. Den säuerlichen Geruch dazu kann er sich gut vorstellen. Jetzt betreten zwei Männer die Küche, setzen sich, machen sich jeweils ein Bier auf. Reden.

Lippen lesen müsste man können, denkt Hummel, denn draußen ist kein Wort von dem Gespräch zu vernehmen.

»Und, was ist?«, fragt Zankl.

»Man hört keinen Ton«, flüstert Hummel.

»Was hat Mader gesagt, was sollen wir machen?«

»Nur schauen, was er tut. Er hat Greindl für morgen vorgeladen. Wenn der andere die Nummer zwei ist, dann sind wir schon einen guten Schritt weiter.«

»Wir wissen noch nicht mal, ob Greindl die Nummer eins ist.«

»Na ja, das ist doch mehr als wahrscheinlich. Wir nehmen morgen das Verhör auf Band auf und spielen es Bine vor, dann kann sie uns sagen, ob er einer von den beiden ist.«

»Spinnst du, wir können sie doch nicht unsere Vernehmungsbänder abhören lassen. Wenn das einer mitkriegt!«

»Seit wann bist du so amtlich, Zankl?«

»Das wäre, als würden wir Externe in unsere Vernehmungsprotokolle schauen lassen.«

»Ja, du hast ja recht. Ach, ich glaub, ich hab eine Idee …«

DAS GANZE PROGRAMM

»Boh, du schaust ja gar nicht fit aus«, begrüßt Zankl Hummel am Morgen im Vernehmungsraum.

»Schlaf du mal auf dem Sofa. Und dann hatte ich noch Streit mit Beate.«

»Wegen Bine?«

»Sechster Sinn.«

»Wie du das sagst.«

»Was sag ich wie?«

»Das klingt bei dir nach Sex.«

»Hä?«

»Sexter Sinn.«

»Ach. Wie spät?«

»Zehn vor zehn.«

»Und wenn er nicht kommt?«

»Er kommt«, sagt Mader, der auch gerade den Raum betritt. »Ich hab ihn offiziell vorgeladen. Und er hat sicher seinen Anwalt dabei.«

»Wir lassen ihn ein bisschen warten«, sagt Hummel.

»Warum?«

»Sehen Sie dann. Kommt Dosi eigentlich noch?«

Mader schüttelt den Kopf. »Immer noch Grippe. Ich hab ihr gesagt, dass sie heute noch zu Hause bleiben soll.«

»Der von dem Hof heißt übrigens Robert Weinzierl«, sagt Zankl. »Das ist der Typ, der laut Greindl mit ihm zusammen in der Disco war.«

»Ist er in unserer Datenbank?«, fragt Hummel.

»Nein. Aber unter der Adresse ist noch eine Person gemeldet. Christiane Weinzierl. Offenbar seine Schwester. Die haben wir im Computer.«

»Lass mich raten: Drogen?«

»Drogen, Ladendiebstahl, Einbruch. Das ganze Programm. Beschaffungskriminalität. Auch Verdacht auf illegale Prostitution.«

Die Tür öffnet sich. Ein uniformierter Beamter betritt den Raum.

»Meier, was gibt's?«, fragt Mader.

»Da sitzen drei Leute vor eurer Tür. Ich glaub, ihr habt's einen Termin.«

Mader sieht seine Mitarbeiter an. »Wieso drei?«

Meier steht immer noch an der Tür und lächelt versonnen. »Die Frau, also, so eine schöne Frau!«

»Also, klärt ihr mich auf?«, fragt Mader.

»Später«, sagt Hummel. »Ich schick den Greindl und seinen Anwalt zu Zankl rein.«

»Was wird das?«, fragt Mader noch mal.

»Mader, ich erklär es Ihnen gleich«, sagt Hummel.

Er geht raus und bittet Greindl und seinen Anwalt in den Vernehmungsraum, schließt die Tür von außen. Lächelt Bine an. »Und? Was meinst du?«

»Ja, das ist einer von den Typen.«

»Sicher?«

»Ganz sicher. Dieselbe Stimme.«

»Komm mit nach nebenan. Da kriegst du einen Kaffee. Nicht so gut wie bei dir, aber auch nicht ganz schlecht.«

Im Büro führt Hummel ein kurzes Telefonat mit Zankl im Nebenraum, um ihm das Urteil seiner Zeugin mitzuteilen. Dann macht er sich an der Kaffeemaschine zu schaffen.

»Mit wem hast du heute Morgen telefoniert?«, fragt Sabine. »Mit deiner Freundin?«

»Ja, Beate hat einen sechsten Sinn dafür, wenn attraktive Frauen in meiner Nähe sind.«

»Wie du das sagst.«

»Sorry, sollte ein Kompliment sein.«

»Nein, ich meine ›sechster Sinn‹. Das klingt bei dir wie sexter Sinn.«

»Au!« Hummel hat sich heißen Kaffee über die Hand gegossen. Er springt zum Waschbecken, lässt kaltes Wasser über die Hand laufen.

»Das ist mir zu heiß.«

Sabine lacht schallend. Hummel auch. Dann probiert Sabine vorsichtig den Kaffee.

»Puh, der ist fast so gut wie meiner. Der weckt Tote auf. Kann ich brauchen.«

»Hast du gut geschlafen? War das Bett okay?«

»Alles gut. Daran lag es nicht. Ich konnte nicht schlafen, ich war so aufgeregt, ob es wirklich der Typ ist. Und ja, er ist es. Glaubst du, er hat was mit dem Tod der Frauen zu tun?«

»Ich weiß es nicht. Zankl befragt ihn. Der ist ziemlich gut in so was. Hat der Typ denn mit seinem Anwalt irgendwas bequatscht?«

»Nur ganz allgemeine Sachen. Kein Wunder, wenn ich danebensitze. Brauchst du mich denn noch?«

»Ja!«

»Äh, ja?«

»Nein, entschuldige. Also nicht dienstlich. Fährst du denn gleich zurück? Wir können dich auch heimbringen.«

»Lass mal. Ich nehm den Zug. Aber erst heute Abend. Ich will noch ein bisschen in die Stadt. Wenn ich schon mal da bin. Kann ich meine Sachen so lange in deiner Wohnung lassen?«

»Natürlich. Wollen wir uns vielleicht zum Mittagessen treffen?«

»Gerne. Dann kannst du mir auch sagen, wie das mit dem Verhör gelaufen ist.«

»Darüber darf ich nicht reden.«

»Ach komm.«

»Nein, ehrlich.«

»Na ja, dann. Also, wo wollen wir uns treffen?«

»Stadtcafé, dreizehn Uhr?«

»Wo ist das?«

»St. Jakobs-Platz, paar Meter vom Viktualienmarkt.«

»Find ich. Bis dann.« Sie gibt ihm einen Kuss auf die Wange.

Hummel wird knallrot und starrt auf die Tür, die sich gerade hinter ihr schließt. Die Frau bringt ihn um den Verstand. Gut, dass sie heute Abend wieder weg ist. Nein, natürlich nicht. Doch, natürlich schon. Er räumt den Kaffee weg. Sie hat nur daran genippt.

ALLE KARTEN

»Und, Zankl, was sagt er?«, fragt Hummel, als Zankl von der Vernehmung kommt.

»Nichts. Also nichts, was uns weiterhilft.«

»Alibi?«

»Für wann?«

»Die Nacht, als die Frauen in den Laster gestiegen sind.«

»Dreimal darfst du raten, wer ihm ein Alibi gibt.«

»Der andere Heini aus der Disco.«

»Bingo. Beide waren auf einem Metal-Festival backstage.«

»Na toll. Tausend Zeugen und doch keiner. Wer soll das merken, wenn die beiden ein, zwei Stunden verschwinden?«

»Na ja, er hat eine Eintrittskarte und einen Zeugen, den wir noch überprüfen werden. Aber klar, der wird das bestätigen. Im Zweifel für den Angeklagten.«

»Angeklagt ist er ja nicht. Hast du ihn mit Bines Aussage konfrontiert?«

»Nein.«

»Aber sie hat ihn doch erkannt!«

»Sollen wir gleich alle Karten auf den Tisch legen?«

»Nein, natürlich nicht. Also, was machen wir jetzt?«

»Im Auge behalten. So ganz sicher fühlt er sich nicht. Sonst wäre er nicht gleich mit seinem Anwalt angetanzt.«

»Das heißt, wir beschatten ihn?«

Mader steht in der Durchgangstür zu seinem Büro und winkt ab. »Wir können da keine Riesenaktion fahren, auf eine einzelne Zeugenaussage hin.«

»Aber es geht um neun tote Frauen!«, empört sich Hummel.

»Und die beiden Lasterfahrer hat er auch noch umgebracht?«

»Ich weiß es nicht«, sagt Zankl. »Ja, vielleicht. Das ist ein komplexer Fall. Wir haben noch gar nicht richtig angefangen zu ermitteln. Vielleicht geht es da noch um ganz andere Dinge.«

»Um was für andere Dinge?«, fragt Mader.

»Die Schwester von Greindls Spezl ist mehrfach vorbestraft wegen Drogenvergehen und Beschaffungskriminalität. Und es bestand Verdacht auf Prostitution. Der Bayerwald ist eine Drehscheibe für synthetische Drogen. Tschechische Gangs bringen das Zeug über die Grenze und vertreiben es da oder bringen es weiter in die Großstädte.«

»Und was hat das mit den Prostituierten zu tun?«

»Vielleicht hat der Paschinger noch mehr Einnahmequellen als nur den Saunaclub.«

»Und was hat das alles mit dem Getränkelaster zu tun?«

»Vielleicht haben die beiden Jungs darin noch andere Sachen transportiert. Von Tschechien nach Oberbayern.«

»Crystal?«

»Zum Beispiel.«

»Menschen?«

»Offenbar.«

»Und der Bruder übt Rache, weil seine Schwester drogenabhängig ist und sich prostituiert hat?«

»Vielleicht.«

»Jungs, das ist mir alles zu vage. Bringt mir was Handfestes!«

WEGGEBLASEN

Dosi brummt der Kopf. Sie versucht, eine Tasse Fencheltee runterzuwürgen. Boh, der grausige Tee verätzt ihren rauen Hals. Sie kann auch nicht mehr im Bett liegen. Sie spürt jeden Wirbel, jede Rippe. Sie steht ächzend auf und schlüpft in ihre Klamotten. Sie muss raus aus der Wohnung. Hier fällt ihr die Decke auf den Kopf. Von der Kommode im Gang nimmt sie sich den dünnen Baumwollschal und wickelt ihren entzündeten Hals ein.

Vor der Tür atmet sie durch. Die klare Sommerluft. Wunderbar. Es geht ihr augenblicklich besser. Sie blinzelt in die Baumkronen. Komisch, als wären Halsschmerzen und Kopfweh weggeblasen, nur noch eine vage Erinnerung. Sie staunt. Wie schnell das geht. Eben noch das heulende Elend und jetzt schon wieder fast gesund. Kein Zweifel, die frische Luft bekommt ihr. Sie könnte glatt ins Büro gehen. Nein, macht sie nicht, Mader hat ausdrücklich gesagt, dass sie heute zu Hause bleiben soll.

Sie macht einen Spaziergang. Macht sie eh viel zu selten. Sie überquert die Tegernseer Landstraße und steuert den Nockherberg an. Sie mag die Gegend. Ja, Giesing würde sie inzwischen als ihre Hood bezeichnen, obwohl ihre eigene Wohnung am anderen Ende der Stadt ist. In der Landsberger Straße war sie seit Ewigkeiten nicht mehr. Sie ist mehr oder weniger fest bei Fränki eingezogen. Klar, sie liebt Fränki, aber deswegen gibt sie noch lange nicht ihre Wohnung auf. Man weiß ja nie.

Sie hat das ehemalige Frauengefängnis in der Au erreicht. Das heute ein Luxuswohntempel ist. Passt zu München. Lei-

der. In der Musikkneipe Schwarzer Hahn in der Ohlmüller-
straße stehen die Stühle auf den Tischen. Dosi studiert die
Konzertposter an der Glasfront. *Rockabilly-Explosion, Ska-
Punk-Night*. Guter Laden, könnten sie auch mal wieder hingehen. Über die Isarbrücke. Dosi sieht die vielen Müßiggän-
ger auf den Uferwiesen. Muss ja nicht jeder immerzu arbeiten.
In der Fraunhoferstraße flaniert sie an den Antiquitätenge-
schäften vorbei, betrachtet die Auslagen,

Als sie das Wirtshaus im Fraunhofer erreicht, wechselt sie
die Straßenseite und biegt in die Jahnstraße ein. Sie steuert
den Optimal-Plattenladen an. Da war sie ewig nicht mehr
drin. Die haben schon offen. Sie könnte reingehen und für
Fränki irgendeine obskure Platte aus den Fünfzigern oder
Sechzigern kaufen. Fränki freut sich immer wie ein kleines
Kind über sonderbare Fundstücke. Das mag sie an Fränki – er
ist kein nerdiger Sammler, der ständig auf der Jagd nach kost-
baren Raritäten ist, sondern er hat auch Spaß an einer schrab-
beligen Hörzu-Platte mit schmalzigen Songs aus den Sechzi-
gerjahren. Sie betritt den Laden und sieht sich um. Erstaunlich
viel los. Müssten die Jungs und Mädels nicht arbeiten oder
studieren? Gut so. Fleiß wird überschätzt. Aus den Boxen
kommt Hip-Hop. Sie sucht das Plattenfach mit den Sixties-
und Rock-'n'-Roll-Sachen und blättert. Den Sampler *Garage
Punk Unknowns vol. II* hat Fränki vermutlich noch nicht. Sie
findet auch eine Best-of-Platte von Tony Joe White. Von dem
hatte ihr Fränki mal einen Song vorgespielt. Ziemlich cool,
wie Elvis in tiefer gelegt.

Ja, da wird er sich freuen, denkt sie, als sie mit ihrer Plat-
tentüte draußen vor dem Haus steht. Sie geht weiter zur
Hans-Sachs-Straße, schaut in die Fenster der Buchläden und
Boutiquen. Bei einem Schokoladenladen kauft sie sich ein Eis.
Als sie in das Schaufenster der benachbarten Boutique blickt,

fällt ihr fast das Eis aus der Hand. Das ist doch Sabine, die Dame vom Grill aus Karlsreuth!? Hat die eine Zwillingsschwester in München? Nein, das ist sie definitiv. Sie zwängt sich gerade in ein enges zitronengelbes Top und fängt Dosis Blick auf. Beiderseitiges Staunen. Bine strahlt und winkt ihr. Dosi winkt zurück und betritt den Laden.

»Mit dem Eis bleibst schön draußen«, pulvert die Ladenbesitzerin.

Dosi hebt die Augenbrauen und zückt mit der Tütenhand ihren Polizeiausweis. »Ich bin im Einsatz.«

»Das Eis?«

»Tarnung.«

»Aber …« Irritiert mustert die Dame die Tüte mit dem Aufdruck des Plattenladens.

»Haben Sie den Mann gesehen, der draußen gerade vorbeigegangen ist?«, fragt Dosi scharf.

»Nein, welchen Mann?«

»Ja, das ist immer das Problem, dass die Leute nicht aufmerksam sind.«

»Hören Sie mal!«

Dosi beachtet die Ladenbesitzerin gar nicht, tritt auf Sabine zu. »Entschuldigung, haben Sie den Mann gerade eben gesehen?«

»Regenmantel, Sonnenbrille, Sombrero?«

»Genau. Hatte er einen Koffer bei sich?«

»Ja, einen lindgrünen Samsonite.«

»Verdammt! Das ist schlecht. Sehr schlecht. Gut, dass Sie aufgepasst haben.« Dosi wendet sich an die Boutiquenbesitzerin. »Sehen Sie, das nenn ich aufmerksam.« Dosi dreht sich wieder zu Sabine. »Wenn Sie mir bitte aufs Revier folgen wollen. Wir nehmen Ihre Aussage auf, und mit ein bisschen Glück haben wir den Typen bald.«

»Was hat er denn verbrochen?«, fragt die Ladenbesitzerin.

»Vierfacher Mord. Nicht schön. Gar nicht schön. Eigentlich sitzt er in der Geschlossenen in Haar, aber offenbar ist er in den Kostümfundus einer Faschingsgesellschaft im Bürgerpark Oberföhring eingebrochen. Daher auch der merkwürdige Hut. Wer trägt denn heute noch Sombrero? Unter seinen Opfern war auch die Besitzerin einer Secondhandboutique in Schwabing. Der Typ hat definitiv einen Dachschaden.«

»Und da lassen Sie ihn einfach so vorbeimarschieren?«, fragt die Boutiquenbesitzerin nervös.

»Natürlich, Eingreifen wäre zu riskant, der Typ ist gemeingefährlich. Außerdem wissen wir nicht, was in dem Koffer ist. Das ist ein Job für die Kollegen vom Sondereinsatzkommando.« Sie wendet sich wieder an Sabine. »Kommen Sie jetzt bitte mit?«

»Jetzt gleich?«

»Jawohl, jetzt gleich.«

Sabine streift ihr Sweatshirt über und nimmt ihre Tasche.

An der nächsten Hausecke schütten sich die beiden vor Lachen aus.

»Was machst du hier?«, fragt Dosi.

»Was machst du hier?«, entgegnet Sabine. »Musst du nicht arbeiten?«

»Nein, ich bin krank.«

Sabine sieht Dosi erstaunt an. Dosi muss wieder lachen. Sabine auch. Dann erzählt sie Dosi, warum sie in München ist. Dosi hört interessiert zu.

»Da seid ihr ja echt weitergekommen, Respekt!«, meint sie, als Sabine fertig ist. »Ich kann's kaum erwarten, dass ich morgen wieder im Dienst bin. Wann musst du zurück in die Heimat?«

»Heute Abend.«

»Hast du Lust, dass wir noch zusammen was essen gehen?«

»Ich hab schon eine Verabredung.«

»Hey, hey!«

»Nicht, was du denkst. Geh doch einfach mit.«

»Echt?«

»Nur eine Freundin.«

»Na dann. Gerne.«

»Stadtcafé. Das ist nicht weit, oder?«

»Nein, gar nicht.«

Sie gehen in Richtung Viktualienmarkt. Plötzlich lacht Sabine auf.

»Is was?«, fragt Dosi irritiert.

Sabine lupft ihr Sweatshirt. Darunter ist das zitronengelbe Top.

»Jetzt muss ich dich festnehmen«, sagt Dosi.

»Es war keine Absicht. Du bist schuld! Du kommst da rein und machst so einen Wind.«

»Ja, geschickt eingefädelt. Wir sind ein gutes Team.«

»Ich bring's zurück.«

»Der Zimtzicke? Nur über meine Leiche. Untersteh dich. Die merkt doch gar nicht, dass der Fetzen fehlt.«

Sabine grinst. »Jetzt sind wir Komplizinnen. Vom gesparten Geld lad ich dich zum Mittagessen ein. Schweigegeld.«

»Das ist ein Wort.«

Sie finden im Innenhof des Stadtcafés einen schönen Tisch im Schatten und studieren die Karte.

»Deine Verabredung verspätet sich?«, fragt Dosi.

Sabine schaut auf die Uhr. »Offenbar. Du weißt ja, wie Frauen sind. Stehen ewig vor dem Spiegel. Komm, wir bestellen schon die Getränke. Was nimmst du?«

»Aperol Sprizz.«

»Sehr gut. Bin ich dabei.«

Dosi grinst. Sie fühlt sich prächtig. Kerngesund. Kein Gedanke mehr an die durchwachte Nacht, Schweißausbrüche und Gliederschmerzen. Sie sieht Sabine ins Gesicht. Ihre leuchtenden Augen, das Strahlen. Sabine erwidert ihren Blick, sieht die plötzliche Irritation in Dosis Augen. Dosis Blick geht über ihre Schulter.

»Is was, Dosi?«

Dosi starrt über den Hof zu Hummel, der in der einen Hand einen kleinen Blumenstrauß hat und sich suchend umschaut. Jetzt sieht er Dosi und lässt sofort den Blumenstrauß hinter seinem Rücken verschwinden. Keine Fluchtmöglichkeit. Er kommt zu ihnen.

»Dosi, was machst du hier?«

»Hummel, was machst denn du hier?«

Sabine dreht sich um, strahlt Hummel an.

»Klaus, Überraschung!«

»Das kannst du laut sagen.«

»Das ist also deine Freundin«, sagt Dosi zu Sabine und runzelt die Stirn.

Sabine grinst breit und lacht. Dosi schüttelt den Kopf, sieht Hummel an. »Jetzt schau nicht so blöd und setz dich zu uns.«

Er zögert, fummelt hinter seinem Rücken herum.

»Was hast du denn?«, fragt Sabine.

»Ja, was hast du denn da?«, hakt auch Dosi nach.

Hummel zaubert zwei halbe Blumensträuße hervor.

Sabine ist platt und Dosi auch.

»Respekt, Hummel, du hast es drauf«, murmelt Dosi.

SACHER

Mader ist mit Bajazzo im Alten Botanischen Garten. Gassi-Time. Er lässt sich die Vernehmung von heute Morgen noch mal durch den Kopf gehen. Er hat es sich durch den halbdurchlässigen Spiegel angesehen. Zankl war echt gut. Sehr präzise. Aber der Typ war eiskalt. Ein harter junger Mann. Wenn er etwas mit dem Tod der Frauen zu tun hat, dann spaltet er das ab. Den Anwalt hätte er sich jedenfalls sparen können. Das hat der selbst im Griff. Aber die Aussage der Zeugin ist laut Zankl und Hummel absolut zuverlässig. Trotzdem – eine Frau auf dem Männerklo in der Disco, während vor der Tür die Musik wummert, das zerpflückt ihnen jeder Anwalt. Zu Recht. Sonst haben sie nichts. Ein Motiv schon gar nicht. Was hätte der Typ für einen Grund, die Frauen erfrieren zu lassen? Nein, für ihn riecht das nach einer Bandengeschichte. Die Frauen waren allesamt aus Osteuropa. Hat die Russenmafia etwas damit zu tun? Wollte sie ein Exempel statuieren? Das wäre dann ein paar Schuhnummern zu groß für sie. Das war auch Dr. Günthers Einschätzung. Der plädiert dafür, die ganze Geschichte an das LKA abzugeben. Ja, damit hat Mader keine Probleme, allerdings sind sich seine Jungs sicher, dass da etwas anderes dahintersteckt. Was ist mit dem zweiten Mann und seiner Drogen-Schwester? Bringen die sie weiter? Und Greindl? Zankl und Hummel wollen ihn beschatten. Greindl ist Elektroingenieur bei Black & White, einem Hightech-Unternehmen hinterm Ostbahnhof. Soll er der Beschattung zustimmen? Noch mehr Überstunden? Aber wenn die Burschen es wollen. Motiviert sind sie jedenfalls.

»Hallo, Herr Mader!«

Er dreht sich um. Dr. Günther. Ausgerechnet!

»Hallo, Dr. Günther, sagen Sie bloß, Sie gehen immer noch in das schreckliche Kaufhaus-Café?«

»Schrecklich ist keine angemessene ästhetische Kategorie für diesen Ort.«

»Wie würden Sie dann die Atmosphäre, das Ambiente dort beschreiben?«

»Gesichtslos, neutral. Ein guter Ort, um bei sich selbst zu sein. Dieses eigenartige Gefühl des Trubels und des Stillstands zugleich, da kommt man zu sich. Man konzentriert sich auf das Wesentliche.«

»Auf sich selbst.«

»Genau. Kennen Sie das?«

»Natürlich. Ich wohne in Neuperlach.«

»Sie sind ein kluger Kopf, Mader. Kommen Sie mit, ich gebe eine Sachertorte aus. Natürlich keine ganze, aber ein Stück. Ich will etwas mit Ihnen besprechen.«

Mader zögert.

Dr. Günther grinst. »Jetzt schauen Sie nicht so verzweifelt.«

STATISTIK

Als Mader wieder sein Büro betritt, schließt er die Durchgangstür zum Großraumbüro seines Teams. Den Rededurchfall seines Chefs muss er erst mal alleine verdauen. Eigentlich könnte er ja zufrieden sein. Viel Lob für ihre hervorragende Aufklärungsstatistik. Auch als »Reservat für eigensinnige Menschen« hat Günther sein Team bezeichnet. Nicht zwingend schmeichelhaft, aber auch nicht falsch. Lauter Individualisten. Wozu Günthers jetziges Ansinnen allerdings nicht so recht passt. Er möchte, dass seine Abteilung an dem EU-Projekt Future-Pol teilnimmt, einem internationalen Programm zur Qualitätssicherung und Weiterentwicklung der Polizeiarbeit.

»Warum gerade wir?«, hatte er gefragt.

»Weil Sie eine hervorragende Aufklärungsquote haben, weil Sie ein interessantes Team haben und weil es nicht schaden kann, wenn Sie mal ein paar größere Zusammenhänge kennenlernen und ein bisschen netzwerken.«

Netzwerken! Er ist mit seinem Team und mit Gesine und schließlich Dr. Günther bestens bedient. Völlig ausreichendes Netzwerk. Hat er so natürlich nicht gesagt, sondern nur resigniert genickt.

Günther war noch nicht fertig gewesen: »Bereiten Sie bitte für den Kick-off in zwei Wochen einen knackigen Impulsvortrag über die Zukunft der Verbrechensbekämpfung in Zeiten von Big Data vor, und dann schauen wir mal, was passiert. Sie werden mich doch nicht enttäuschen?«

Mader könnte kotzen. Wegen der schrecklichen Sachertorte allemal. Bestimmt kriegt er von dem klebrigen Zeug Verstopfung.

Hummel steckt den Kopf zur Tür rein.

»Alles klar, Chef?«

»Nichts ist klar.«

»Oh.«

»Ich hab nachgedacht. Ja, ich glaube ebenfalls, dass es dieser Greindl war. Heften Sie sich an seine Fersen.«

»Wird Dr. Günther nicht nachfragen, ob wir wirklich was gegen ihn in der Hand haben?«

»Günther fragt nicht. Der frisst mir aus der Hand. Momentan.«

»Respekt!«, meint Hummel und schließt die Tür.

Hummel, Sie haben keine Ahnung, denkt Mader. Von der Lage, in der ich stecke. Zum Glück. Kleiner Impulsvortrag. Dass ich nicht lache! Zum Kick-off eine Strategiegruppe. Was für ein Scheißdreck!

»Mader ist schlecht drauf?«, fragt Zankl und beißt in einen Apfel.

Hummel sieht aus dem offenen Fenster in den Innenhof. »Na ja, wie man's nimmt. Zumindest meint er, dass Günther uns wegen der Beschattung keine Steine in den Weg legt. Das ist doch schon mal was.«

»Allerdings. Ich dachte, der will den Fall ans LKA loswerden. Umso besser. Wie lange wird Greindl heute arbeiten?«

»Ich denke, vor siebzehn Uhr brauchen wir uns da nicht blicken zu lassen.«

DETAIL

Zankl und Hummel stehen an der Ampfingstraße im Münchner Osten, das Parkhaus von Black & White im Blick.

»Und wenn er woanders parkt?«, meint Zankl.

»Glaub ich nicht. Das ist das Parkhaus der Firma. Der lässt seinen schicken Sport-Audi doch nicht an der Straße stehen.«

»Du kennst dich jedenfalls hier gut aus.«

»Ich wohne ja nur ein paar Meter weiter auf der anderen Seite vom Ostbahnhof.« Hummel schaut in den Rückspiegel.

»Is was?«, fragt Zankl.

»Hast du Hunger? Wurstsemmel?«

»Wenn du mich so direkt fragst.«

»Du behältst die Ausfahrt im Auge, ich bin gleich wieder da.« Hummel steigt aus.

Zankl macht das Autoradio an und hört die Nachrichten auf BR24.

Hummel ist kurz darauf zurück und reicht Zankl eine Papiertüte.

»Leberkäs und Salami.«

»Warst du beim Edeka auf der Ecke?«

»Schau ich nach Edeka aus?«

»Nein, du kaufst nur beim Vogl-Metzger in der Steinstraße, ich weiß Bescheid. Aber so schnell warst du kaum in Haidhausen drüben.«

»Da hinten bei der Bushaltestelle steht immer so ein Verkaufswagen. Eine Metzgerei aus Niederbayern, die haben echt gute Sachen. Und günstiger als Edeka.«

»Hummel, du hast ein Auge fürs Detail. An dir ist ein Schriftsteller verloren gegangen.«

»Sehr witzig!«

»Sei nicht so empfindlich. Du ärgerst dich immer noch über die Sache mit deinem Co-Autor?«

»Von wegen Co-Autor, der Typ war maximal ein Strohmann, ein Marketingtrick.«

»Scheiß auf den Strohmann, schreib doch einfach ein neues Buch, ganz allein.«

»Ja, das mach ich auch. Irgendwann. Wenn ich Zeit hab. Einen Liebesroman.«

»Echt?«

»Ja, über eine unglückliche Liebe.«

»Heyheyhey, Hummel – du bist verknallt in die schöne Sabine.«

»Nur ein bisschen.«

»Boh, die Wurstsemmel ist echt gut. Was kriegst du?«

»Nix. Du hast ja am Großmarkt gezahlt.«

»Guter Deal für dich. Sag mal, ist Sabine eigentlich wieder nach Hause gefahren?«

»Ich glaube, sie wollte noch shoppen gehen.«

»Hey, da kommt er!«

Der A5 schießt aus dem Parkhaus. Zankl lässt die angebissene Semmel in die Tüte plumpsen und startet den Wagen, schert aus der Parklücke und hängt sich an den A5. Was nicht einfach ist. Nicht nur weil ein paar Autos zwischen ihnen sind, sondern auch weil der Audi-Fahrer ständig von einer Spur zur anderen wechselt und jeden freien Meter nutzt.

»Solche Piloten liebe ich«, sagt Zankl, »wertvolle Sekunden gutmachen im Stadtverkehr.«

Hummel deutet auf einen grauen 5er-BMW. »Täusch ich mich, oder klebt der an Greindl dran?«

Der BMW wechselt ähnlich rasant die Fahrspuren. Greindl brettert bei Gelb über eine Kreuzung, der BMW bei Dunkelgelb, und Zankl tritt auch aufs Gas. Die Blitzanlage zwinkert.

»Bitte recht freundlich«, murmelt Hummel.

»Du bist mein Zeuge, dass wir im Einsatz sind.«

»Aber klar doch.«

»Warum hat der es so eilig?«

Sie sehen, dass der A5 an der Auffahrt zur Salzburger Autobahn blinkt.

»Meinst du, der BMW folgt ihm?«, fragt Hummel.

»Sieht ganz so aus. Der war über alle Spurwechsel an ihm dran.«

Zankl hat Mühe dranzubleiben, denn auf der Autobahn gibt Greindl richtig Gas. Der BMW ebenfalls.

»Wenn die noch schneller fahren, sind wir raus.« Zankl tritt das Gaspedal durch.

Wenige Kilometer später verschwinden die zwei Wagen auf der freien Strecke.

»Sollen wir die Kollegen von der Autobahnpolizei informieren?«, fragt Hummel.

»Lass stecken. Aber den Halter von dem BMW lassen wir uns mal durchgeben. M-MM 666.«

STAD

Dosi hat den Nachmittag mit Sabine verbracht. Shopping. Dann waren sie noch im Augustiner Biergarten in der Arnulfstraße. Jetzt sind sie dezent alkoholisiert in Dosis verwaister Wohnung in der Landsberger Straße eingetroffen. Die Unordnung und die Wollmäuse auf dem Parkett sind Dosi ein bisschen peinlich, aber Sabine ist begeistert und genießt die Aussicht auf die Großstadtdächer jenseits der tosenden Landsberger Straße.

»Boh, bei uns daheim ist es immer so stad, da ist abends absolut nix los.«

»Na ja, ein bisschen weniger Action und Lärm wären mir manchmal ganz lieb. Wie gesagt, wenn es dir gefällt, dann kannst du gerne ein paar Tage hierbleiben.«

»Echt? Und du brauchst die Wohnung wirklich nicht?«

»Solange ich mich mit Fränki vertrag, brauch ich sie nicht.«

»Cool. Ich mag das, wenn die Leute sich vertragen. Ich habe immer Streit mit meinen Freunden.«

»Aha. Warum?«

»Ich weiß auch nicht. Die sind immer erst voll nett, aber mit der Zeit werden sie besitzergreifend und eifersüchtig. Zurzeit hab ich keinen Freund. Also, gerade nicht mehr. Hat geknallt. Ganz frisch.«

»Das tut mir leid.«

»Woher denn. Ohne Typ ist auch mal ganz schön.«

»Mit Hummel läuft da aber nichts, oder?«

»Spinnst du? Klaus hat eine Freundin! Wofür hältst du mich?«

Für die verdammt attraktivste Frau, die ich kenne. Sagt Dosi nicht, denkt sie nur. Klar, dass ihre Freunde eifersüchtig sind, wenn andere Männer sie anstarren. Tja, Schönheit kann auch eine Last sein. Den Stress möchte ich nicht haben. Haha.

»Und das ist wirklich okay für dich, wenn ich ein paar Tage bleibe?«

»Alles gut, Bine. Falls du Klamotten brauchst, schau einfach in den Schrank, allerdings hab ich Zweifel, ob dir davon was passt.«

AUFS LAND

Die Autonummer haben Zankl und Hummel bereits checken lassen. Der Wagen ist gemeldet auf ein Unternehmen namens Safemoney, ein Inkassobüro.

»Sieht aus, als hätte Herr Greindl Außenstände«, sagt Zankl, als sie im Auto vor Greindls Haus auf seine Rückkehr warten.

»Boh, der Verkehrslärm!«, meint Hummel und deutet auf die Wagenkolonne auf der Plinganserstraße. »Hast du schon mal überlegt, aufs Land zu ziehen?«

»Aufs Land? Ich nicht. Aber Jasmin träumt von einem Haus mit Garten im S-Bahn-Bereich. Das ich ihr nicht bieten kann. Und will. So richtig aufs Land? Nein, auf keinen Fall.«

»Ach, ich weiß nicht.«

»Mann, Hummel, schlag dir das mit Sabine aus dem Kopf. Sonst endest du noch wie Brandner. Bauernhof, zwei Kinder, eine Ex-Schönheit im Speckmantel.«

»Hör auf, Zankl!«

Zankl deutet auf die Straße. »Da kommt ja unser kleiner Ausreißer.«

Der Audi hält an der Tiefgarageneinfahrt. Die Seiten sind dick mit Lehm bespritzt.

»Rallye Monte Carlo«, murmelt Zankl.

Der Wagen verschwindet in der Tiefgarage.

»Gehen wir rein?«, fragt Hummel.

»Aber so was von. Bin gespannt, was er uns erzählt.«

Sie warten noch kurz, dann steigen sie aus und klingeln. Nichts rührt sich. Ein zweites, ein drittes Mal.

»Scheiße, der macht nicht auf«, sagt Hummel.

Nach einigen Minuten öffnet sich die Haustür. Zwei junge Typen kommen ihnen entgegen. Lächeln freundlich, halten ihnen die Tür auf.

Hummel studiert das Klingelboard. »Zweiter Stock.«

Sie gehen hoch und klingeln. Nichts rührt sich.

»Mann, langsam geht mir das auf den Sack«, zischt Zankl. Er pocht heftig an die Tür. »Herr Greindl, hier ist die Polizei, machen Sie auf! Wir wissen, dass Sie zu Hause sind.«

Jetzt dreht sich ein Schlüssel im Schloss. Die Tür öffnet sich. Greindl hat ein blaues Auge.

»Was ist passiert?«, fragt Zankl. »Die zwei Typen?«

Greindl antwortet nicht.

Hummel schaut aus dem Fenster im Treppenhaus. Auf dem Gehsteig ist niemand zu sehen.

»Was wollten die zwei?«, fragt Zankl.

»Ich weiß es nicht.«

»Waren das die Männer aus dem grauen BMW, der Ihnen gefolgt ist?«

»Welcher BMW?«

»Ihre angebliche Ahnungslosigkeit nervt. Sie leben gefährlich, Herr Greindl. Sie haben gerade erst eine Tracht Prügel eingesteckt. Wir haben die Typen von Safemoney gesehen. Die sind ganz smart. Das war bestimmt nur eine Warnung. Eine ausgerutschte Hand. Das war noch gar nichts. Also, worum geht es? Geld? Spielschulden?«

»Was geht Sie das an? Beschatten Sie mich?«

»Wenn Sie so direkt fragen. Ja. Wo waren Sie vorhin nach der Arbeit? Auf der Autobahn konnten wir leider nicht mit Ihnen mithalten. Können wir reinkommen?«

Greindl lässt sie rein. In der Wohnung sind die Spuren des Kampfes unschwer zu erkennen.

»Und, was war los?«, nimmt Zankl den Faden wieder auf.

»Eigentlich wollte ich nach Salzburg ins Casino. Aber dann habe ich gemerkt, dass die Typen an mir dran sind. Es gab eine kleine Verfolgungsjagd.«

»Die Sie für sich entschieden haben.«

»Könnte man so sagen.«

»Was aber nichts bringt, weil die Typen wissen, wo Sie wohnen. Und Sie erwartet haben. Bestimmt hat ein netter Nachbar sie reingelassen.«

»Sind Sie fertig?«

»Ja, was die Geldeintreiber betrifft. Die andere Geschichte mit den toten Frauen, da hätten wir schon noch eine Frage.«

»Wenden Sie sich an meinen Anwalt.«

»Es geht gar nicht um Sie.«

»Sondern?«

»Um die drogenabhängige Schwester Ihres Freundes Robert Weinzierl.«

»Was ist mit Christiane?«

»Ja, also … Nein, das gehört tatsächlich nicht hierher. Komm, Hummel, wir gehen.«

Greindl sieht ihn irritiert an, aber Zankl verlässt wortlos mit Hummel die Wohnung.

»Was war das denn für eine Aktion?«, fragt Hummel draußen auf der Straße. »Fabulierst da rum?«

»Ach, so eine spontane Eingebung. Und sieht ganz so aus, als wär das ein Treffer. Die Schwester seines Freundes spielt eine Rolle.«

»Und welche, wenn ich fragen darf?«

»Das weiß ich noch nicht. Außer, dass wir uns das noch anschauen müssen. Und die beiden toten Lasterfahrer – wir müssen noch genauer wissen, was die alles so getrieben haben.«

»Du meinst: ob sie Drogen transportiert haben. Für diesen Ibo?«

»Nicht unbedingt für diesen Ibo. Ich tipp eher mal, dass die irgendwelche Nummern auf eigene Kappe gedreht haben. Ich glaub, in dem Fall kommt einiges zusammen: organisierte Kriminalität, persönliche Motive wie Schulden oder die Drogenabhängigkeit und Prostitution eines geliebten Menschen, vielleicht ein tödlicher Unfall.«

»Was meinst du mit ›tödlicher Unfall‹?«, fragt Hummel.

»Die Sache mit der Kühlung.«

»Das wird sich nicht mehr klären lassen, wie das gelaufen ist. Die Lasterfahrer sind tot.«

»Ach, wir werden sehen. Boh, ich will jetzt ein Bier.«

»Wir beschatten Greindl nicht weiter?«

»Nein, für heute ist der bedient. Der geht nicht mehr vor die Tür. Lass uns auf ein Bier gehen.«

»Und für Jasmin ist das okay?«

»Klar, die denkt, ich mach Nachtschicht.«

»Dann fahren wir noch auf einen Absacker in die Black-box.«

»Ich denk, Beate ist sauer auf dich?«

»Nur ein bisschen eifersüchtig. Aber das ist vielleicht gar nicht so schlecht. Dann weiß ich zumindest, dass sie mich liebt. Also, es ist ja gut, wenn ihr nicht alles so selbstverständlich erscheint. Also mit mir.«

Zankl denkt an seine Frau Jasmin und nickt. Ja, diese Erkenntnis würde auch Jasmin nicht schaden. Vielleicht würde sie dann nicht immer so viel an ihm rumnörgeln.

In der Blackbox begrüßt Hummel Beate mit einem innigen Kuss. Er hat ja auch was gutzumachen. Wie kann er nur Augen haben für eine andere Frau? Gut, dass Sabine wieder in den Bayerischen Wald zurückgekehrt ist.

»Die anderen sind da drüben«, sagt Beate.

»Welche anderen?«

Jetzt sieht er Dosi und Fränki. Und Sabine. An dem Stehtisch beim Flipper.

»Na super«, murmelt Hummel. Lautlos.

HUNDEMÜDE

Brandner wischt den Tresen im TOXIC und sieht auf die Uhr. Zwanzig nach drei. Er ist hundemüde. Aber es zieht ihn einfach nicht nach Hause. Nicht mal die Kinder. Schlimm genug. Er hat nichts gegen Kinder, aber irgendwie sind sie in seinem Fall vor allem Susis Faustpfand, um ihn an diese spießbürgerliche Existenz zu fesseln. Plötzlich kommt ihm ein ganz komischer Gedanke: Was, wenn das gar nicht seine Kinder sind?

Vor ein paar Jahren war Susi noch sagenhaft schön, ein wirklich heißer Feger. Sie hätte jeden haben können. Sie hatte vielleicht auch jeden. Nein, das ist unfair. Aber er war definitiv nicht der Einzige. Ja, was für ein komischer Gedanke. Komisch? So fernliegend auch nicht. Warum ist ihm der Gedanke noch nie gekommen? Er weiß es. Weil er eitel ist. Er hatte keinen Zweifel daran, dass nur er die schärfste Braut des gesamten Landkreises geschwängert haben konnte. Da gab's kein Vertun. Und dann noch Zwillinge – Siegestrophäen in Stereo. Und er wollte beweisen, dass er ein Cool Rocking Daddy sein kann. Ist er nicht. Weiß er jetzt. Er ist ein Pantoffelheld, Sklave seiner fast verblassten Triebe. Ja – was, wenn die Zwillinge gar nicht seine Kinder sind? Soll er sich ein paar Flusen Haupthaar von den Kindern besorgen und einen DNA-Test machen? Er ist sich nicht sicher. Das riecht nach Verrat. Wenn es tatsächlich nicht seine Kinder sind – was dann? Alles stehen und liegen lassen, zum Anwalt rennen, die Scheidung einreichen? Ja klar! Nein. Oder? Doch. Vielleicht.

Brandner schrickt hoch. Ein Geräusch! Der Kühlschrank? Wahrscheinlich. Das Alter lässt einen schreckhaft werden. Oder die Klimaanlage? Nein, die ist aus. Er löscht das Licht und horcht. Ein Brummen. Kommt das von draußen? Das Fenster im Büro ist gekippt. Er sieht auf den Parkplatz raus. Nichts zu sehen. Aber das Geräusch kommt von dort. Es klingt wie ein hubraumstarker Wagen im Leerlauf. Er spurtet über die Tanzfläche zur Eingangstür und sperrt ab. Lehnt sich schwer atmend an die Tür. Rücken schweißnass. Scheiße, was ist los? Warum die Panik? Wovor hat er Angst? Er dreht sich um und lugt aus dem Guckloch in der Tür. Nichts. Schwarze Nacht. Kein Auto auf dem Parkplatz. Na ja, so weit er sieht. Plötzlich gleißendes Licht. Brennt in den Augen. Er knallt das

Fensterchen zu. Jemand hat von außen seine Handylampe vor das Guckloch gehalten. Was zur Hölle?

»Du Arsch, du hast heute bei uns rumgelungert«, sagt jetzt eine Stimme aus der Garderobennische.

»Was?«

»Du hast genau verstanden, was ich gesagt hab. Also?«

»Das ist mein Laden, Paschinger.«

»Und?«

»Raus! Oder …«

»Oder was? Holst du die Polizei? Haha, ich lach mich tot.«

»Was willst du?«

»Die Geschäfte sind schon schwierig genug. Du hast bei uns nichts verloren.«

»Hau ab, sonst vergess ich mich!«

»Wir wissen, wo du wohnst, wie deine zwei kleinen Kinder heißen, was deine Frau macht. Haben wir uns verstanden?«

Brandner sagt nichts.

»Ob wir uns verstanden haben?«

»Ja, wir haben uns verstanden.«

»Das ist schön. Und jetzt sperr auf. Ich muss hier raus. Hat dir schon mal jemand gesagt, dass es in deinem Laden stinkt? Nach Schweiß und Pisse. Schlimmer als im letzten Puff. Und mit so was kenn ich mich aus. Hygiene ist das Zauberwort. Einen schönen Restabend noch.«

Brandner sperrt auf und lässt den Puffbesitzer raus. Kurz darauf brüllt draußen ein Automotor auf, ein schwerer Geländewagen verschwindet ohne Licht vom Parkplatz.

Brandner sperrt zu und atmet durch. Sein T-Shirt ist völlig durchnässt. Kalter Angstschweiß. Er schwankt zur Bar und holt Wodka aus dem Kühlschrank. Trinkt einen großen Schluck direkt aus der Flasche. Denkt angestrengt nach. Will angestrengt nachdenken. Geht nicht. Die Gedanken schießen wie in einem Teilchenbeschleuniger durch seinen Schädel. Haltlos, sinnlos. Ja, er war heute Nachmittag in Paschingers Saunaclub. Ist reingegangen, hat ein grotesk überteuertes Bier an der Bar getrunken und ein bisschen Konversation mit den Damen gemacht. Sie nach den toten Münchner Kolleginnen gefragt. Hat er wirklich »Kolleginnen« gesagt? Er kann sich nicht mehr genau erinnern. Aber klar, er hat da rumgeschnüffelt. Und genauso klar ist, dass es der Chef der Damen erfahren hat. Aber warum ist Paschinger so angespitzt? Warum droht er ihm und seiner Familie?

Zeit, den Laden zuzusperren. Brandner holt seine Lederjacke und den Helm und verlässt seinen Laden. Als er die Kawa vom Hauptständer schiebt, merkt er, dass keine Luft in den Reifen ist. Na toll!

FEIN

Hummel sieht Beates schönes Gesicht im Mondlicht. Ihre feinen Züge, den zarten Flaum auf ihren Wangen, ihr blondes Haar wie ein gemalter Wasserfall, den matten Glanz auf den Lidern ihrer geschlossenen Augen. Die Welt ist voller Schönheit. Er denkt auch an Sabine. Sein Bauch hatte ihm gestern sofort signalisiert, dass es Ärger geben würde. Mit Beate. Aber auf sein Bauchgefühl ist offenbar kein Verlass mehr. Zum Glück. Kein Ärger. Das Gegenteil war der Fall. Die zwei Frauen verstanden sich bestens. So ein lustiger Abend in der Blackbox. Und interessante Neuigkeiten: Sabine hat jetzt einen Job, vorübergehend zumindest. Als Bedienung in der Blackbox. Und wohnt so lange in Dosis alter Wohnung. Eigentlich zu viel des Guten. Ihm wäre es fast lieber, wenn

Sabine in den Bayerwald zurückfahren würde. Wobei – sie kann tun, was sie mag. Beate ist die Frau seines Lebens, seiner Träume, schon immer! Also fast immer. Nach so vielem Hin und Her sind sie jetzt schon ziemlich lange ein Paar. Schon ein paarmal hat er überlegt, um ihre Hand anzuhalten. Aber er weiß, dass sie das spießig findet. Ist es ja auch. Sie brauchen ihre Gefühle nicht zu verbeamten.

GETÄUSCHT

Brandners Kawasaki röhrt über die Bundesstraße. Dank Reifenpilot. So geht das, ihr Deppen!, denkt Brandner. Wobei er seinen Arsch darauf verwettet hätte, dass die alte Dose mit dem Dichtungsschaum nicht mehr einsatzfähig ist. War sie aber. Wenn Paschinger meint, dass er so schnell aufgibt, hat er sich getäuscht. Der Fahrtwind macht Brandner munter. Er hält den Motor im mittleren Drehzahlbereich, sodass sich der Turbolader gerade noch nicht zuschaltet. Keine Kunststücke jetzt! Er schaltet noch einen Gang hoch, die Drehzahl fällt ab. Die Maschine flüstert geradezu.

Jetzt sieht er das blinkende Licht, den geschwungenen Schriftzug *Happy Sauna Club*. Er macht den Scheinwerfer aus, legt den Leerlauf ein und lässt die Maschine ausrollen, schaltet den Motor aus. Er stellt die Kawa hinter einer der benachbarten Werkshallen ab und steigt eine Feuerleiter hoch, um von dem Hallendach auf das Gelände des Saunaclubs schauen zu können. Am Horizont ist bereits ein feiner rosa Streifen Morgenlicht zu sehen. Das Handy in seiner Jackentasche brummt. Er sieht aufs Display. Seine Frau. Fehlt ihm gerade noch. Er steckt das Handy weg.

Jetzt fährt ein Lieferwagen auf das Puffgelände. Frühe oder späte Kundschaft? Nein, der Wagen fährt nach hinten durch. Der Fahrer steigt aus, öffnet die Seitentür. Der Beifahrer holt einen Rollwagen und beginnt, Kisten aus dem Laderaum auf dem Wagen zu stapeln. Das sind doch nie und nimmer Getränke oder Erdnüsse, denkt Brandner.

Schließlich rollen die beiden die Kisten zum Hintereingang hinein.

»Jetzt krieg ich euch am Arsch«, murmelt Brandner. Aber wie? Die Kollegen anrufen? Zu dieser Uhrzeit? Und wenn doch einfach Gläser oder Schnapsflaschen in den Kisten sind? Wäre peinlich. Er braucht Gewissheit. Er überschlägt die Entfernung. Wie schnell schaff ich die hundert Meter Luftlinie? Die Hintertür steht immer noch offen. Jetzt oder nie! Er klettert die Feuerleiter runter, rennt zur Sichtschutzwand, hangelt sich drüber, springt in den Hinterhof und huscht in den Hintereingang. Kein Licht. In dem dunklen Gang schlägt er sich das rechte Schienbein an. Licht geht an. Stimmen. Rechts eine offene Tür. Er humpelt hinein.

»Welcher Depp hat die Tür offen gelassen?« sind die letzten Worte, die Brandner zu hören bekommt. Dann fällt die Tür zu.

Stille. Brandner horcht. Nichts. Doch, ein Summen. Ihn fröstelt. Fuck, das ist der Kühlraum!

Gedämpft hört er von draußen vertraute Geräusche – klirrende Flaschen, rollende Alufässer. Leergut wird weggebracht. Soll er sich bemerkbar machen? Nein, wie soll er das erklären? Da gibt's nichts zu erklären. Kurz nachdem man ihn so nachdrücklich gewarnt hat. Dreck! Er macht seine Handylampe an. Ja, ein Kühlraum. Bierkisten, Cola, Weißwein. Er sieht den großen Stapel Kartons. Sind das die Kisten aus dem Transporter? Nein, die waren kleiner. Er sieht auf sein Handy. Kein

Empfang. Eh klar. Er beleuchtet die Tür. Man kann sie nicht von innen öffnen. Schon gar nicht, wenn von außen der Riegel vorgelegt ist, wie er es von seiner Disco kennt. Scheiße! Er leuchtet die Wände ab. Kein Fenster. Ganz toll. Uhrzeit? Halb sechs. Vermutlich machen die jetzt langsam Schluss hier. In ein paar Stunden werden die Reinigungsleute kommen, und jemand wird irgendwann die Kühlschränke an der Bar auffüllen. So lange muss er sich wach und vor allem warm halten. Was tun? Bewegung! Auf und ab gehen. Er sieht im Handylicht das Regal mit den Schnapsflaschen. Ein Schluck Obstler wäre nicht schlecht. Aber Schnaps hält nicht warm. Eher das Gegenteil ist der Fall. Alkohol verengt die Gefäße. Oder ist das beim Rauchen so? Jetzt einen klaren Kopf behalten!

Er beginnt mit Gymnastikübungen, schlägt sich mit den flachen Händen an den Brustkorb. Will die Zeit nutzen, um nachzudenken. Geht nicht. Er ist ausschließlich darauf konzentriert, nicht zu frieren. Er hat Durst und muss pinkeln. Er findet einen Kasten Mineralwasser, öffnet eine Flasche, trinkt. Den Rest schüttet er weg und pinkelt im Handylicht in die Flasche. Naturtrüb, denkt er und stellt die Flasche zurück in den Kasten. Scheißkälte! Ihm ist schon ganz schummerig, als er endlich hört, wie draußen der Riegel umgelegt wird. Schnell stellt er sich neben den Türstock. Licht an. Ein Mann kommt rückwärts mit einem Stapel Bierkästen auf einer Sackkarre herein. Der Mann dreht sich um.

»Brandner!«

»Schmidl!«

»Was machst du denn hier?«

Brandner hält sich den Zeigefinger an die Lippen. Schmidl, der Bierfahrer der Grafenberger Brauerei, der auch seine Disco mit Bier beliefert, sieht ihn ratlos an.

»Ich ermittle«, zischt Brandner.

Schmidl nickt dämlich.

»Du sagst kein Wort, ist das klar!«

Schmidl nickt wieder.

RAND UND BAND

Hummel steht am frühen Morgen auf und trinkt ein Glas Wasser in der Küche. Er traut sich nicht, Kaffee zu machen, weil Beate sonst aufwacht. Seine Klamotten sind im Bad. Er zieht sich dort an, schreibt *Ich liebe dich!* auf den Einkaufsblock am Kühlschrank und zieht die Wohnungstür leise hinter sich zu.

Draußen empfängt ihn ein gellendes Pfeifkonzert. Die Vögel sind außer Rand und Band und können den Sommertag kaum erwarten. Der Himmel hat noch ein fahles Silberblau, die Sonne klemmt bereits weiß am Horizont. Das letzte Bier sorgt immer noch für ein sanftes Stechen in Hummels Kopf. Die Uhr in einem Parkomaten zeigt sechs Uhr achtunddreißig. Er geht die Hohenzollernstraße runter, überquert die Leopoldstraße und taucht ein in das satte Grün des Englischen Gartens. Was für ein Bühnenbild! Über den weiten Wiesen schwebt ein mattweißer Teppich, der Eisbach dampft. Zwei Schwäne durchpflügen das Himmelblau und landen zischend im Kleinhesseloher See. *Surferbirds.* Im Park nur ein paar Hundebesitzer auf Kackatour. An einem Baum am Ufer des Eisbachs liegen zwei Bierleichen in ihre Schlafsäcke gemummelt, umringt von leeren Flaschen. Kurz vor dem Haus der Kunst macht eine nackte alte Dame im Bodendunst Tai-Chi – eine mystische Erscheinung. Nicht meine Sportart, denkt Hummel und bedauert, dass sich beim Kiosk Fräulein

Grüneis noch nichts rührt. Ein starker Kaffee wäre jetzt gut. Er geht weiter durchs Lehel und über den Kabelsteg zum Müller'schen Volksbad. Die Isar führt wenig Wasser. Im Isarkies ein leerer Bierkasten, ein paar Bierflaschen, Einweggrills. Bei den Museumslichtspielen geht er den Berg hoch in die Rablstraße, wo die Mühlenbäckerei bereits geöffnet hat. Er kauft zwei Croissants und eine SZ. Die Glocke von St. Wolfgang schlägt ein Mal. Er sieht nach oben. Die Kirchturmuhr zeigt Viertel nach sieben. Merkwürdige Zeit, um heimzukommen, denkt er sich, als er zu Hause eintrifft. Die Rollos sind oben, und die Morgensonne zeigt erbarmungslos den Staubfilm auf Möbeln und Parkett. Es sieht aus, als hätte jemand die Zeit angehalten. Lebt da jemand? Ja, er. Und vorgestern war Besuch hier. Auf dem Sofa steht noch Sabines Tasche. Ja, die nimmt er nachher mit ins Präsidium. Auf der Tasche liegt ein zusammengefalteter grüner Pullover. Er hebt ihn hoch und riecht daran. Ein Hauch von Parfüm. Oder Weichspüler. Apfel? Vielleicht. Er setzt in der Küche die Bialetti auf den Herd und geht duschen.

Als er aus dem Bad kommt, nimmt er den scharfen Geruch wahr. Kaffee, der durch den Ausguss des Alukännchens auf die Herdplatte spritzt. Er nimmt die Kanne vom Herd und dreht ihn aus. Gießt den pechschwarzen Kaffee in eine Tasse und trinkt. Schwarz, stark, bitter. In seinem Kopf knistert es. Er spürt es. Zurzeit ist er hypersensibel, nimmt alles sehr genau wahr, was in ihm vorgeht. Er weiß, woher das kommt. Aber er ist kein Idiot. Man kann Gefühle auch anerkennen, ohne sie auszuleben. Er schüttelt den Kopf. Was für ein Schmarrn! Sein Handy klingelt.

»Ja?«

»Hi, Hummel, ich bin's, Brandner. Bist du schon wach?«

»Länger, als du denkst. Was gibt's?«

TURNSCHUH

Als Hummel das Büro im Präsidium betritt, sitzt Dosi schon am Schreibtisch.

»Guten Morgen, Dosi.«

»Und, alles klar?«

»Alles easy, bisschen Kopfweh, aber nur ein bisschen. Hier ist Sabines Tasche.«

Dosi nickt. »Bine kommt heute Nachmittag rein und holt sie ab. Wirklich alles fit bei dir?«

»Wie ein Turnschuh. Brandner hat mich heute Morgen schon angerufen.«

»Was wollte er?«

»Erzähl ich, wenn Zankl da ist. Mader ist schon drüben?«

»Glaub nicht. Kaffee?«

»Danke, nein. Ich hatte schon einen.«

»Also, ich nehm einen«, sagt Zankl, der gerade eintrifft.

»Milch und Zucker, der Herr?«

»Mit Grappa bitte. Boh, das letzte Bier war schlecht gestern Abend. Jasmin hat mir so einen Einlauf verpasst heute Morgen. Hat gemeint, so scheiße, wie ich ausschau, brauch ich Clarissa nicht zum Kindergarten zu bringen. Weil die sonst meinen, der Herr Papa ist ein Alki. Oh Mann!«

»Tja, man schaut halt nicht jeden Tag aus wie aus dem Ei gepellt.«

»Du sagst es, Hummel.«

»Dafür bist du jetzt der Pinball-Wizard«, sagt Dosi. »Was meinst du, was mir Fränki noch in den Ohren gelegen ist, weil du am Schluss beim Flippern gewonnen hast. Na ja,

Fränki hatte ja schon ziemlich Schlagseite. Sonst hättest du keine Chance gehabt.«

»Sag Fränki, dass er auch mal umschalten muss von Eiertanz in Killermodus. Ich hab ihn eiskalt erledigt.«

»Guten Morgen«, ruft jetzt Mader von nebenan. »In zehn Minuten eiskalte Besprechung.«

Wenig später sind alle von Brandners Anruf unterrichtet.

Mader nickt nachdenklich. »Was heißt das jetzt?«

»Dass sich Paschinger von Brandner gestört fühlt.«

»Nicht nur das«, sagt Mader, »Brandner macht ziemlich riskante Sachen. Das ist doch sonst eher Ihr Job, Hummel. Brandner sollte in dem Fall nicht auf eigene Faust ermitteln. Nicht, dass wir ihn plötzlich irgendwo verscharrt im Bayerwald finden.«

»Ich red mit Brandner«, sagt Dosi.

»Gut. Und weiter – wir müssen den Tod der neun Frauen aufklären. Irgendwelche Fortschritte?«

»Das Motiv«, sagt Dosi, »wir brauchen das Motiv, und das finden wir nur da draußen.«

»Und was ist mit Greindl?«, fragt Zankl.

»Na ja, der ist auch aus der Gegend. Habt ihr denn die Sache mit der Drogenschwester des Freundes von Greindl weiterverfolgt?«

»Wann denn? Wir wissen es ja erst seit gestern.«

»Dann mal los«, sagt Mader. »Fahrt noch mal da raus. Alle drei. Macht es konzentriert und knackig. Ich will Ergebnisse. Ich halt hier die Stellung. Ich meld mich, wenn ich euch hier brauch.«

RUHE

»Komisch, was hat Mader denn?«, meint Dosi. »Er hat doch sonst immer Panik, dass Dr. Günther ihm eins auf die Finger gibt, wenn wir außerhalb von München ermitteln.«

»Günther lässt ihn momentan in Ruhe«, sagt Hummel.

»Sieht ganz so aus. Gut so.«

»Dann gehen wir es an«, meint Zankl. »Wir besuchen diesen Robert Weinzierl und seine Schwester.«

»Kündigen wir uns an?«

»Auf keinen Fall! Vielleicht ist seine Bude voller Drogen. Und wir zeigen uns dann von unserer verständnisvollen Seite.«

»Zankl, mein Style ist das nicht«, sagt Dosi.

»Dosi, meiner schon. Wir müssen ein bisschen Druck machen. Sonst reagieren diese Typen doch nicht.«

»Was ist mit dem Saunaclub – checken wir den auch auf Drogen?«

»Das ist der Job der lokalen Polizei«, findet Hummel. »Und ich weiß nicht, ob das nach den Ereignissen der letzten Nacht wirklich gut kommt. Also für Brandner. Die haben ihn offenbar im Visier. Nicht, dass ihm was Ernstes passiert.«

»Zuerst kümmern wir uns um den Spezl von Greindl«, beschließt Zankl. »Sicher hat Greindl ihn schon gewarnt, dass wir auch auf ihn ein Auge haben.«

HONK

Mader sitzt konzentriert am Schreibtisch und macht sich Notizen. Dienstlich und irgendwie nicht dienstlich. Nicht zum aktuellen Fall, sondern zu Günthers Spezialauftrag. *Neue Perspektiven für die Polizeiarbeit von morgen.* Mit den von Günther genannten Schlüsselbegriffen kann er nichts anfangen: *Digitalisierung, Big Data, Gesichtserkennung, statistische Gefahrenprognose.* Ihn interessiert dieses ganze Zukunftsgedöns einfach nicht besonders. Dazu kann er keinen klugen Beitrag leisten. Er macht sich eine Mindmap mit ein paar Pfeilen zu seinen eher klassischen Begriffen: *Schreibtisch, PC, Polizist, Opfer, Täter, Tatort.* Sein Handy klingelt. Er sieht den Namen auf dem Handydisplay. Helene. Oh Mann! Er hat seine Schwester nicht zum Geburtstag angerufen! Einfach vergessen. »Ich bin echt der letzte Honk«, murmelt er frustriert. »Ja, äh, hallo?«, meldet er sich. »Helene?«

»Karl-Maria?«

»Du, das tut mir entsetzlich leid, also …«

»Äh, ist es gerade schlecht? Hast du keine Zeit?«

»Nein. Äh, ja … Also ich hab …«, stammelt er. »Es tut mir so leid, dass ich den Geburtstag vergessen hab.«

»Welchen Geburtstag?«

»Deinen. Gerade wusste ich es noch, also, äh, gestern … Ich hatte mir fest vorgenommen, dich anzurufen, aber dann war wieder so viel los. Ich hab's irgendwie vergessen. Wirklich, das ist mir so was von peinlich. Das musst du mir glauben.«

»Jetzt krieg dich ein, Karl. Außerdem hab ich erst am 12. September Geburtstag. Das ist in einem Monat.«

»Nicht August?«

»Nicht August.«

»Oh.«

»Sag mal, alles gut bei dir?«

»Ich werde senil«, sagt er ohne Ironie.

»Jetzt jammer nicht rum. Ich bin in der Stadt mit den Mädels.«

»Aha?«

»Nicht in Regensburg, in München.«

»Ist dein Mann auch dabei?«

»Nein, der ist auf Recherchetour in Österreich. Nur die Mädchen und ich.«

»Und euer Hund?«

»Bomba ist auch in Österreich.«

»Die Mädchen müssen nicht in die Schule?«

»Karl-Maria, wir schreiben den 13. August. Es sind Schulferien.«

»Äh, ach so, klar.«

»Die Mädels möchten gern sehen, wie du arbeitest. Geht das?«

»Also, na ja, äh, klar geht das. Ich freu mich.«

»Wunderbar. Wir sind in zehn Minuten bei dir.«

»So schnell?«

»Passt es nicht?«

»Doch, äh ja, gut, bis gleich, ich hol euch an der Pforte ab.«

Hektisch räumt Mader seinen Schreibtisch auf, ordnet Aktenstapel, schüttelt Bajazzos Bodenkissen aus, was zu einem heftigen Niesanfall führt. Bajazzo mustert ihn verwundert. Mader reißt das Fenster auf und atmet durch. Dann stürmt er in den Flur und ins Treppenhaus runter.

»Mader, Moment!«, versucht Dr. Günther ihn auf der Treppe zu stoppen. Was ihm nicht gelingt.

»Keine Zeit, keine Zeit«, schnauft Mader.

Dr. Günther sieht ihm besorgt hinterher.

Mader trifft gleichzeitig mit Helene und ihren Töchtern Louisa und Franzi an der Pforte ein. Mader umarmt Helene hektisch.

»Wirklich alles gut bei dir?«, fragt sie besorgt.

»Alles wunderbar. Ich freu mich so.« Er schüttelt den Mädchen die Hände. »Toll, dass ihr da seid.«

»Wo ist der Schießstand?«, fragt Louisa.

»Wo sind die Zellen?«, fragt Franzi.

»Äh, hier sind vor allem Büros, also nicht nur, aber vor allem.«

Enttäuschung macht sich in den Gesichtern der Mädchen breit.

»Okay, okay, ich zeig euch den Schießstand und die Arrestzellen.«

»Jetzt gleich?«, fragt Louisa.

»Bitte, bitte!«, sagt Franzi.

»Wer kann da schon Nein sagen?«, meint Mader und führt sie ins Untergeschoss. Durch eine Panzerglasscheibe beobachten sie eine Schützin, die auf einen Pappkameraden schießt.

»Los, knall ihm die Eier weg!«, zischt Louisa.

Helene stößt ihre Tochter an. »Louisa!«

»Hast du schon mal wen erschossen?«, fragt Franzi.

Mader überlegt kurz, dann nickt er.

»Und, wie ist das?«, fragt Louisa.

»Es fühlt sich nicht gut an«, sagt Mader. »Es war Notwehr. Trotzdem, das ist nichts, worauf ich stolz bin.«

»Wo ist denn deine Waffe?«, fragt Franzi.

»Oben im Büro, eingesperrt.«

»Können wir die sehen?«

»Hallo, Karl-Maria!«

Mader dreht sich um. »Gesine. Oh, hallo.«

Gesine mustert Louisa. »Ah, wir haben uns doch schon mal gesehen. Gesine Fleischer, Rechtsmedizin.«

Louisa schlägt sich die Hände vors Gesicht. »Geil! Ich fass es nicht!«

Alle sehen Louisa an, die Zwölfjährige.

»Sie schneiden Menschen auf?«, fragt sie Gesine.

»Louisa!«

»Doch, ja, da hast du völlig recht.«

»Wir haben in der Schule schon mal einen Frosch obduziert.«

»Das heißt seziert«, meldet sich Franzi.

»Das ist doch egal. Jedenfalls war das voll komisch. Und eklig. Plötzlich haben die Beine noch gezuckt. – Ist das spannend bei Menschen, also das Aufschneiden?«

Gesine nickt. »Ja, das ist sehr spannend. Auch wenn der Körper still zu sein scheint, so erzählt er doch alles, was er erlebt hat.«

»Zeigst du uns eine Leiche?«

»Nein, ich zeig euch keine Leiche. Aber meinen Arbeitsplatz und ein paar Kühlfächer dürft ihr sehen. Von außen.«

»Da wohnen die Leichen drin?«

»Sozusagen.«

»Geil! Mama, dürfen wir?«

»Ja, aber fasst dort bitte nichts an, was ihr nicht anfassen sollt.«

Kopfschüttelnd sieht sie ihren Mädchen hinterher, wie sie mit Gesine in den unterirdischen Gängen verschwinden. Mader geht mit Helene nach oben in sein Büro.

»Die Mädchen stehen auf das ganze Zeug«, erklärt Helene. »Profiler, Pathologen, Bodyfarm.«

»Sind sie dafür nicht ein bisschen jung?«, fragt Mader.

»Louisa vielleicht. Aber was die große Schwester interessiert, findet auch sie super. So, jetzt sag, wie geht es dir? Muss ich mir Sorgen machen? Hast du Stress?«

»Mir geht's gut. Vor allem, wenn ich dich sehe. Leider viel zu selten.«

»Na ja, Karl-Maria, nach Regensburg, das ist keine Weltreise. Du kannst uns immer besuchen kommen. Wenn du deinen Allerwertesten mal aus München rauskriegst.«

»Ja, klar. Weißt du eigentlich, dass ich vor einem Jahr eine Beförderung nach Regensburg ausgeschlagen habe? Hätte ich damals schon von dir gewusst, hätte ich es vielleicht gemacht. Dann hätte ich jetzt mehr Zeit für euch.«

»Karl, da würdest du genauso viel arbeiten, vielleicht noch mehr, weil du mehr Verantwortung hättest.«

»Ja, vielleicht wäre das so. Theorie und Praxis eben. Und du? Wie geht es dir? Wie geht es Reinhard?«

»Wir lassen uns scheiden.«

»Was?! Spinnst du?«

»Wir lassen uns scheiden, wenn ich nicht bald meine Arbeitsstunden reduziere. Franzi ist jetzt vierzehn, eine schwierige Zeit. Das kriegt Reinhard nicht allein hin.«

»Was hat Franzi denn?«

»Pubertät, mein Lieber, eine schlimme Krankheit.«

»Verstehe. Aber das geht ja vorbei. Also, mit Reinhard ist alles gut?«

»Ja, das hoff ich doch. Auch dass er sich keine Jüngere sucht.«

»Jetzt hör doch auf!«

»Ach, ich denk mir manchmal, dass ich zu wenig bei meinen Lieben bin. Aber wahrscheinlich wäre ich unleidig, wenn ich zu viel Zeit zu Hause verbringe.«

Es klopft. Ein Polizist steckt den Kopf zur Tür rein. »'tschuldigung, Herr Mader, aber Sie gehen nicht ans Telefon.«

»Ich hab auf die Kollegen umgestellt.«

»Aber die sind nicht im Haus.«

»Oh. Ja, das stimmt. Was gibt es denn?«

»Da draußen ist eine Dame, die etwas abholen will, eine Tasche.«

»Ach ja, schicken Sie sie rein. Hummel hat mir Bescheid gesagt.«

Sabine betritt den Raum, heute ganz sommerlich mit einem zitronenfarbenen Top unter der kurzen Jeansjacke. »Hallo, Sie müssen Herr Mader sein. Ich bin Sabine.«

»Hallo, Sabine, kommen Sie rein.«

»Hallo, Frau Mader.«

Helene lacht herzhaft. »Danke, aber ich bin nur die Schwester.«

»Oh, verzeihen Sie. Nicht, dass Sie denken …, also wegen dem Alter …«

»Meine Liebe, Alter ist etwas Relatives. Aber ich nehm es mal als Kompliment, dass Sie mich für die Frau dieses Mannes halten.«

»Aus, Schluss!«, stöhnt Mader, und die Frauen lachen.

»Und Sie sind?«, fragt Helene.

»Äh …«

»Sie ist Zeugin in einem aktuellen Fall«, sagt Mader. »Sabine, Ihre Tasche steht drüben bei Hummel im Büro. Warten Sie, ich bring sie Ihnen.«

Er holt die Tasche und gibt sie ihr. »Was haben Sie jetzt vor?«, fragt Mader. »Wieder nach Hause?«

»Nicht gleich. Ich komm ein paar Tage bei Dosi unter. Bisschen Großstadtluft, das ist mal was anderes.«

»Schön. Es wird Ihnen in München gefallen, da bin ich mir sicher.«

»Ich auch. So, ich muss dann mal.«

»Wow, lauter attraktive Frau um dich herum«, sagt Helene, als Sabine weg ist. »Du bist ja voll der Hahn im Korb.«

»Na ja, da sind auch noch meine Kollegen Hummel und Zankl.«

»Und wo sind deine Kollegen jetzt alle?«

»Unterwegs. Gute Polizisten arbeiten nicht nur am Schreibtisch.«

Sie sieht auf die Uhr. »Oh, so spät schon. Ich muss los, ich hab noch eine Verabredung.«

»Und die Mädchen?«

»Wollen ein bisschen die Stadt unsicher machen. Und an die Isar. Ich geb ihnen schnell Bescheid, dass ich jetzt losgeh.«

»Du kannst ruhig schon gehen, ich sag ihnen, dass du schon weg bist, wenn sie von Gesine zurückkommen. Wann und wo wollt ihr euch dann wiedertreffen?«

»Ich ruf sie auf dem Handy an.«

»Sag ich ihnen. Vielleicht haben sie ja Lust, Bajazzo mit an die Isar zu nehmen.«

PARANOIA

»Gehen wir da einfach rein?«, fragt Hummel im Innenhof des Weilers.

Zankl sieht ihn irritiert an. »Wie meinst du das?«

»Na ja, man hört ja immer wieder so Geschichten, dass diese Drogentypen Paranoia kriegen und durchdrehen, wenn man sie überrascht.«

Dosi schüttelt den Kopf. »Männer vielleicht. Es geht um eine Frau.«

»Hast du 'ne Ahnung«, murmelt Zankl. »Ihr zwei sichert, ich klingle.«

Zankl geht über den Hof zur Haustür. Im Vorbeigehen sieht er in die verdreckte Küche.

Er klingelt. Nichts passiert. Er drückt gegen die Tür. Zu. Er überlegt.

Ein markerschütternder Schrei zerschneidet die Stille.

Zankl zieht die Waffe, wirft sich gegen die Tür. Die Tür gibt nicht nach. Er geht ein paar Meter zurück und schlägt mit dem Ellenbogen das Küchenfenster ein und öffnet das Fenster. »Polizei! Was ist da los? Wer ist da?«

Wieder ein gellender Schrei.

Er steigt ein und lässt Dosi und Hummel zur Haustür rein.

Noch ein Schrei.

Zankl deutet nach oben. »Ich geh rauf.«

Hummel bezieht neben der Treppe Stellung, Waffe im Anschlag. Dosi folgt Zankl nach oben. Auch sie haben die Waffen gezogen.

Jetzt fliegt unten die Haustür auf. Robert Weinzierl stürzt herein. Hummel springt auf, zwingt ihn zu Boden, drückt ihm den Lauf seiner Waffe ins Genick.

»Ganz ruhig! Keine Bewegung!«

Dosi und Zankl stehen auf dem oberen Treppenabsatz. Zögern noch. Hinter einer verschlossenen Zimmertür wieder ein lauter Schrei. Zankl deutet auf die Türklinke. Dosi nickt. Zankl tritt die Tür auf, springt in das Zimmer, Dosi zielt in die Mitte des Raums.

Ein Bett. Darin eine Frau mit schmerzverzerrtem Gesicht. Mund wie klaffende Wunde, braune Zahnstümpfe, die Haut im Gesicht zerkratzt und blutig. Sie ist ans Bett gefesselt.

»Was ist hier los?«, sagt Dosi leise.

»Ich hab keine Ahnung«, meint Zankl schockiert.

»Los, Zankl, wir binden sie los.«

»Nein, die schlägt doch alles kurz und klein.« Zankl geht zur Tür und schaut die Treppe runter. »Hummel, alles okay bei dir?«

»Alles im Griff. Und bei euch?«

»Lasst meine Schwester in Ruhe!«, brüllt der Mann am Boden.

»Was soll das hier oben?«, fragt Zankl. »Warum ist sie gefesselt?«

»Sie ist auf Entzug!«

»Klar. Und du lässt sie hier alleine.«

»Ich war in der Apotheke. Lasst mich zu ihr!«

»ROBERT!!!«, schreit die Frau.

»Hummel, lass ihn hoch«, sagt Dosi.

Hummel steigt von dem Mann runter. Der stürmt die Treppe hoch, stürzt zu seiner Schwester ans Bett. »Chrissie, ich bin da, ich bin bei dir. Beruhig dich. Du kriegst gleich deine Medizin.«

Er gibt ihr eine kleine braune Flasche, aus der sie gierig trinkt. Er reißt sie ihr wieder weg.

Die Frau sinkt ins Kissen. Schließt die Augen. Ihre Gesichtszüge entspannen sich. Die drei ungebetenen Gäste sehen staunend die Verwandlung. Das Zombiemonster wird zu einer jungen Frau voller Anmut. Die Kratzer im Gesicht betonen noch ihre Verletzlichkeit. Ihr Bruder hält ihr schönes Gesicht in Händen. Tränen laufen über ihre Wangen in seine Handflächen. So viel Intimität. Dosi und Zankl drehen sich peinlich berührt weg, Hummel starrt auf die junge Frau. Auch in seine Augen treten Tränen.

Sie verlassen das Zimmer, lassen die Geschwister allein.

»Sie hat den Teufel im Leib«, murmelt Zankl.

»Die ist fast noch ein Kind«, meint Dosi.

Hummel sagt gar nichts. Sein Blick wandert durch die schmutzige Küche. Verkrustete Teller, ein überquellender Aschenbecher, dunkle Flecken am Boden und die Scherben von dem eingeschlagenen Fenster.

Sie warten. Das Haus ist ganz still. Sie zucken zusammen, als die Treppenstufen knarren. Robert kommt in die Küche und geht zielstrebig zum Kühlschrank und holt sich eine Flasche Bier. Er öffnet sie und trinkt einen endlosen Schluck. »Polizei?«, fragt er schließlich.

»So ist es. Sie sind Robert Weinzierl?«

»Ja. Und das da oben, dieses Crystal-Monster, das ist meine Schwester Christiane. Sie ist neunzehn. Und wenn sie Pech hat, dann erlebt sie ihren zwanzigsten Geburtstag nicht mehr. Diese Scheißdrogen. Es ist so leicht dranzukommen. Sie verkaufen das Zeug schon an Fünfzehnjährige in der Disco, den billigsten, härtesten Dreck.«

»Ihre Schwester ist vorbestraft.«

»Jugendstrafen. Wie nennt man das noch mal – Beschaffungskriminalität? Sind Sie deswegen hier?«

»Sie haben Sie ans Bett fixiert.«

»Ich musste einkaufen, Medikamente holen. Wenn ich sie nicht festbinde, dann ist sie weg, unterwegs, verschwindet in einem dunklen Loch und raucht diesen Dreck, schmeißt Pillen ein, schnupft das Zeug, spritzt es sich.«

»Aber Sie können sie doch nicht einfach festbinden ...«, versucht es Dosi und bricht ab.

»Oh doch, ich kann. Das ist mit ihr abgesprochen. Ich werde sie loskriegen von dem Zeug.«

»So geht das nicht. Sie braucht einen Arzt, sie muss in eine Klinik.«

»Dass ich nicht lache. Was glauben Sie, was wir schon probiert haben? Sie ist getürmt. Wir müssen das selbst schaffen.

Es muss da drinnen passieren.« Er tippt sich mit dem Zeigefinger an die Stirn. »Sie muss mit ihren Instinkten brechen, der Versuchung widerstehen, nach dem Dreck zu greifen. Die Scheiße muss raus aus ihrem Körper, aber im ersten Schritt muss sie raus aus ihrem Kopf.«

Dosi sieht ihn ernst an. »Und Sie machen das hier ganz allein, in Eigenregie?«

»Nein, wir machen das zu zweit – sie und ich. Und jetzt will ich von Ihnen wissen, was Sie hier machen, worum Sie unser Küchenfenster einschmeißen und in unser Haus einbrechen.«

»Wir haben Schreie gehört«, sagt Zankl vage.

Robert lacht auf. »Ihr Auto hat eine Münchner Nummer. Also, was wollen Sie hier?«

»Wir sind von der Kriminalpolizei. Mordkommission. Wir ermitteln im Mordfall mit den neun Prostituierten.«

»Mordfall, sagen Sie?«

»Sie haben davon gehört?«

»Sie meinen die neun Frauen, die in dem Laster erfroren sind?«

»Falls Sie sich fragen, warum wir uns auf den langen Weg von München hierhergemacht haben – die Frauen sind dort in den Laster gestiegen.«

»Warum? Also, ich meine, warum steigt jemand freiwillig auf die Ladefläche eines Lasters?«

»Das wissen wir nicht. Kennen Sie Andreas Greindl?«

»Ja, wir sind befreundet. Warum?«

»Er kennt auch Ihre Schwester?«

»Ja, er kennt sie, natürlich.«

»Ist er der Freund Ihrer Schwester? Oder war er es?«

»Nein, er ist so was wie der große Bruder.«

»Sind nicht Sie das?«

Er überlegt, dann sagt er leise: »Nein, ich bin kein guter Bruder. Zumindest war ich es nicht. Nach dem Tod unserer Eltern bin ich von dem Erbe auf Weltreise gegangen. Obwohl ich damals schon wusste, dass Christiane mit Drogen angefangen hatte. Ich wollte es nicht sehen, es war mir egal, ich war nur mit mir beschäftigt. Und als ich nach einem Jahr von meiner Reise zurückkam, hab ich sie kaum wiedererkannt. Sie war immer so schön gewesen.«

»Wo waren Sie letzten Sonntag?«, fragt Zankl.

»Ist das der Tag, an dem das mit den Frauen passiert ist?«

»Beantworten Sie bitte meine Frage.«

»An dem Abend war ich in München auf einem Festival im Backstage.«

»Den ganzen Abend?«

»Ja, es ging bis spät.«

»Und Ihre Schwester? Wer hat auf sie aufgepasst?«

Robert lacht auf. »Der liebe Gott, hoff ich mal. Meinen Sie, dass sie seit Wochen hier ans Bett gefesselt ist? Das machen wir erst seit gestern. Vor ein paar Tagen war sie noch frei und wild hier in der Gegend unterwegs, und ich hatte keine Ahnung, wo sie ist. Was Sie da oben sehen, ist Tag zwei unserer Therapie.«

Zankl ist noch nicht fertig: »Erzählen Sie genau, was in dieser Nacht in München los war. Wer war dabei, in welcher Reihenfolge haben die Bands gespielt, wie war das Wetter, wann und wie sind Sie hingefahren, wie und wann sind Sie heimgefahren, was haben Sie getrunken? Ich will alle Details wissen.«

ELEND

Bedrückt sehen die drei dem Krankenwagen hinterher, den Dosi gerufen hat. Robert ist mit seiner Schwester mitgefahren.

»Das war ganz schön schlimm«, sagt Dosi.

Hummel nickt. »Das kannst du laut sagen. Elend.«

»Er sorgt sich wirklich um seine Schwester.«

»Habt ihr das Foto von ihr im Flur gesehen?«, fragt Zankl.

»Eine blühende Schönheit«, sagt Dosi. »Kaum zu glauben, dass das dieselbe Frau ist wie in dem Bett oben.«

»Und sein Alibi?«, fragt Hummel.

»Ist perfekt«, sagt Zankl. »In allen Details dasselbe wie bei Greindl. Zu perfekt. Natürlich haben die beiden sich abgesprochen.«

»Nehmen wir mal an, dass das mit der Kühlung kein Unfall war«, überlegt Dosi. »Dass also nicht die beiden Fahrer so doof waren und das Ding versehentlich angeschaltet haben, dann bedeutet das vielleicht, dass die Frauen ihrem Mörder auf den Leim gegangen sind, dass er ihnen eine Falle gestellt hat? Stellt euch vor, jemand bietet den Frauen an, sie bei Nacht und Nebel aus dem Puff in München rauszubringen. Weil er weiß, dass sie da wegwollen, weil sie eben nicht freiwillig dort arbeiten. Sie nehmen das Angebot an und gehen in die Falle.«

»Und die Fahrer?«, fragt Zankl. »Wissen nichts?«

»Oder stellen keine Fragen. Brauchen Geld. Für ihr Haus. Machen alles für Geld.«

»Machten. Leider können wir sie nicht mehr fragen, wer sie beauftragt hat.«

»Ihr Tod ist die logische Konsequenz. Jemand muss ja Schuld haben, jemand muss für den Verrat bezahlen.«

Hummel grübelt. »Ja, es ist möglich, dass jemand die Kühlung gerade erst angeschaltet hat, bevor ich auf den Parkplatz kam und die Fahrer noch in dem Puff waren. Vielleicht sogar, als ich schon in der Koje war. Ich war ja ziemlich blau.«

»Theoretisch schön und gut«, meint Dosi. »Aber kein Motiv weit und breit. Diese Grenzlandthemen – Drogen, Prostitution, Schmuggel, ich krieg das alles nicht zusammen.«

Zankl zuckt mit den Achseln. »Ich finde, dass wir jetzt schon einen guten Schritt weiter sind. Langsam bekommen wir eine Ahnung, was da eigentlich los ist.«

»Und was ist mit diesem Robert?«, fragt Hummel. »Lassen wir den jetzt einfach in Ruhe?«

»Der haut nicht ab«, meint Dosi, »der muss sich um seine Schwester kümmern. Ich ruf Brandner an, dann kann er uns beim Essen noch mal genau seine Erlebnisse der letzten Nacht erzählen.«

KARRIERE

Sie sprechen mit Brandner, fragen ihn nach Andreas Greindl und Robert Weinzierl. Letzteren kennt er etwas besser, Greindl nur flüchtig. Klar, sein Vater mit der Hühnerfabrik ist da draußen eine bekannte Persönlichkeit. Über seinen Sohn weiß Greindl nicht wirklich Bescheid. Außer jetzt, dass er offenbar einer von den Typen ist, die Sabine hier auf dem Klo belauscht hat, und dass ihm der Audi A5 gehört. Den Zweiten kennt er auch kaum, dafür aber seine Schwester Christiane und ihre Drogenkarriere: »Wahnsinn, ein so hübsches, fröhliches Mädchen. Die ist da ganz früh reingerutscht. Nach dem Unfall der Eltern hat sie den Halt verloren. Vielleicht war das der Grund für die Drogen.«

»War sie auch mal bei dir in der Disco?«, fragt Dosi.

»Fast jeder aus der Gegend ist mal bei mir in der Disco. Wenn du jung bist und der Weg nach München zu weit ist oder du nicht nach Deggendorf oder Straubing fahren willst, dann gehst du ins TOXIC. Ob du jetzt Wave magst oder nicht. Außerdem haben wir ja inzwischen ein breites Programm – Metal, Electro, Hip-Hop. Ist ja alles nicht mehr so eng wie früher.«

Dosi legt die Stirn in Falten. »Du hast von ihrem Drogenproblem gewusst und …« – »Was, und? Und hab einfach zugeschaut? Willst du das sagen? Nein, hab ich nicht, ich bin Polizist. In meinem Laden gibt es keine Drogen. Aber wenn die Kids schon bedröhnt bei mir auftauchen, was soll ich denn machen? Sie schimpfen? ›Dududu, das macht man nicht!‹ Und hey, die eigentliche Droge hier draußen heißt schon immer Alkohol.«

»Jetzt fühl dich doch nicht gleich angegriffen, Brandner. Woher kommen denn die Drogen hier draußen, also, wie sehen die Strukturen im Drogengeschäft aus?«

»Da ist alles dabei. Da brauen irgendwelche Einzelgänger ihr ganz eigenes Süppchen in ihren Kellerlabors. Und dann gibt es Highend-Labore irgendwo im Grenzland oder in Tschechien, die produzieren Riesenmengen und verbreiten es deutschland- und europaweit.«

»Und wie funktioniert der Vertrieb?«

»Da müsst ihr die Leute vom Zoll fragen. Wir normale Polizisten haben es in erster Linie mit den Usern zu tun. Hey, Dosi, die Chrissie, das ist ein trauriger Fall, aber ich bin nicht bei der Drogenfahndung. Ihr doch auch nicht.«

»Dass du den Bruder nicht erkannt hast?«, sagt Dosi.

»Der Robert war lange weg. Irgendwo in der Welt unterwegs. Das war damals seine Reaktion auf den Tod der Eltern. Jetzt ist er offenbar zurück. Mit dem Vollbart hab ich ihn nicht erkannt.«

Dosi nickt. »Okay, fassen wir zusammen: Wir haben die Zeugin vom Discoklo, wir haben damit zwei Verdächtige für den Mord an den Prostituierten, einer hat Probleme mit Schuldeneintreibern, der andere hat eine drogenabhängige Schwester. Da kommt man schon auf Gedanken. War das mit den Prostituierten eine Racheaktion an einem Drogenkurier?«

»Und die beiden Tschechen?«, fragt Hummel.

»Willfährige Helfer und lästige Zeugen.«

»Paschinger?«, fragt jetzt Brandner.

»Du sagst doch, dass der Typ am frühen Morgen irgendwelche merkwürdigen Lieferungen in seinen Laden bekommt.«

Brandner nickt. »Ja, aber am Ende sind es dann vielleicht doch nur Getränke in den Kisten. Wir müssten es halt überprüfen.«

Zankl schüttelt den Kopf. »Dafür kriegen wir niemals einen Durchsuchungsbeschluss. Da müssen wir schon mehr in der Hand haben als einen bloßen Verdacht.«

Brandners Handy klingelt. Sein Gesicht verfinstert sich beim Zuhören. Er legt auf und zischt: »Ich muss zu meinem Laden. Es brennt. Die Feuerwehr ist schon da.«

Als sie beim TOXIC eintreffen, ist der Brand bereits gelöscht. Der Schaden ist überschaubar. Brandherd ist ein Mülleimer am Eingang.

»Hast du hier Videoüberwachung?«, fragt Hummel.

»So weit kommt's noch«, sagt Brandner. »Hey, das ist kein Zufall, ich war heute Nacht der Letzte auf dem Grundstück, da hat nix geschmurgelt.«

»Was glaubst du? Eine weitere Warnung?«

»Könnte sein.«

»Sollen wir den Paschinger nach seinem Alibi fragen?«

»Vergiss es.«

Irgendwo schlägt eine Kirchenglocke. Zankl sieht auf seine Armbanduhr.

»Wir müssen los, oder?«, fragt Dosi.

»Ich zumindest.«

»Okay, Brandner. Wenn du was hörst oder siehst, halt uns auf dem Laufenden. Und hab ein Auge auf Christiane und ihren Bruder.«

Brandner hebt die Hand zum Gruß und geht zu den Feuerwehrleuten.

»Hm, ziemlich viel los hier im idyllischen Bayerwald«, sagt Hummel, als sie im Auto sitzen. »Drogen, ein zwielichtiger Puffbesitzer, Brandstiftung in der Disco. Sind wir weitergekommen?«

»Nicht wirklich«, meint Dosi.

FAHNDUNG

»Beruhig dich, Helene«, sagt Mader eindringlich. »Sie sind nicht aus der Welt. Sie wollten beim Müller'schen Volksbad an die Isar.«

»Warum?«

»Weil ich es ihnen empfohlen habe. Weil es da schön ist. Vielleicht ist einfach der Akku vom Handy leer.«

»Klar, bei allen beiden!«, schnaubt Helene.

»Es gibt bestimmt einen guten Grund. Und Bajazzo ist bei ihnen.«

»Ganz toll, ein Dackel passt auf zwei Mädchen auf. Da bin ich ja voll beruhigt.«

Mader will noch etwas erwidern, spart es sich aber.

»Ich hätte sie nicht allein gehen lassen dürfen. Kannst du sie in die Fahndung geben?«

»Helene, die beiden sind gerade mal eine Stunde überfällig.«

»Es wird bald dunkel, auf ihren Handys sind sie nicht zu erreichen.«

»Vielleicht haben sie die Handys absichtlich ausgemacht?«

»Warum das denn?«

»Um nicht gestört zu werden.«

»Von mir? Ich überwache sie nicht!«

»Nein, so hab ich das nicht gemeint.«

»Sondern?«

»Ach, ich weiß es auch nicht. In der Pubertät macht man doch manchmal Sachen, die nicht ganz logisch sind. Wir geben ihnen noch eine Stunde, dann informieren wir die Kollegen.«

»Warum nicht jetzt?«

»Weil ich nicht glaub, dass etwas passiert ist. Zwei Mädchen und ein Hund. Vielleicht liegen sie auf der Kiesbank beim Muffatwerk und hören vor lauter Isarrauschen ihre Handys nicht.«

»Dann gehen wir jetzt dahin.«

»Äh?«

»Ja, sollen wir denn ewig hier rumsitzen? Wenn du sie schon nicht zur Fahndung ausschreibst.«

»Okay, dann machen wir das. Wenn sie dort nicht sind und es dunkel wird, dann informier ich die Kollegen.«

ERFAHRUNG

Beate steht hinter dem Tresen der Blackbox und erklärt Sabine die Abläufe. »Also, ich sperr den Laden gegen neun Uhr auf. Als Erster kommt immer der Peter, der kriegt sein Glas roten Hauswein und ein großes Glas Leitungswasser dazu. Sonst trinkt hier keiner Wein. Bedienen brauchst du nicht, die Leute holen sich ihr Bier am Tresen. Du schenkst Bier aus und sammelst immer mal wieder Gläser ein. Ab zehn Uhr wird es hier richtig voll. Aber du hast ja Gastroerfahrung.«

»Essen gibt's nicht?«

»Salzstangen und Erdnüsse.«

»Da kenn ich ein gutes Rezept.«

»Ja, mit Salz.«

»Currywurst und Pommes wären doch nicht schlecht.«

»Ich hab keine Küche, und ich mach auch keine auf.«

»Schade eigentlich.«

GROSSE WELLE

Mader platzt gleich der Kopf. Helenes Hysterie macht ihn nervös. Ja klar, es sind ihre Töchter. Aber er glaubt einfach nicht, dass ihnen etwas passiert ist. In München, am helllichten Tag. Doch er hütet sich, das zu sagen. Hoffentlich finden sie die drei, bevor er die große Welle machen muss. Was heißt schon »große Welle«? Er kann maximal die Streifenkollegen informieren.

Maders Handy klingelt. Er sieht Hummels Namen auf dem Display. »Hallo, Hummel. Und, was gibt's?«

»Wir sind auf dem Rückweg vom Bayerwald. Sollen wir noch ins Präsidium kommen?«

»Nein, ich bin schon weg.«

»Jetzt schon? Ist was passiert?«

»Ja, wir haben ein Problem. Meine Nichten und Bajazzo sind allein in München unterwegs, und sie gehen nicht an ihre Handys.«

»Deine Nichten?«

»Ja, meine Schwester ist zu Besuch. Die Mädchen wollten eine Runde raus, an die Isar. Wir machen uns Sorgen.«

»Wo seid ihr jetzt?«

»Wir sind gleich am Müller'schen Volksbad.«

»Dann müsst ihr isarabwärts suchen.«

»Wieso?«

»Weil aufwärts alles voller Menschen ist. Da kann nichts passieren. Da finden die immer wen zum Telefonieren. Ihr geht runter in Richtung Wehr, wir kommen vom Ost-Ring und gehen isaraufwärts.«

»Wo seid ihr denn gerade?«

»Kurz vor Neufahrn. Zwei Mädchen und Bajazzo?«

»Ja, zwölf und vierzehn Jahre, beide blond.«

»Okay. Bis später.«

»Deine Kollegen?«, fragt Helene.

»Ja. Wir suchen aus zwei Richtungen. Wenn es dunkel wird, geben wir die Suchmeldung raus.«

Helene sagt nichts. Sie ist bedrückt. Sie versteht ihren Bruder ja. Er kann nicht gleich die ganze Polizei wild machen. Vielleicht ist ja auch gar nichts passiert. Hoffentlich! Vielleicht haben Louisa und Franzi einfach die Zeit vergessen und ihre Handys sind im Flugmodus.

Dasselbe hofft Mader. Die fröhliche Stimmung in den Max-Anlagen und auf dem Uferweg kommt ihm sonderbar vor. Was nicht an der allgemeinen Stimmung liegt, sondern an seiner und der seiner Schwester.

FLUGMODUS

»Das macht doch keinen Sinn!«, murrt Zankl, als ihm Hummel erklärt hat, was er gerade mit Mader vereinbart hat.

»Zankl, stellt dir vor, es wären deine Kinder.«

»Seit wann hat Mader überhaupt eine Schwester?«

»Er hat es mir mal erzählt. Selber Vater, andre Mutter. Seine Schwester ist Professorin in Regensburg.«

»Hat er also doch ein Privatleben jenseits von Bajazzo.«

»Offenbar.«

»Aber warum haben die Mädels ihre Handys nicht an?«, fragt Dosi.

»Vielleicht Flugmodus. Ich mach das oft.«

»Warum denn?«, fragt Zankl.

»Weil ich nicht angerufen werden will.«

»Du, als Polizist?«

»Na ja, man ist ja auch mal privat. Oder man will einfach nichts wissen von der Welt.«

»Aha?«

»Keiner weiß, wo ich bin, keine Funkzelle ortet mich. Das find ich irgendwie beruhigend. Solltest du auch mal probieren.«

»Vielleicht. In einem anderen Leben. Aber klar, du hast keine Kinder.«

»Apropos Kinder«, sagt Dosi. »In einen halben Stunde ist es dunkel, dann sehen wir nichts mehr.«

Sie gehen vom Parkplatz am Poschinger Weiher isaraufwärts.

Zehn Minuten später ruft Hummel Mader an. Der hat nichts Neues zu berichten. Hummel hört deutlich die Beunruhigung in Maders Stimme.

»Scheiße, das klingt nicht gut«, meint Hummel anschließend zu Dosi und Zankl.

Dosi pfeift gellend auf den Fingern.

»Was wird das?«, fragt Zankl.

»Na ja, Bajazzo hat feine Ohren.«

»Und er erkennt dich am Pfeifen?«

»Natürlich. Wer geht denn meistens mittags mit ihm Gassi?«

»Mader?«

»Wenn der Chef mal wieder keine Zeit hat, dann macht das seine charmante Assistentin.«

»Mir kommen die Tränen«, sagt Zankl. »Du und Assistentin? Dass ich nicht lache. Das verweigert dein Gencode. Du willst beim Gassigehen wahrscheinlich nette Singlemänner mit Hund kennenlernen.«

»Ganz genau, du Schlaukopf.«

Sie gehen weiter, es wird schnell dunkler und merklich kühler. Immer wieder pfeift Dosi.

Hummels Handy klingelt. Mader. Er will das Ganze abblasen und die Kollegen informieren. In dem Moment fegt ein Schatten aus dem Gebüsch auf Dosi zu. Bajazzo!

»Bajazzo. Ja, fein, mein Guter. Hast du mein Pfeifen gehört?« Dosi tätschelt seinen Kopf.

»Mader, Bajazzo ist da«, vermeldet Hummel am Handy.

»Und die Mädchen?«

»Sind bestimmt auch gleich hier.«

»Wo seid ihr?«

»Wir sind etwas unterhalb vom Oberföhringer Wehr. Ich melde mich gleich noch mal.«

Sie laufen Bajazzo hinterher, bis sie die beiden Mädchen tatsächlich finden. Barfuß, hochgekrempelte Hosen, bibbernd vor Kälte. Sie sehen sie mit großen Augen im fahlen Abendlicht an.

»Keine Angst«, sagt Hummel, »wir sind Kollegen von Mader.«

»Mader?«, fragt Louisa misstrauisch.

»Karl-Maria, euer Onkel. Er und eure Mama suchen euch schon überall.«

Kurz darauf wissen sie Bescheid, was passiert ist. Die drei hatten sich nach einem langen Spaziergang auf einer Kiesbank unterhalb des Stauwehrs gesonnt. Sie waren in der Sonne eingeschlafen. Offenbar war eine Schleuse vom Stauwehr geöffnet worden, denn sie wachten erst auf, als ihnen das Wasser schon an die Füße schwappte. Ihre Jacken samt Handys und die Schuhe waren bereits fortgespült worden. Das hatte selbst Bajazzo verschlafen. Das Wasser war auch tiefer und die Strömung stärker als vorher, als sie mit Bajazzo unterm Arm ans Ufer wateten. Zu allem Überfluss war weit und breit kein Mensch mehr zu sehen gewesen, den sie nach einem Handy hätten fragen können. Aber jetzt ist ja alles gut.

Hummel ruft Mader durch, und sie verabreden sich im Wirtshaus St. Emmeramsmühle. Hummel nimmt Franzi huckepack und Zankl Louisa, damit sie im Dunkeln nicht barfuß über die steinigen Wege gehen müssen. In der Wärme des Wirtshauses bei Pommes und Spezi finden die beiden Mädchen schnell ihre gute Laune zurück. Helene spart sich Vorhaltungen wegen des Leichtsinns ihrer Kinder und ist ganz gelöst. Nur Mader ist nachdenklich. Zum ersten Mal ist ihm bewusst geworden, was zu einer Familie auch dazugehört:

Verlustangst. Bei Bajazzo hat er die keine einzige Sekunde verspürt. Er war sich völlig sicher, dass Bajazzo nichts passieren kann. Sein kluger Hund. Und ohne Bajazzo würden die beiden Mädchen vielleicht immer noch da draußen herumirren. Was angesichts des Vorfalls mit der angegriffenen Joggerin im Frühjahr kein angenehmer Gedanke ist. Das war ganz in der Nähe passiert. Das hat er Helene natürlich nicht erzählt. Nein, zwei Mädchen haben nachts definitiv nichts in den Flussauen verloren.

»Geht das, Karl-Maria?«, fragt Helene.

»Was denn?«

»Können wir bei dir übernachten?«

»Klar, wenn ihr keinen Wert auf Komfort legt.«

»Ich glaube, die Mädels schlafen heute Nacht überall«, sagt Helene. »Auch auf dem Boden. Die sind so was von müde.«

»Ihr kriegt mein Bett, und ich geh mit Bajazzo aufs Sofa.«

»Nein«, sagt Louisa bestimmt.

»Wie, nein?«

»Bajazzo schläft bei uns!«

SAM COOKE

Hummel wäre gerne noch in die Blackbox gegangen, um Beate zu sehen – und Sabine, wenn er ehrlich ist –, aber er ist hundemüde, als er endlich zu Hause ankommt. Was für ein verrückter Tag. Reicht actionmäßig für eine ganze Woche. Mindestens. Jetzt ist Pause angesagt. Entspannen, nachdenken. Ein bisschen Musik und dann ab ins Bett. Er legt eine Platte von Sam Cooke auf, öffnet ein Bier und steckt sich eine Zigarette an. Er setzt sich ans offene Küchenfenster. Von draußen ist ganz leise der Verkehr zu hören, aber auch die Grillen zirpen im Hinterhof. *Soothe me baby, soothe me, soothe me with your love …*

Hummel überlegt: Mader hat Familie. Tatsächlich. Ist plötzlich kein Einzelkind mehr. Er ist viel zugänglicher geworden. Vorher war er immer der alte Kauz aus dem Neuperlacher Wohnturm, jetzt ist er viel offener. Zankl ist auch nicht mehr der Macho wie früher. Die Kinder haben ihn weich gekocht. Nur Dosi bleibt Dosi, die coole Sau. Ob sie irgendwann Fränkis Werben nachgeben wird? Nein, sie ist keine fürs Heiraten. Was so nicht ganz stimmt, schließlich war sie schon mal verheiratet. Unglücklich. Insofern ist sie vorgewarnt. Er erinnert sich an den Stenz in Passau und Dosis ehemaliges Eigenheimglück. Gut, dass sie dort nicht hängen geblieben ist. Dann würde ihr es jetzt vielleicht ähnlich gehen wie Brandner.

Und er selbst? Immer noch das gleiche Koordinatensystem: Beate, Sam Cooke, eine Zigarette und ein Bier. In dieser Reihenfolge. Viel mehr braucht er nicht. Schade, dass das mit dem Bücherschreiben nichts geworden ist. Also nicht in seinem Sinne. Wobei es ihm nicht um Erfolg geht. Sein Job als Polizist macht ihn unabhängig. Er muss mit seinem Hobby keinen finanziellen Erfolg einfahren. Wer weiß, vielleicht würde er dann nur eitel werden. Er würde seine Hand nicht dafür ins Feuer legen, dass ihm das nicht passieren könnte. Klar, oft hat er Tagträume, dass er ein berühmter Schriftsteller ist, dass ganz viele Menschen seine Bücher lesen, von seinen Worten berührt werden. Ist das auch schon eitel? Nein, die Gedanken sind frei. Da ist alles erlaubt. Auch in der Liebe – Sabine … Verdammt! Sofort fühlt er sich wieder schuldig. Was ja auch Unsinn ist, es ist ja gar nichts passiert. Sieht man mal davon ab, dass er wie John Travolta in *Saturday Night Fever* über die Tanzfläche einer Bayerwald-Disco gerutscht ist, um Sabine zu beeindrucken. Aber es gibt Schlimmeres, als sich ab und zu zum Affen zu machen.

Jetzt fällt ihm wieder Brandner ein, seine Ehehölle da draußen. Brandner hat alles mitgenommen, was ging, und nun steht er blöd da. Ist im seichten Wasser seiner Eitelkeit voll auf Grund gelaufen. Mitleid ist da unangebracht. Aber selbst in dieser Ehehölle gibt es noch Freiräume, auch wenn man sie sich heimlich schaffen muss. Hummel denkt daran, wie sie im Disconebel zu The Cure getanzt haben. *Boys Don't Cry* ...

BLACK CURRY

»Boh, das war anstrengend. Ist das jeden Abend so voll?«, fragt Sabine, als sie die letzten benutzten Gläser in die Spülmaschine gestellt hat.

»Nicht jeden«, sagt Beate. »Leider. Ich komm so über die Runden. Zum Glück trinken die Gäste genug. Sonst hätt ich auch noch Stress mit der Brauerei. Ich kenn genug Wirte, die mangels Umsatz dichtmachen mussten. Aber zurzeit läuft es gut in der Blackbox. Und wahrscheinlich läuft es noch besser, wenn sich rumspricht, dass du jetzt hier kellnerst.«

»Danke für die Blumen. Du, ich hab noch mal nachgedacht wegen des Essens.«

»Gib dir keine Mühe, ich bau hier keine Küche rein. Kein Platz und die ganze Action und dann die Kosten. Und vor allem: Du musst den ganzen Scheiß genehmigen und abnehmen lassen.«

»Ich hab da eine Idee. Was ist denn mit dem Innenhof, wem gehört der?«

»Der gehört zu der Schlosserei.«

»Und wer wohnt vorne im Haus?«

»Peter und seine Senioren-WG, dann gibt's da noch eine Studenten-WG und die Frau Gmeiner, die ist schon über achtzig.«

»Keine Leute, die Stress machen?«

»Nein, sonst hätt ich den schon lange. Klar, die Leute müssen beim Rauchen auf der Straße leise sein. Aber das klappt ganz gut. Also, was hast du für eine Idee?«

»Schau mal, der Hof, der ist ja gar nicht so klein. Da stellst du ein paar Bierbänke und Biertische auf oder Stehtische, und ich organisier einen Imbisswagen. Und dann verkaufen wir Currywurst und Pommes.«

»Meinst du das ernst?«

»Logisch mein ich das ernst. Die Leute werden es lieben. Wir haben zu Hause noch einen alten Imbisswagen. Den muss ich nur ein bisschen putzen, ein wenig Farbe drauf, und schon ist der tipptopp. Original Siebzigerjahre. Was hältst du davon?«

»Geile Idee!«, sagt Beate und holt einen Obstler aus dem Regal. Sie gießt zwei Stamperl ein. »Auf die *Black-Curry-Box!*«

VERZOCKT

Greindl drückt ein Kühlpad auf sein linkes Auge. Verdammte Scheiße! Jetzt, am Tag danach, tut es so richtig weh. Und das war noch nicht alles. Die lassen ihn nicht in Ruhe. Den Audi ist er schon mal los. Als Anzahlung. Anzahlung! Die Kiste kostet sechzig Mille. Und ist erst ein halbes Jahr alt. Er hat doch schon fünfzigtausend gezahlt. Hart verdientes Geld.

Jetzt noch mal hunderttausend. So viel Geld! Bis Donnerstag nächster Woche. Wie konnte das passieren? Vorerbe, das war eigentlich sein Plan gewesen. Da hätte er auf einen Schlag genug Kohle, hätte die ganze Summe auf einmal zahlen können, alles easy. Und hätte noch eine halbe Million übrig gehabt. Hätte er? Vielleicht hätte er das Geld auch gleich wieder verzockt? Scheißspielerei!

Sein Alter hat ihm was gehustet – von wegen Vorerbe! Der alte Depp im zweiten Frühling. Das Geld werden jetzt wohl sein Fidschi-Mauserl und die beiden Blagen bekommen. Nein, das ist nicht fair. Die Heirat mit Sina ist eine der wenigen guten Dinge, die der Herr Hühnerbaron in den letzten Jahren hingekriegt hat. Sina ist seine bessere Hälfte. Zweifellos. Und dass ihm sein Vater kein Geld mehr geben will, war eigentlich auch klar. Er weiß von seinen Spielbankbesuchen. Er muss mit Wildgruber sprechen. Der hat Geld. Den Rest zahlen und mit dem Zocken aufhören. Endgültig. So ist der Plan. Wildgruber muss zahlen, sonst ist er politisch am Arsch. Persönlich sowieso. Und er kann zahlen. Er ist der reichste Bauer in Karlsreuth. Morgen nach der Arbeit wird er ihm einen Besuch abstatten. Mit einem Firmenwagen. Macht er halt endlich den Kundentermin bei Lasertron in Ortenburg. Robert muss er auch besuchen. Der hatte jetzt ebenfalls Besuch von der Polizei. Nicht gut.

Er betrachtet im weißen Badezimmerlicht sein Veilchen im Spiegel. Das wird auch morgen nicht besser aussehen. Sonnenbrillentime. Er schleppt sich aufs Wohnzimmersofa und lässt sich in die Kissen sinken. Schließt die Augen.

HINTERLASSENSCHAFT

Good day, sunshine. Mader presst Orangen aus, während die Kaffeemaschine vor sich hin röchelt. Die Damen schlafen noch. Bajazzo auch. Er selbst hat im Wohnzimmer auf der Couch geschlafen. Wie ein Stein. Obwohl er lange nicht einschlafen konnte. Zu viel Action am Vorabend für einen nicht mehr ganz jungen Polizisten. Es ist ein bisschen so, als wären Louisa und Franzi seine eigenen Töchter. Verantwortungsmäßig. Aber auch ein gutes Gefühl, zweifellos. Und Helene – so eine gestandene Frau und dann diese Hysterie? So ist das wohl, wenn man Kinder hat.

Plötzlich stehen seine Nichten vor ihm, mit seinen Haus- und Badelatschen an den Füßen.

»Dürfen wir mit Bajazzo Gassi gehen?«

»Wenn ihr wiederkommt.«

Und schon sind sie zur Tür raus. Bevor er ihnen die Rolle mit den Plastiktütchen für Bajazzos Hinterlassenschaften geben kann.

Scheiß drauf, denkt er.

VORZEIGEPAPA

Die Geschichte von der Rettungsaktion mit Maders Nichten hat Jasmin gefallen, Clarissa sowieso.

»Ich will auch einen Hund«, meint Clarissa beim Frühstück.

»Das geht nicht, hier in einer Mietwohnung.«

»Dein Chef wohnt in einem Hochhaus«, sagt Jasmin.

»Jetzt fall mir nur in den Rücken. Mader lebt allein, er hat mehr Platz als wir hier.«

»Ach, Papa, bitte!«

»Schau, Clarissa, wir sind vier Leute in einer Dreizimmerwohnung. Ein paar Monate, dann kommt Angelo in den Kindergarten, und Mama fängt wieder an zu arbeiten.«

»Nein.«

»Was, nein?«

»Mama hat doch gesagt, sie wartet, wie das mit der Schule klappt.«

»Sag mal, lauschst du abends an der Küchentür? Ich hab keine Zweifel, dass das bei dir in der Schule klappt. Du machst das mit links, da bin ich mir ganz sicher.«

»Und zur Belohnung bekomm ich einen Hund.«

»Nein, niemand wird genug Zeit für ihn haben. Vor allem, wenn Mama wieder arbeitet. Ich kann Mader fragen, ob wir uns Bajazzo am Wochenende mal ausleihen dürfen.«

»Aber mit Übernachten!«

»Ja, klar. Und vor dem Ins-Bett-Gehen gibt's noch Film und Popcorn.«

»Papa, Hunde schauen doch nicht fern! Und Popcorn essen sie auch nicht.«

»Aber freche Kinder. So, jetzt mach dich fertig. Sonst kommen wir zu spät.«

Draußen ist der Sommerhimmel bedeckt, und eine kühle Brise weht über die Theresienwiese. Vor der Bavaria stehen schon die Zeltgerippe fürs Oktoberfest.

»Du, Papa, hast du Mama eigentlich noch lieb?«

»Was soll denn das schon wieder heißen?«

»Beantworte meine Frage!«

»Ja, klar.«

»Aber?«

»Nichts *aber.* Ich liebe sie.«

»Warum kommst du dann immer so spät nach Hause?«

»Ach, Clarissa!«

»Also?«

»Ich komm heute eher heim. Dann machen wir noch was.«

»Ich will zum Eisessen. Am Rotkreuzplatz, die gute Eisdiele. Drei Kugeln. Haselnuss, Schlumpf und grüner Apfel.«

»Okay.«

»Versprochen?«

»Versprochen.«

Zankl ist ganz nachdenklich, als er Clarissa im Kindergarten abgeliefert hat und den Bavariaring entlanggeht in Richtung Präsidium. Kinder sehen Sachen viel klarer als Erwachsene, akzeptieren keine Ausreden. Es stimmt, er kommt oft erst spät nach Hause. Jasmin ist dann immer vorwurfsvoll. Und sie beschwert sich ständig, was er alles nicht hinkriegt und nicht richtig macht. Das spart er sich gern. Denn Jasmin ist viel ruhiger, wenn Angelo bereits im Bett ist. Oder zumindest erschöpfter. Oder ist sie nur so vorwurfsvoll, weil er so spät von der Arbeit kommt? Weil sie genau weiß, dass er genervt auf ihre Wünsche und Forderungen reagiert? Vielleicht ist das der wahre Grund? Egal, heute wird er pünktlich zu Hause sein, um als Vorzeigepapa mit seiner Familie an einem Sommerabend noch zur Eisdiele zu radeln.

KINDER

Dosi setzt sich zu Fränki an den Frühstückstisch. »Sag mal, Fränki?«

»Ja?« Fränki sieht von seiner Zeitung auf.

»Möchtest du eigentlich Kinder?«

»Mit dir immer.«

»Jetzt mal in echt.«

»Doch, in echt. Klar. Drei. Zwei Mädchen, einen Jungen.«

»Du verarschst mich.«

»Ich verarsch dich nie.«

»Stimmt.«

»Kaffee, Schatz?«

»Ja, bitte. Also?«

»Warum fragst du?«

»Nur so.«

»Fragt man etwas so Wichtiges nur so?«

»Nein.«

»Möchtest du Kinder, Dosi?«

»Vielleicht.«

»Jetzt?«

»Wie?«

»Na los, komm, ab ins Schlafzimmer!«

»Spinnst du?«

»Geht eh nicht, Süße. Keine Zeit. Ich muss los. Bussi.«

Fränki küsst sie und huscht zur Tür raus. Dosi schenkt sich Kaffee nach. Was war denn das? Ihre mütterliche Seite? Die Frage war einfach aus ihr herausgepurzelt. Kinder? Nein, das kann noch ein paar Jahre warten. Fränki als Papa? Kann sie sich nur schwer vorstellen. Warum eigentlich? Weil er so ein Handtuch ist? Quatsch. Fränki könnte ein Superpapa sein. Und sie als Mama? Ihre Schulfreundinnen haben wahrscheinlich schon alle Kinder. Also, die in Passau geblieben sind. So mit Eigenheim und Garten und Doppelgarage und zweitem Auto zum Einkaufen. Oder ist das jetzt ein Klischee? Ihr fällt Brandner ein, jetzt zweifacher Vater. So was will sehr gut überlegt sein. Sie sieht auf die Uhr. Viertel vor neun. Sie muss los.

IN BUTTER

Greindl hat einen Kundentermin in Ortenburg. Oberflächlich. Er braucht den Termin wegen des Firmenwagens. Denn sein Audi ist weg. Außerdem kann er gerne auf die Kommentare seiner Kollegen zu seinem blauen Auge verzichten, auf das kumpelhafte Hahaha und Höhöhö im Büro. Da gibt es überhaupt nichts zu lachen. Seine Lage ist ernst, er hat echte große Probleme. Er braucht ganz schnell hunderttausend Euro. In einer Woche kommen noch mal fünfzehntausend drauf, wenn er nicht pünktlich zahlt. Wie konnte er nur so blöd sein und sich so viel Geld leihen und es verspielen? Na ja, einmal gewinnen und alles wäre in Butter. Aber das Glück und er – das sind momentan zwei Paar Schuhe. Tja, da wird er halt den Herrn Bürgermeister kontaktieren. Wenn er jetzt von Wildgruber Geld bekommt, könnte er einen Teil davon im Casino vermehren. Nein, das ist genau der Denkfehler, die Ursache all seiner Probleme. Nein, er muss den Inkassotypen das Geld geben und darf keinen Fuß mehr in ein Spielcasino setzen.

Die flache Landschaft fliegt an ihm vorbei – Felder, Werkshallen, Waldstücke, gelegentlich ein Kirchturm und schließlich die Kühltürme von Ohu. In silbriger Ferne sieht er die Höhenzüge des Bayerischen Walds. Vielleicht war das alles ein Riesenfehler? Nach München zu gehen. Er hätte einfach in Papas Hendlladen einsteigen können, um ihn irgendwann zu übernehmen. Aber dann hätte er sich auch das Ingenieurstudium sparen können. Wobei der Gegenwert nicht zu verachten wäre: finanzielle Sicherheit, Einfluss, vielleicht sogar Frau und Kinder. Und nicht die Versuchungen der Großstadt. Unsinn. Casinos gibt es im Bayerwald ebenfalls, gerade im Grenzgebiet. Und auch andere Sachen. Er denkt an Christiane. Heute braucht man keinen versifften Großstadtbahnhof mehr als Startbahn für eine Drogenkarriere, sondern es reicht irgendein dunkler Club im Niemandsland, wo sich gelangweilte Dorfjugendliche die Birne wegballern, mit Alkohol und Drogen. Wahrscheinlich ist die Drogenquote da draußen keinen Deut niedriger als in München. Versuchungen gibt es überall. Die schöne Christiane. Er hatte immer ein sorgendes Auge auf sie. Ohne Erfolg. Und Robert ist zu schwach, um sie vor sich selbst zu beschützen. Sie hätten mehr für sie tun müssen. Nein, sie hätten das nicht hingekriegt. Chrissie war schon immer frei und wild. Auch als ihre Eltern noch lebten.

Er muss an ihr schönes Gesicht das letzte Mal denken, im flauen Licht der zugemüllten Küche. Und an die Zahnstümpfe, die hervorkommen, wenn sie lacht. Als wären es zwei Menschen, der eine der dunkle Schatten des anderen, jung und alt zugleich, Leben und Tod. Wenn er das mit Wildgruber erledigt hat, wird er sich um Chrissie und Robert kümmern. Er braucht Freunde. Er muss Ordnung schaffen in seinem Leben. Ja, vielleicht besucht er sogar seinen alten Herrn. Und seine hübsche Frau. Die kaum älter ist als er selbst. Man kann dem

Alten ja viel vorwerfen, aber mangelnde Toleranz sicher nicht. Mit einer Philippinin in einem Saukaff aufzukreuzen, kirchlich zu heiraten und Kinder zu kriegen, das muss man sich erst mal trauen. Aber der Alte hat sich schon vor dem Krebstod seiner Frau nie um die Meinung anderer gekümmert. Noch ein Pluspunkt, der ihm zu seinem Vater einfällt.

Sonst war und ist ihre Beziehung immer spannungsgeladen. Und wenn er ihn doch wegen der hunderttausend fragt? Die Karten auf den Tisch legt? Nein! Im Leben nicht! Das wäre seine Bankrotterklärung. Wildgruber hat Geld, und er muss zahlen, er hat bekommen, was er wollte, weit mehr als das. Dass es so schlimm ausging, hatte er nicht gedacht. Aber Paschinger hat es definitiv geschadet. Robert hat ihm berichtet, dass der Laden kurz vor der Schließung steht. Der hat vom Brauereifahrer erfahren, dass die Lieferungen der Brauerei zum Monatsende gekündigt sind. Die Karawane wird weiterziehen. Und in Karlsreuth wird wieder Ruhe einkehren. Wildgruber kann zufrieden sein. Und die toten Frauen? Aber wer vermisst schon ein paar Nutten?

BEWEISMITTEL

Brandner kocht. Die dumme Kuh! Wie hat er nur auf sie reinfallen können? Schikaniert ihn von früh bis spät. Gerade auch wieder. Droht mit ihrem Vater. Ja klar, er weiß auch, dass der das Haus bezahlt hat, in dem sie leben. Und den Scheißgeländewagen. Braucht er aber alles nicht! Er könnte weiterhin in der alten Mühle hocken, notfalls jetzt auch mit seiner Mama zusammen. Und er braucht auch den Scheißgeländewagen nicht. Ihm reichen der alte Golf und seine geliebte Kawasaki 900. Er verdient sein eigenes Geld, er hat einen Beruf. Den hat seine liebe Frau nicht. Aber nicht einmal im Büro ist er vor ihr sicher. Das nächste Mal geht er einfach nicht dran, wenn er ihre Nummer auf dem Display sieht. Sie wird schon sehen, was sie von ihrem Terror hat. Auf dem Schreibtisch liegen zwei kleine durchsichtige Plastikbeutel. In jedem befindet sich ein Büschel Haare. In dem einen sind Haare von den Zwillingen, im anderen von ihm. Vielleicht ist das seine Ausstiegsklausel. Die einzig denkbare im Moment. Er hat sich bereits im Internet informiert. Eine ganz normale Dienstleistung, die viele Labore anbieten. Nicht ganz billig, aber es geht ja auch um ziemlich viel. Das günstigste Angebot stammt von einem holländischen Labor, die Adresse hat er sich bereits aufnotiert.

»Beweismittel?«, fragt sein Chef Gerber und deutet auf die Tütchen auf Brandners Schreibtisch.

»Nur Spuren morgendlicher Hygiene, die meine Frau mir vorwirft.«

»Wo doch Reinlichkeit eine deiner Kernkompetenzen ist.«

»So ist es.«

»Läuft nicht so rund?«

»Nicht wirklich. Ein Drama.«

»Tragödie?«

»Eine sehr langweilige Tragödie mit ein paar sehr emotionalen Momenten.«

»Na, dann kannst du dich ja hier entspannen. Was ist mit Christiane Weinzierl? Hast du da eine Hausdurchsuchung beantragt?«

»Hätte ich sollen?«

»Aus meiner Sicht schon.«

Brandner schüttelt den Kopf. »Schau, die Frau ist ein Drogenzombie. Die ist gestraft genug. Da gibt es auch keine

Vorräte, da ist alles Eigenkonsum. Eine Hausdurchsuchung bringt da nix.«

»Das entscheidest du?«

»Wenn du mich fragst.«

Sein Chef nickt. »Das ist so tragisch. So ein schönes Mädchen. Meine Tochter war mit ihr auf der Schule. Nach dem Tod ihrer Eltern hat sie den Halt verloren.«

»Das ist sicher nicht der einzige Grund für ihre Drogensucht. Vielleicht ist es viel profaner. Das Scheißzeug kriegst du hier an jeder Ecke. Du kannst das Zeug im letzten Scheißkaff kaufen.«

»Was hast du jetzt vor? Willst du gar nichts unternehmen?«

»Doch. Ich besuch sie in der Klinik und hör mir mal an, was sie so sagt. Wenn sie mir was sagt.«

DRECK

Dosi hat einen Tipp bekommen. Ein Kollege von der Sitte hat sie angerufen. Auf Marlons Vermittlung hin. Eine Mitarbeiterin von Paschingers Münchner Club hat Informationen über ihren Chef, die vielleicht auch für die Kollegen von der Mordkommission interessant sein könnten. »Wenn ich auspacke, dann versteht jeder, warum die Frauen bei Nacht und Nebel abhauen wollten.« Das waren die Worte der Prostituierten. Mehr hat der Kollege auch nicht erfahren. Außer, dass sie nur mit einer Frau sprechen will. Dosi wählt, ohne zu zögern, die Handynummer auf dem Notizzettel und verabredet sich mit ihr.

Dosi staunt, als sie an einem stinknormalen Schwabinger Mietshaus klingelt. Oben empfängt sie eine nervöse Mittdreißigerin, die sich als Gloria vorstellt. Bleich, attraktiv, großer, vermutlich falscher Busen. Die Wohnung ist teuer eingerichtet, viel Nippes, spießig. Die Schlafzimmertür ist geschlossen. Sie setzen sich in die Küche.

»Gloria, arbeiten Sie zu Hause?«

»Gelegentlich.«

»Auf eigene Rechnung?«

»Ähm?«

»Ich bin nicht vom Finanzamt. Also, arbeiten Sie auch zu Hause?«

»Ja.«

»Und das passt Paschinger nicht?«

»Paschinger bekommt immer seinen Anteil.«

»Aber Sie hatten Streit deswegen?«

»Ja, er ist gierig, besitzergreifend.«

»Der Polizei gegenüber tritt er als steuerzahlender Unternehmer und Dienstleister auf. Laut seiner Auskunft sind die Damen alle selbstständig.«

»Niemand ist wirklich selbstständig in dem Gewerbe – also als Frau.«

»Sie hatten Streit?«

»Ja, er ist handgreiflich geworden.«

»Haben Sie ihn angezeigt?«

»Das bringt doch nichts. Wer glaubt einer Prostituierten?«

»Wer glaubt einem Zuhälter?«

»Sie würden sich wundern. Ich habe ihm gedroht.«

»Womit?«

»Ihn als Erpresser anzuzeigen. Er hat nur gelacht. Er will die Frauen in seinem Laden zwingen, in Pornofilmen mitzuspielen. Wenn sie nicht mitmachen, droht er, ihre Verwandten in Bulgarien, Rumänien oder Polen zu informieren, wie sie hier in Deutschland Geld verdienen.«

»Warum ist es schlimmer, einen Pornofilm zu drehen, als sich zu prostituieren?«

»Wenn du das machst, dann sind die Filme im Netz, alle deine Verwandten können dich dabei sehen, jeder weiß, was du hier machst.«

Dosi sieht sie irritiert an. »Paschinger könnte doch jetzt schon die Verwandten über die Arbeit der Frauen in seinem Puff informieren?«

»Wie soll das gehen?«

»Na ja, das ist ja nicht allzu schwer. Mit heimlich gemachten Fotos und Videos zum Beispiel. Das kommt ja am Ende aufs selbe raus, ob man nun in einem Pornofilm mitmacht oder bei der Arbeit gefilmt wird.«

Gloria sieht Dosi entgeistert an. »Diese Aufnahmen wären heimlich gemacht, das ist illegal. Er macht sich strafbar. Pornofilme werden dafür gemacht, veröffentlicht zu werden. Und das sind auch keine normalen Sexfilme, das ist totaler Dreck. Mit Gewalt, mit Tieren, mit Scheiße und Pisse. Das ist erniedrigend, das hat mit Ficken gegen Geld gar nichts zu tun.«

Dosi schluckt. Die Direktheit der Worte dröhnt in ihren Ohren.

»Warum machen Sie das?«, fragt sie leise. »Warum prostituieren Sie sich?«

»Weil ich irgendwann mal dachte, dass das leicht verdientes Geld ist und ich jederzeit damit aufhören kann. Aber wenn du einmal drin bist in dem Geschäft, dann bist du drin. Und du willst nicht, dass es jemand erfährt. Und du willst auch keinen Dreck, kein perverses Zeug machen.«

Dosi nickt. »Warum wollten Ihre Kolleginnen aus München weg?«

»Paschinger hat ihnen gedroht. Wenn sie nicht die Pornodrehs machen, dann schickt er den Verwandten in der Heimat belastendes Material. Die Frauen hatten Angst und wollten nur noch weg.«

»Er hatte schon Videoaufnahmen?«

»Ja. Aber da war dieser junge Typ. Der kannte sich gut aus mit Computern. Der hat die Festplatte von Paschingers Rechner gelöscht.«

»Was für ein Typ?«

»Mitte, Ende zwanzig, blond, netter Typ.«

Andreas Greindl – da ist sich Dosi sicher. Jetzt ergeben die Puzzleteile endlich ein Bild.

»Würden Sie ihn wiedererkennen?«

»Klar, er war öfters im Puff. Immer mit viel Geld.«

»Okay. Und weiter?«

»Sie wollten alle weg. Ich hab ihre Papiere organisiert.«

»Wie das?«

»Ich kenn die Kombination vom Safe im Büro.«

»Aha. Okay?«

»Jedenfalls hat dieser Typ einen Transport organisiert, der dann spätnachts losging.«

»Und Sie selbst wollten nicht weg? Sie wurden nicht genötigt, bei diesen Drehs mitzumachen?«

»Schauen Sie mich an. Ich bin Mitte dreißig. Auf den ersten Blick denken Sie wahrscheinlich, dass ich jünger bin, aber ich hab das schon alles hinter mir. Ich war nicht in der Auswahl für die Darstellerinnen. Da geht nur Frischfleisch.«

»Aber Sie hatten Streit mit Paschinger.«

»Ja, wegen meiner Privatkunden hier. Stammkunden, nette Männer, guter Verdienst. Er wollte seinen Anteil an den Einnahmen erhöhen.«

»Und dieser junge Mann hat den Transport für Ihre Kolleginnen organisiert?«

»Davon gehe ich aus.«

Dosi schüttelt den Kopf. »Das alles ergibt keinen Sinn.«

»Was ergibt keinen Sinn? Dass sie in der Scheißkiste erfroren sind?«

»Ja, warum? Hat Paschinger von der Flucht gewusst?«

»Ich hab keine Ahnung. Aber dem trau ich alles zu.«

Dosi überlegt. Ja, so würde es Sinn machen. Paschinger erfährt davon. Schaltet die Kühlung ein. Muss er ja nicht selbst gemacht haben. Sein Alibi heißt noch lange nichts. Und Greindl? Hat die Frauen in die Irre geführt mit dem Fluchtversprechen. Wollte den Menschentransport auffliegen lassen, um Paschinger zu schaden. Warum? Hatte er auch bei Paschinger Schulden? Das müssen sie Greindl fragen.

Gloria sieht sie irritiert an.

»Entschuldigung«, sagt Dosi. »Ich habe nachgedacht. Also, werden Sie Anzeige erstatten gegen Paschinger?«

»Ich habe nichts Konkretes gegen ihn in der Hand. Nichts Belegbares.«

»Und warum erzählen Sie mir das alles?«

»Weil ich möchte, dass Sie etwas Handfestes finden, um den Typen in den Knast zu bringen.«

»Glauben Sie, dass er für den Tod der Frauen verantwortlich ist?«

»Ja, natürlich«, sagt sie, ohne zu zögern. »Direkt oder indirekt.«

»Und der junge Mann, warum hat er den Frauen geholfen? Also, warum wollte er ihnen zur Flucht verhelfen?«

»Ich weiß es nicht. Das ist alles, was ich sagen wollte.«

»Würden Sie denn den jungen Mann bei einer Gegenüberstellung identifizieren?«

»Nein. Das werde ich nicht machen. Mich interessiert einzig und allein Paschinger.«

»Aber wenn …«

»Geben Sie sich keine Mühe. Es geht um Paschinger. Ich wollte nur, dass Sie wissen, was das für ein Typ ist. Punkt.«

Dosi nickt. »Passen Sie gut auf sich auf.« Sie reicht Gloria ihre Visitenkarte. »Wenn Sie es sich anders überlegen oder wenn was sein sollte, rufen Sie mich bitte an. Zu jeder Zeit!«

DICHTMACHEN

»Servus, Greindl. Bist du wieder mal hier?«, begrüßt Franz-Josef Wildgruber seinen Gast im Bürgermeisterbüro. Er sieht durch das Fenster auf den Ford Focus vor dem Rathaus. »Neues Auto? Hast du dich verkleinert? Ist das noch Mittelklasse?«

»Firmenwagen. Hab in der Gegend zu tun.«

Wildgruber deutet auf die Sonnenbrille. »Schlägerei?«

»Kleiner Unfall.«

»Sehr schön. Geh ma zum Kirchenwirt?«

»Vorher müssen wir uns noch besprechen.«

»Aha?«, sagt Wildgruber misstrauisch.

»Ich brauch Geld«, sagt Greindl. »Dringend.«

»Das wär nix Neues.«

»Sonst hab ich ein Problem. Du aber auch.«

»Was hab ich mit deinen Scheißspielschulden zu tun?«

»Mit meinen Spielschulden nichts. Aber mit mir.«

»Ich höre?«

»Na ja, vom wem stammt denn die Idee mit den Nutten?«

»Dass sie in dem Laster sterben? Ganz sicher nicht von mir. Und generell: Die Idee mit dem Transport ist allein von dir. Du wolltest sie aus dem Laden rauslocken und dann die Polizei informieren, damit sie den Wagen als Menschentransport stoppt. Damit es so ausschaut, als würden die Brüder heimlich Nutten durch Bayern kutschieren. Von toten Nutten hat keiner gesprochen.«

»Na, das hab ich ein bisschen anders im Kopf. Ich kann mich gut an unser Telefonat erinnern, als das mit den toten Frauen in der Zeitung stand. Du warst doch der Meinung, dass das eine Supersache ist, was da passiert ist. Dass die Paschingers jetzt richtig Stress kriegen und ihre Läden dichtmachen müssen. Ich hab unser kleines Telefonat damals mitgeschnitten.«

»Ja, klar hast du das.«

»Ich schick dir gern die mp3-Datei. Ich hab die ganze Zeit überlegt, wie du das gedeichselt hast, dass die Kühlanlage auf Frosten eingestellt war.«

»Ja, logisch. Du Arschloch. Ich hab die Fahrer instruiert, damit die sich selbst belasten. So ein Quatsch. Haben die denn überhaupt Bescheid über die Aktion gewusst?«

»Tu nicht so blöd! Du hast da deine Finger drin. Skrupel hast du noch nie gehabt. Und du kriegst, was du willst: Jetzt sieht es tatsächlich danach aus, als müsste Paschinger dichtmachen.«

»Ja, das passt alles sehr gut. Aber noch mal – von Toten hat keiner gesprochen. Weißt du, was ich mir gedacht hab, als ich von den neun toten Frauen gehört habe: Der Greindl ist wahnsinnig geworden. Klar, das sind nur Nutten, aber trotzdem. Ich hab gedacht: Was haben die dir getan? Um was geht es da eigentlich? Und was ist eigentlich mit den Fahrern? Sind die jetzt im Knast?«

»Woher soll ich das wissen? Die Paschingers werden sich die Jungs schon vorgeknöpft haben. Die fackeln da nicht lange. Aber was, meinst du, machen die, wenn die Paschingers erfahren, wer die Idee hatte, den Puffbetrieb auf diese Weise hier draußen in Misskredit zu bringen, dass sich keiner mehr hingehen traut?«

»Red nicht so blöd daher. Du hängst da genauso mit drin.«

»Das stimmt. Aber der Unterschied ist, dass ich außer Schulden nicht viel zu verlieren habe. Am besten, niemand erfährt irgendwelche Details von der Aktion.«

»Wie viel brauchst du?«

»Hunderttausend. Bis Donnerstag.«

»Spinnst du? Wie soll das gehen?«

»Du schaffst das.«

Wildgruber nickt müde. »Ich geb dir bis siebzehn Uhr Bescheid, ob das klappt. Ich muss mit meinem Bankberater sprechen.«

»Ich verlass mich drauf.«

»Und wer sagt mir, dass du dann nicht wieder ankommst?«

»Ich geb dir mein Ehrenwort.«

»Ich lach mich tot.«

»Und jetzt können wir was essen gehen.«

»Mit dir? Echt nicht. Mir ist der Appetit vergangen.«

HIPSTER

Sabine ist bester Dinge. Sie hat heute Morgen mit den Leuten von der Schlosserei im Hof gesprochen. Nette Typen. Ein bisschen Klimpern mit den Wimpern, ein scheues Lächeln, alles kein Problem. Die Jungs fanden die Idee mit dem Imbisswagen super. Und Beate ist auch Feuer und Flamme. Sabine ist nach Karlsreuth zurückgefahren und inspiziert gerade den alten Imbisswagen, den sie vor ein paar Jahren in der Scheune eingemottet hatten. Zum Putzen wird sie mindestens einen halben Tag brauchen. Dann morgen noch ein bisschen Farbe drauf, und das Teil ist tipptopp. Denkt sie. Die Siebzigerjahreaufkleber mit *Sinalco* und *Langnese* wird sie dranlassen. Darauf stehen die Münchner Hipster. Wenn sie dann noch die höllenscharfe Pfeffer-Curry-Sauce von Oma anbietet, kann nichts schiefgehen. Perfekt.

»Hey, Bine, du machst dich jetzt dauerhaft vom Acker?«, fragt ihr Bruder Maximilian, der gerade in die Scheune kommt.

»Ja, Maxi, ich probier mein Glück. Besuch mich doch mal in München.«

»Hast du denn eine Wohnung?«

»Vorübergehend zumindest. Ich wohn bei einer Freundin.«

»Seit wann hast du Freunde in München?«

»Das ging alles ganz schnell.«

»Und was sind das für Leute?«

»Alles Polizisten. Also fast alle.«

»Bullen? Echt?«

»Die waren wegen der toten Frauen hier, und da hab ich sie kennengelernt. Am Imbisswagen.«

»Was hast du denn mit den toten Frauen zu tun?«

»Das war eher Zufall. Ich bin sozusagen Zeugin. Ich war beim Brandner in der Disco und hab ein Gespräch mitbekommen, in dem einer was zu dem Fall erzählt hat.«

»So, was denn?«

»Sei nicht so neugierig. Ich darf nicht drüber reden.«

»Aha. Und dann?«

»Haben die mich in München als Zeugin gebraucht.«

»Und?«

»Ich weiß nicht, was dabei rausgekommen ist. Das ist Sache der Polizei. Die dürfen mir keine Details sagen. Hilfst du mir mal mit der leeren Gasflasche?«

Ihr Bruder würde gern noch mehr wissen, aber die Ankunft seiner Freundin sorgt dafür, dass er sich mit ihr in sein Zimmer zurückzieht. Sabine macht sich eine Liste, was noch alles für den Imbisswagen zu organisieren ist. So einiges. Sie wird sich bei ihrem Vater ein bisschen Geld pumpen müssen. Aber kein Risiko. Das Ding wird in München einschlagen wie eine Bombe, und dann kriegt er die Kohle mit Zinsen zurück. Sie muss nachher noch beim Kirchenwirt vorbei. Wegen Giselas alter Pommesschneidemaschine. Das wär doch der Hammer, wenn sie echte Pommes aus frischen Kartoffeln anbieten können, nicht das Tiefkühlzeug. Die Gisela – die hat sie schon lang nicht mehr gesehen. Nie ist genug Zeit, obwohl man auf dem Land lebt und die Wege kurz sind. Sabine sieht auf die Uhr. Halb zwei. Dann können sie gleich Kaffee trinken, der Mittagsansturm im Kirchenwirt ist definitiv vorbei.

VISIER

Greindl sitzt bei Kaffee und Apfelstrudel, als die Schönheit die Gaststube betritt. Wow, denkt er sich. Hier draußen ist doch nicht alles schlecht. Er sieht Sabine hinterher, wie sie hinter dem Tresen in der Küche verschwindet, und widmet sich wieder seinem Apfelstrudel. Überlegt: Hat er die Frau schon mal gesehen? Wo? Hier auf dem Land? Nein. Oder? München? Er bringt sie nicht unter. Er sieht auf die Uhr. Wird Wildgruber ihm das Geld geben? Klar, der sträubt sich, aber er wird zahlen. Er kann es sich nicht leisten, dass er auspackt. Selbst wenn es natürlich keinen Mitschnitt des Telefonats gibt. Er versteht es auch nicht – warum haben die blöden Typen die Kühlung angeschaltet? Sie wussten doch, dass die

Frauen hinten drin waren. Aus Versehen? Na ja, das wird ihr Geheimnis bleiben. Die können nicht mehr reden. Wildgruber soll nur aufpassen, sonst war er die längste Zeit Bürgermeister. Wenn er nicht gar in den Knast muss wegen Anstiftung zu einer Straftat. Für ihn selbst wäre es das aber auch gewesen. Schwierig. Die Cops haben ihn bereits im Visier. Aber was soll passieren? Sein Alibi ist wasserdicht. Er muss nachher mit Robert sprechen. Alles mit ihm noch mal ganz genau durchgehen. Bleibt ja noch Zeit. Bis 17 Uhr hat Wildgruber Bedenkzeit, ob er das mit den hunderttausend auch wirklich hinkriegt.

Wenn das nicht klappt, hat er ein Problem. Und zwar ein großes. Nächsten Donnerstag ist Zahltag. Seinen Vater kann er nicht fragen, dann steht er da wie der letzte Versager. Nein, es wird klappen, denn für Wildgruber steht zu viel auf dem Spiel. Er isst die letzte Gabel Apfelstrudel und geht zum Schanktisch. Sieht die beiden Frauen in der Küche sitzen und ruft: »Ich zahl dann mal.«

Die Worte schneiden wie Rasierklingen durch Sabines Gehörgänge. Die Stimme kennt sie. Das leichte Näseln. Klar, sie hat ihn wegen der Sonnenbrille nicht erkannt. Sie blickt nicht auf. Sie ist sich sicher: Das ist der Typ aus dem Polizeipräsidium, das ist die Stimme vom Discoklo.

Als Gisela vom Kassieren zurückkommt, fragt sie: »Wer war das, Gisela?«

»Weiß ich nicht. Gefällt er dir?«

»Eher nicht.« Sabine geht ans Küchenfenster und sieht nach draußen. Greindl steigt gerade in seinen Wagen mit Münchner Nummer und fährt vom Parkplatz.

»Jaja, klar, der interessiert dich nicht«, sagt Gisela.

»Nicht die Bohne. Na los, jetzt holen wir die Pommesmaschine aus dem Keller.«

SCHICKSALHAFT

Dosi hat die anderen von der Zeugin aus dem Milieu unterrichtet. Endlich der Ansatz einer Erklärung, was in der schicksalhaften Nacht passiert ist.

»Jetzt stellen sich mehrere Fragen«, sagt Mader. »War es Greindl, der den Transport organisiert hat? Wollte er den Frauen zur Flucht verhelfen? Wer hat die Kühlung eingeschaltet?«

Hummel runzelt die Stirn. »Nur mal so als Überlegung: Greindl tut so, als wäre er der Retter, und lockt die Frauen so in die Falle. Also, er ist auch derjenige, der die Kühlanlage angeschaltet hat.«

»Ach komm, wie grausam ist das denn?«, fragt Dosi. »Und warum? Es macht doch eher Sinn, dass Paschinger sich rächen will an seinen widerspenstigen Frauen.«

»Klar, und sich selbst belastet«, sagt Zankl. »Das fällt doch auf ihn und seinen Laden zurück.«

»Aber wenn wir davon ausgehen, dass der Transport streng geheim war, wer soll denn noch davon gewusst haben?«, fragt Hummel. »Also, wer hat die Polizei angerufen?«

»Doris, würde diese Gloria den Greindl auf einem Foto identifizieren?«, fragt Mader.

»Nein, da war sie sehr bestimmt. Sie will Paschinger schaden, sonst nichts.«

Mader seufzt. »Der Fall ist wie ein Stück Seife. Jetzt haben wir endlich einen plausiblen Hinweis zum Tathergang in der Todesnacht, und dann bekommen wir keine weiteren Infos. Wenn wir wenigstens einen Hinweis auf den anonymen

Anrufer hätten. Der Mitschnitt aus der Zentrale ergibt auch nichts. Eine unnatürlich tiefe Männerstimme. Verstellt natürlich. Habt ihr Greindl im Blick?«

»Die Kollegen sind ihm bis zu einem Betriebsgrundstück im Münchner Norden hinterhergefahren. Allerdings haben sie ihn da verloren. Offenbar hat er das Gelände woanders verlassen.«

»Na super. Und was wollte er da im Norden?«

»Ich ruf die Jungs gleich mal an«, sagt Zankl.

Mader seufzt.

»Is was?«, fragt Dosi.

»Dr. Günther meint, wir sollen bei dem Fall die Aufklärungsstatistik im Blick behalten. Wir sind da seit Tagen in Vollzeit dran, aber es geht nicht wirklich was vorwärts.«

»Statistik«, murmelt Zankl. »Ist Statistik wichtiger als das echte Leben? Dr. Günther denkt immer, man löst so was am Schreibtisch, ein paar Motive, ein paar Querverbindungen, und schwups hat man eine wasserfeste Theorie zum Tathergang, mit der man den Täter festnagelt. So einfach ist das nicht.«

Mader denkt an seinen Impulsvortrag und nickt müde. »Nein, so einfach ist das nicht.«

»Ich sprech nachher auch mal mit den Kollegen vom Rauschgift«, sagt Dosi.

»Wieso das denn?«

»Wegen der zwei Lasterfahrer. Die haben wir ja auch noch, die gehören unmittelbar zum Tatkomplex. Also, wenn ihr mich fragt, dann haben die Typen nicht nur irgendwelche normalen Import-Export-Geschäfte und Umzüge gemacht, sondern auch Drogen transportiert. Wo haben die sonst die Kohle für das Doppelhaus in Moosach her? Das kannst du auf ehrliche Art und Weise so schnell nicht verdienen. Der Fahrtenschreiber von dem Laster war natürlich manipuliert.«

»Was sagt der Spediteur dazu?«, fragt Mader.

»Dass er keine Ahnung hat. Schiebt das auf die beiden. Ist ja auch kein Thema, wenn sie sich nicht mehr äußern können.«

»Das hängt alles eng zusammen«, sagt Zankl. »Ich glaube, wir müssen nur ein Endstück vom Faden in die Finger bekommen, und dann kriegen wir das große Wollknäuel auch entwirrt.«

»Glauben ist ja gut und schön«, meint Hummel. »Aber wir brauchen was Handfestes. Solange diese Gloria keine offizielle Aussage macht, haben wir nichts.«

Mader nickt. »Ja leider. Gut, Dosi spricht mit den Kollegen vom Rauschgift. Und ihr macht euch schlau, was Greindl da im Münchner Norden gemacht hat.«

PORTFOLIO

Als Zankl und Hummel einen Blick in die Werkshalle im Münchner Norden werfen, finden sie dort ein reichhaltiges Portfolio an Unterhaltungselektronik, Designermöbeln, Bildern und auch Autos. Und den A5 von Greindl. Daneben steht ein grauer BMW mit dem Kennzeichen M-MM 666.

»Ah, dann sind wir hier bei Safemoney«, stellt Hummel fest und sieht die beiden durchtrainierten Mittdreißiger in ihren gut sitzenden Anzügen an. »Wir hatten doch bereits einmal das Vergnügen in der Plinganserstraße. Was sind das hier für Sachen?«

»Wir sichern Wertgegenstände als Garantie für die Zahlungswilligkeit der Schuldner unserer Kunden«, erklärt einer der beiden Männer.

»Aha, dann zeigen Sie uns jetzt bitte Ihre Ausweise.«

Sie checken die Papiere der Männer mit ihrem Laptop im Wagen.

»Ihre Akten sagen nichts Gutes«, meint Zankl. »Sie sind beide vorbestraft wegen Diebstahl und Körperverletzung. Was sagen Sie dazu?«

»Sprechen Sie mit unserem Anwalt.«

»Das tun wir. Aber mal ganz ehrlich – Ihre kriminelle Karriere interessiert uns nicht wirklich. Das bleibt sozusagen unter uns. Wir möchten wissen, warum Sie im Besitz von Andreas Greindls Auto sind. Hat Greindl Schulden, und wie hoch sind diese?«

Die Herren antworten nicht.

Zankl fährt fort: »Na ja, wie es aussieht, sind das Spielschulden. Laut unseren Unterlagen ist Greindl regelmäßiger Gast in den bayerischen und österreichischen Spielbanken. Um wie viel Geld geht es?«

»Sprechen Sie mit unserem Anwalt.«

Zankl schnaubt auf und spricht eine offizielle Vorladung für den morgigen Tag aus und verlässt die Halle.

»Nimm's nicht persönlich«, sagt Hummel.

»Boh! Das geht mir so was von auf den Zeiger. Diese Typen haben heute überhaupt keine Angst mehr vor der Polizei. Gerade so, als ob man eine Rechtschutzversicherung gegen polizeiliche Vernehmungen abschließen kann. Vielleicht noch mit Risikoaufschlag mit Blick auf die Komplexität der eigenen kriminellen Karriere.«

»Was mich mehr beunruhigt«, meint Hummel, »ist die Tatsache, dass wir keinen Dunst haben, wo Greindl ist.«

»Da hätten die Kollegen besser aufpassen müssen.«

»Ach komm. Du weißt doch genau, wie schnell so was geht. Du wartest ewig, und die Leute sind längst weg. Wir fragen mal bei Greindls Arbeitgeber nach.«

Nach einem Besuch bei Black & White wissen sie, dass Greindl auf Dienstreise ist. Er besucht einen Hightech-Hersteller in Niederbayern.

»Da ist bestimmt noch ein Abstecher in die Heimat drin«, sagt Hummel.

»Wir können da jetzt nicht einfach auf Verdacht rausfahren. Bisher liegt überhaupt nichts gegen ihn vor.«

»Leider.«

SCHEISSNORMAL

»Wie geht's dir, Chrissie?«, fragt Greindl an Christianes Krankenbett.

»Passt schon. Und du? Was ist mit deinem Auge passiert? Schlägerei?«

»Unglücklich gestürzt.« Er nimmt die Brille ab.

»Autsch. Schöne Farbe.«

»Behandeln sie dich gut hier?«

»Die pumpen mich mit irgendwas voll. Ist aber gar nicht schlecht das Zeug. Kann ich mich direkt dran gewöhnen.«

»Hörst du auf?«

»Zu atmen?«

»Du weißt, was ich meine.«

»Die Drogen? Wie denn? Das ist keine Entzugsklinik. Da ist ein scheißnormales Krankenhaus.«

»Du musst aufhören. Ich kümmere mich um einen Therapieplatz.«

»Warum?«

»Irgendwer muss sich doch kümmern.«

»Robert kümmert sich.«

»Das seh ich. Entzug in Eigenregie. Du, angekettet wie ein Tier.«

»Ich bin ein Tier. Meine niedersten Instinkte wollen das Zeug. Jede Faser meines Körpers schreit danach. Ich brauch es einfach.«

»Wir schaffen das.«

»Wir schon. Robert und ich. Du bist raus. Ich will dich nicht mehr sehen, Andi.«

Greindl sieht sie irritiert an.

»Ich hab gestern lange mit Robert gesprochen. Ich weiß, was passiert ist, wie groß deine Schuld ist.«

Greindl rutscht nervös auf seinem Stuhl herum. »Was meinst du damit?«

»Robert hat mir gesagt, dass er danebengesessen ist, wie du damals über die Landstraße gerast bis. In deinem beschissenen getunten Auto. Wie du die Kurven angeschnitten hast. Und die Eltern nicht ausweichen konnten und in den Wald gestürzt sind. Robert hat mir endlich erzählt, was damals passiert ist. Wie er am nächsten Tag aufgewacht ist und sich an nichts erinnern konnte. Bis die Polizei uns gesagt hat, dass die Eltern verunglückt sind. Da dämmerte ihm langsam, wen ihr da am Vortag von der Straße abgedrängt habt. Nicht er, sondern du. Und ihr habt vereinbart, niemals darüber zu sprechen. Ein Versprechen, das er bis gestern gehalten hat. Ich weiß alles, auch dass du ihm geschworen hast, dich um uns zu kümmern. Was für ein verlogener Scheiß! Ausgerechnet du. Aber Robert hat mir nicht alles gesagt, was ihm auf der Seele lastet. Er hat irgendwas Schlimmes gemacht. Und ich weiß, dass du damit zu tun hast. Ich will das nicht. Ich will, dass du aus unserem Leben verschwindest, dass du Robert und mich in Ruhe lässt. Hau einfach ab!« Sie schließt die Augen.

SUPERIDEE

Sabine kann sich nicht auf ihre Renovierungsarbeiten am Imbisswagen konzentrieren. Schließlich legt sie Farbe und Pinsel beiseite und ruft Hummel durch. Erzählt ihm von ihrer Beobachtung im Wirtshaus.

»Jetzt wissen wir wenigstens, wo er steckt«, sagt er erleichtert.

»Sagst du mir, wie er heißt?«

»Nein, das darf ich nicht.«

»Das krieg ich auch so raus.«

»Halt dich von dem Typen fern, der hat Dreck am Stecken. Versprichst du mir das?«

»Ja, ist okay.«

»Wann kommst du denn nach München zurück?«

»Morgen wahrscheinlich. Mein Vater fährt den Imbisswagen zu Beate. Das hat sie dir doch erzählt, oder?«

»Ja, das ist eine Superidee. Muss man erst mal drauf kommen. Und bleibst du dann in München?«

»Erst mal, ja. Außer, es stört euch.«

»Spinnst du? Wie kommst du denn auf die Idee? Du, ich muss jetzt los. Bis dann!« Er legt auf. Ja, ich freu mich, denkt sich Hummel mit durchaus zwiespältigem Gefühl. Natürlich weiß er, warum sie fragt. Aber es geht ihn ja nichts an, was sie tut, sie muss niemanden fragen. Wenn es für Beate okay ist – und die ist ja auch nicht blöd. Will Beate ihn auf die Probe stellen? Mann, er muss aufhören, immer alles auf sich zu beziehen!

»Keinerlei Neuigkeiten zu unseren beiden Lasterfahrern«, sagt Zankl, der gerade von den Kollegen beim Rauschgift kommt. »Und der Laster ist immer noch in der kriminaltechnischen Untersuchung. Gibt es hier was Neues?«

»Greindl ist in Karlsreuth.«

»Aha. Was macht er da?«

»Keine Ahnung. Sabine hat ihn im Wirtshaus gesehen.«

»Ist sie jetzt unsere neue Kollegin im Außendienst?«

»Ich hab ihr gesagt, dass sie sich von ihm fernhalten soll. Was machen wir jetzt? Rausfahren?«

»Nein, der Typ ist vermutlich längst auf dem Rückweg. Wo ist Dosi?«

»Hat heute eher Schluss gemacht. Muss mit Fränki zu irgendeinem Geschäftsessen.«

BUSINESS CASUAL

Verdammt, wie konnte das passieren?, fragt sich Dosi. Sie ist die Einzige, die hier im SiemensForum im Abendkleid aufgelaufen ist. Auf der Einladungskarte stand *Business Casual*, und sie hat sich vorher noch im Internet schlaugemacht, was das überhaupt bedeutet. Hat sie da irgendwelche Kategorien verwechselt? Im Netz waren lauter schicke Kleider und Kostümchen zu sehen. Genau ihre Kragenweite. Und dann kommen alle in Jeans. Auch Fränki, er trudelt direkt von einem Workshop über Netzwerkbetreuung ein. Nun gut, dann wird wenigstens sie der Münchner IT-Szene heute Abend ein bisschen Glanz verleihen, auch wenn sie sich fühlt wie eine Leberwurst in der Pelle. Für die Auswahl ihrer Abendgarderobe war sie noch mal in ihrer alten Wohnung. Das Kleid hat sie schon ewig nicht mehr angehabt. Anthrazitfarbener Chintz, Kleidsaum eine Handbreit über dem Knie und oben ein serviertellergroßes Dekolleté. Bei den Schuhen hatte sie zum Glück ein Paar mit nur halbhohen Absätzen gefunden und nicht nur das schicksalsherausfordernde Paar rote Stiletto-Lackpumps, an deren Erwerb sie sich partout nicht mehr erinnern kann. Immerhin, Fränki war baff, als er sie sah. »Geil!«, lautete sein knapper Kommentar zu ihrem Outfit. Und weil er weiß, was ihr gefällt, hat er sie gleich in den Nebenraum gelotst und das Buffet inspizieren lassen. »Geil!«, war auch ihr Kommentar, als sie die Platten mit Meeresfrüchten, Käsevariationen und Parmaschinkenröllchen erblickte.

Ja, dafür ist sie bereit, sich mal zu verkleiden. Für Fränki tut sie sowieso alles, sogar klaglos dem viel zu langen Vortrag des CEO zu dem neuen Betriebssystem lauschen, das »wirklich unglaubliche Möglichkeiten für eine leuchtende Zukunft verspricht«. Den letzten Satz des CEO wird sie sich einprägen, so cool ist der: »Future will never be the same!« Könnte glatt von Arnold Schwarzenegger sein.

Ihr Magen knurrt, und das Kleid sitzt jetzt schon zu eng. Ob sie unauffällig den Reißverschluss an der Seite ein Stückchen öffnen kann? Unter dem roten Bolerojäckchen sieht man das doch nicht.

MORALISCH

Mader bringt gerade seine Lieben zum Zug. Er war am späten Nachmittag noch mit ihnen unterwegs, hat den Mädels jeweils ein paar Chucks ausgegeben. Rot und grün. Franzi und Louisa wollte ihn überreden, sich auch welche zu kaufen, aber dafür fühlt er sich definitiv zu alt. Jetzt steht er mit Bajazzo am Gleis 26 und schaut melancholisch dem ausfahrenden Zug hinterher. Als der Zug den Bahnhof verlassen hat, macht sich sofort ein Gefühl von Einsamkeit breit.

»Komm, Bajazzo, wir gehen jetzt noch in den Augustiner-keller, sonst krieg ich einen Moralischen.«

GESCHMACK

Zankl macht Balkonbiergarten mit seiner Familie. Clarissa war allein beim Bäcker und hat Brezen gekauft. Danach hat sie unter Jasmins Anleitung Obazdn zubereitet. Die Schüssel stellt sie jetzt voller Stolz auf den Balkontisch.

»Weißt du, Papa, wer das Geheimnis ist bei einem guten Obazdn?«

»Wer?«

»Wie?«

»Was? Also, welches Geheimnis?«

»Das Geheimnis vom Obazdn.«

»Die Gewürze?«

»Dass er mit den Händen durchgeknetet wird.«

»Aha.«

»Und dass man sich die Hände vorher nicht wäscht.«

»Aus, Clarissa!«

»Das macht erst den richtigen Geschmack.«

»Ach, komm.«

»Doch, ehrlich, sagt Mama.«

»Ja, ist gut, es reicht!«

»Boh, du bist immer voll die Spaßbremse.«

Zankl sieht seine Frau an. Die nickt.

Zankl nimmt sich eine Breze und lutscht nachdenklich daran.

»Papa, tu dir doch was von dem Obazdn drauf.«

»Später vielleicht.«

»Und was ist mit der Eisdiele? Du hast versprochen, dass wir Eis essen gehen!«

»Der Abend ist noch jung, Clarissa. Vor zehn Uhr gehen wir heute nicht ins Bett!«

Clarissa strahlt, und Jasmin entgleisen die Gesichtszüge. Zankl lächelt unschuldig.

GESCHENKT

Hummel ist mit Beate beim Späteinkauf im Großmarkt Metro im Euroindustriepark. Was man in einer Kneipe neben Bier noch braucht: Erdnüsse, Salzstangen, Klopapier, Spirituosen und Wein.

»Ihr zieht das wirklich durch mit der Currywurstbude?«, fragt Hummel.

»Ja, klar. Das ist doch eine Superidee. Der Hof ist ungenutzt, wenn die Schlosserei zuhat.«

»Braucht man dafür nicht eine Lizenz?«

»Sabine hat einen Schein vom Gesundheitsamt. Irgendwer von der Stadt schaut sich dann noch den Imbisswagen an, ob da auch alles hygienisch ist, und dann kann's losgehen. Die Typen von der Schlosserei wollen nicht mal Geld sehen. Solange der Wagen nicht im Weg rumsteht.«

»Aber dann müsst ihr jeden Abend den Wagen hinrollen und mitten in der Nacht wieder zurückstellen.«

»Nein, das machen die Jungs von der Werkstatt. Morgens vor der Arbeit weg und abends hin, wenn die um sechs Uhr Schluss machen.«

»Cool. Und das machen die einfach so?«

»Na ja, wenn zwei hübsche junge Frauen nett fragen. Sind doch kräftige Burschen. Und ich geb dann ab und zu mal ein Bier aus.«

»Dann werden die Typen jeden Abend in der Kneipe abhängen und auf Freibier hoffen.«

»Hummel, du darfst nicht von dir auf andere schließen. Außerdem sperr ich ja erst um neun Uhr auf. Die Jungs aus der Schlosserei haben alle Familie und wollen heim. Du darfst nicht immer so misstrauisch sein. Das ist eine Polizistenkrankheit.«

»Ja, wir Polizisten. Nein, ganz echt, das ist eine Superidee mit dem Imbiss. Ich glaub, dass du ein Riesengeschäft machen wirst.«

»Wir – Sabine und ich.«

PFEFFER

Sabine duscht lange. Das alte Frittenfett war in jeder Ritze des Wagens. Bestens imprägniert. Kein Rost. Ihr Vater war anfangs nicht wirklich begeistert, dass sie die alte Kiste nach München bringen will, hat aber schnell eingesehen, dass das eine hervorragende Geschäftsidee ist.

»Und wie soll ich das hier allein ohne dich schaffen?«, hat er gefragt.

»Saufst du halt weniger, dann kommst du auch ohne mich klar«, war ihr rausgerutscht, und sie hat es sofort bereut.

Er hat sie nur traurig angesehen.

»Ach, Papa!«, hat sie hinterhergeschoben. Das ist häufig das Einzige, was ihr einfällt, wenn ihr Vater seine Sachen nicht gebacken kriegt. Seit Mama weg ist, strauchelt er durchs Leben. Klar, er hatte seinen Anteil daran, dass sie gegangen ist. Die ewige Sauferei, die Frauengeschichten, aber dass Mama sie und ihren Bruder einfach zurückgelassen hat, das verzeiht sie ihr nicht. Soll sie doch bleiben, wo der Pfeffer wächst. Auch wenn es nur Passau ist, wo der Pfeffer wächst.

Sie dreht die Dusche aus und trocknet sich ab, wischt über die beschlagene Scheibe des Spiegels, betrachtet ihr ernstes Gesicht. Ja, sie meint es ernst, sie macht endlich ihr eigenes Ding. Jetzt fällt ihr wieder der Typ im Kirchenwirt ein. Ob Hummel da was unternimmt? Jetzt nennt sie ihn auch schon Hummel, obwohl er doch Klaus mit Vornamen heißt. Ja, wie geht das weiter? Klaus und seine Kollegen können ja nicht ständig von München hierherfahren. Aber die werden schon wissen, was sie tun. Sie hat für heute ihrer Bürgerpflicht genügt, jetzt ist Freitagabend.

VOLL AUF RISIKO

»Ich frag mich, warum du Chrissie das erzählt hast«, sagt Greindl, der mit Robert Weinzierl in dessen Küche sitzt.

»Andi, sie wusste es die ganze Zeit. Sie ist nicht dumm.«

»Und jetzt?«

»Nichts. Was soll schon sein? Sie weiß es. Na und?«

»Und was mach ich?«

»Fühlst du dich jetzt schuldig, oder was? Ganz plötzlich? Jahrelang schiebst du das weg. Und jetzt wirst du nervös, weil Chrissie davon gesprochen hat.«

»Was machen wir wegen Chrissie?«

»Nichts. Lass sie in Ruhe, sie möchte nichts mehr mit dir zu tun haben. Respektier das.«

»Und du?«

»Ich brauch auch eine Pause von dir. Es ist besser, wenn wir uns eine Zeit lang nicht sehen.«

»Meinst du das im Ernst?«

»Ja, ganz im Ernst.«

Greindl steht auf und geht grußlos. Im Hof schnauft er durch, zündet sich eine Zigarette an, inhaliert tief. Lässt den Rauch lange in der Lunge brennen, ihn aus den Nasenlöchern kriechen. Scheiße! Nichts klappt, gar nichts klappt. Alles läuft gegen ihn.

Sein Handy klingelt. Auf dem Display steht *Wildgruber*.

»Und, was ist mit der Kohle?«

»Du kriegst das Geld.«

»Nächsten Donnerstag muss ich zahlen. Die ganze Summe. Hunderttausend.«

»Das ist eine Menge Geld.«

»Du hast doch immer viel Cash.«

»Aktuell nur fünfundzwanzigtausend.«

»Das klingt doch schon mal gut. Den ersten Teil jetzt gleich. Ich komm vorbei.«

»Spinnst du?«

»Na gut, dann halb neun, beim Netto auf dem Parkplatz.«

Kurze Pause. Dann sagt Wildgruber: »Okay. Bis später.«

Andreas legt auf und grinst. Na bitte, geht doch. Das ist doch schon mal ein Lichtblick. Mit den fünfundzwanzig Mille könnte er gleich nach Tschechien rüber ins Casino. Verdoppeln. Chance fifty-fifty. Nein, klarer Cut! Nicht mehr spielen! Er muss den Typen am Donnerstag die hundert Mille geben, sonst nimmt das kein Ende.

Er sieht auf die Uhr. Eine Stunde hat er noch. Er steigt ein und fährt zum McDonald's an der Bundesstraße. Was essen. Dann: Geld abholen und hinterher noch einen trinken. Zur

Feier des Tages. Nicht zu viel. Muss ja noch fahren. Fünfundzwanzig Mille. In ein paar Tagen der Rest. Dann ist es vorbei. Er wird keinen Cent mehr ins Casino tragen. Sobald er sein Zeug geregelt hat, kümmert er sich um einen Therapieplatz für Chrissie.

GOLDKEHLCHEN

»Super, dass du heute Abend hilfst«, sagt Beate, als Hummel nach dem Großeinkauf in der Metro noch mit in die Blackbox kommt.

»Mach ich doch gerne. Wenn plötzlich wer erschossen wird, dann muss ich natürlich weg.«

»Na, vielleicht haben wir ja Glück.«

Beate räumt die Kühlschränke ein, und Hummel holt die Stühle von den Tischen. Beate sucht auf Spotify einen Marvin-Gaye-Mix heraus.

»Hey, geil«, sagt Hummel, »mit Tammi Terrell. Weißt du, die ist ganz jung gestorben, so tragisch, die hat eine ganz schwere …« – »Pssst!«

»Oh, entschuldige.«

Er stellt die Teelichter auf die Tische. Zündet sie an.

»Klaus, das mach ich erst, wenn sich jemand an den Tisch setzt.«

»Ich weiß.«

»Aber?«

»Es sieht so schön aus.«

Sie lässt ihren Blick durch den leeren Raum schweifen. Ja, das sieht schön aus. Die flackernden Lichter, dazu das Duett der Goldkehlchen aus den Boxen.

Hummel rückt die Stühle gerade.

PENG!

Hummel sieht panisch zu Beate. Die grinst ihn an und gießt zwei Gläser Champagner ein. Sie reicht ihm ein Glas.

»Auf dich.«

»Auf uns.«

»Auf uns.«

Sie trinken und küssen sich.

Hummels Handy klingelt. Natürlich. Was sonst? Nein, es klingelt nur in seinem Kopf. Sein Handy gibt keinen Ton von sich. Er grinst.

»Alles gut?«

»Ja. Alles gut.« Er stellt sein Handy auf Flugmodus.

EFFEKTIV

Andreas Greindl rülpst laut. Die Fritten vom Macky melden sich immer wieder. Boh, gut waren die nicht. Vom Burger ganz zu schweigen. Aber hungrig ist er nicht mehr. Er freut sich jetzt auf ein Bier. Vorher noch die Geldübergabe. Das Leuchtschild vom Netto ist schon von Weitem zu sehen. Der große Parkplatz ist leer. Er parkt vor dem Supermarkteingang und steigt aus, zündet sich eine Zigarette an. Der glitzernde Nachthimmel. Eindrucksvoll. Sieht man in München nicht. Er denkt über das Wort Lichtverschmutzung nach. Jetzt sieht er die Scheinwerfer. Ein schwerer Mercedes-Geländewagen fährt auf den Parkplatz, bremst scharf. Wildgruber steigt aus.

»Hast du auch eine für mich?«, sagt Wildgruber statt einer Begrüßung.

Greindl reicht ihm das Päckchen Camel. Sie rauchen.

Greindl flippt den glühenden Reststumpen in die Nacht. »War insgesamt nicht so eine gute Idee«, sagt er.

»Was?«, fragt Wildgruber.

»Das mit den Frauen.«

»Ach, letztlich sehr effektiv. Diese Typen brauchen klare Zeichen. Sonst verstehen sie das nicht. Hier ist das Geld. Die erste Rate von der letzten Rate. Ich will dein Ehrenwort, dass dann wirklich Schluss ist.«

»Ehrenwort«, nuschelt Greindl.

»Gib dir nicht zu viel Mühe.«

»Wann kommt der Rest?«

»So schnell wie möglich.«

»Du kennst die Deadline. Wie machen wir es?«

»Ich ruf dich an. Was ist mit dem anderen?«

»Mit wem?«

»Das hast du doch nicht allein gemacht. Wer hat Schmiere gestanden?«

»Der sagt nix.«

»Ich verlass mich auf dich. Sonst …«

»Sonst was?«

»Nichts. Was hast du jetzt vor? Zurück nach München?«

»Ach, noch ein bisschen Nightlife, ins TOXIC.«

»Dann mal viel Spaß.«

Wildgruber tritt die Zigarette aus, steigt ein und lässt den Motor aufbrüllen.

Es ist gespenstisch still auf dem Parkplatz, als Wildgruber weg ist. Greindl hat ein mulmiges Gefühl. Aber der Briefumschlag in seiner Jackentasche fühlt sich gut an. Er sieht kurz in den Umschlag. Die vielen großen Scheine. Geht doch. Und Robert wird die Klappe halten. Der hat genug Probleme. Ist doch gut gelaufen. Die hunderttausend tun Wildgruber nicht wirklich weh. Der hat so viel Grund und Häuser. Und als Bürgermeister kann er viele Dinge in seinem Sinne lenken. Da kommt ständig frisches Geld rein. Wenn der wüsste, dass er mal was mit seiner Tochter hatte. Ist so lang gar nicht her. Früher war die Susi eine echt scharfe Maus, aber jetzt ist sie ein braves Hausmuttchen. Schon erstaunlich. Aufgegangen wie ein Hefekuchen. Was für ein trauriges Schicksal. Auch für Brandner, den alten Stenz. Nein, hier draußen, das hat keine Zukunft – nicht kurz-, nicht mittel- und schon gar nicht langfristig. Er startet den Wagen und verlässt den Parkplatz mit einem Powerslide. Er steuert das TOXIC an. Laute Musik und ein, zwei Bier als Ablenkung, bevor er wieder nach München fährt.

RÜSCHERL

»Stefan, servus, alles klar?«, begrüßt Bine den Discobesitzer.

»Ois groovy. Viel los heute.«

»Stimmt es, dass es hier gebrannt hat?«

»Ja, vorne am Eingang beim Mülleimer. Nichts Ernstes.«

»Was sagt die Polizei?«

»Die Polizei bin ich.«

»Na ja, du bist ja befangen, so als Betroffener.«

»Wahrscheinlich war es eine Kippe. Bist du jetzt auch im Ermittlergeschäft?«

»Wie kommst du denn da drauf?«

»Wegen deiner neuen Polizeifreunde.«

»Ich halte nur ein bisschen Augen und Ohren offen.«

»Na dann. Ist Maxi auch da?«

»Ja, er hat mich mitgenommen.«

»Stimmt das, dass du jetzt nach München gehst?«

»Woher weißt du das?«

»Ich hab mit Dosi telefoniert. Sie meinte, du ziehst in ihre alte Wohnung.«

»Ja, ich probier das mal aus. Ob es noch was anderes gibt als ein Leben hier draußen.«

»Gut. Find ich cool. Hätte ich auch machen sollen. Dafür ist es jetzt zu spät.«

»Mitgehangen, mitgefangen.«

»Das kannst du laut sagen.«

»Aber dein Laden brummt.«

»Ja, zumindest das. Solange er nicht abbrennt.«

»Musst du halt ein rigoroses Rauchverbot auch für draußen aussprechen.«

»Ja, das kommt bestimmt gut an. Dann mal viel Spaß!«

Sabine erstarrt, als sie an der Garderobe vorbeigeht und sieht, wie der Typ aus dem Wirtshaus von heute Nachmittag gerade seine Lederjacke abgibt. Ja, das ist der Typ aus dem Präsidium in München beziehungsweise vom Männerklo im TOXIC. Soll sie noch mal Klaus anrufen? Aber was soll sie ihm sagen? Der macht sich dann nur Sorgen. Erst mal schauen.

Sie geht an die Bar und weiter zur Tanzfläche vor und betrachtet die Leute. Der Typ tanzt zu *Fight For Your Right* von den Beastie Boys. Er tanzt mit sich allein inmitten der dicht gepackten Tanzfläche. Unter den Achseln seines hellblauen Polohemds sind große Schweißflecken zu sehen. Plötzlich hat sie eine Idee, wie sie endlich erfahren kann, wer er ist. Wenn Hummel es ihr partout nicht sagen will. Sie geht zum Eingang. Die Dame an der Garderobe wischt gelangweilt über das Display ihres Smartphones.

»Hi, Traudl, alles klar?«

»Passt schon, Sabine. Viel los heute. Und du?«

»Hab grad eine geraucht.«

»Du?«

»Ach, ab und zu mal.«

»Ich sterbe für eine Zigarette.«

»Aber?«

»Du weißt doch, wie der Stefan ist. Ganz der Polizist. Ich darf meinen Posten nicht verlassen.«

»Na komm, ich setz mich zwei Minuten für dich rein.«

»Echt? Cool!«

Die braune Lederjacke. Sie muss schnell sein. Das ist sie. Ihre Finger gleiten in die Jackentaschen. Ausweis, Geldbeutel? Nein, ein Umschlag. Papiere? Was ist das? Fühlt sich an wie … Geld, viel Geld? Sie schaut hinein. Ja, sehr viel Geld! Schnell steckt sie den Umschlag in den Hosenbund, zieht das Shirt drüber. Hört Traudl an der offenen Eingangstür mit einem Gast shakern.

Schon ist sie wieder da. »Super, cool, Sabine, hast ein Rüscherl bei mir gut. Sagst einfach an der Bar Bescheid.«

»Alles klar.«

Die Hölle mach ich, denkt Sabine. Dass jeder weiß, dass ich dich vertreten hab. Ihre Gedanken rasen: In dem Umschlag ist ein Bündel Geldscheine. Das Geld ist garantiert nicht sauber. Der Typ wird keinen Aufstand machen können, wenn er merkt, dass es weg ist. Oder doch? Natürlich wird er Traudl verdächtigen. Und wenn er es nicht gleich merkt? Ich geb Brandner den Umschlag. Was hat mich da geritten? Aber wie sieht das aus, wenn ich Sachen aus anderer Leute Jacke klaue? Soll ich den Umschlag wieder in seine Jacke stecken? Ja, unbedingt. Aber wie? Traudl ist wieder auf Posten. Später noch mal die Zigarettennummer?

Sie sieht den Lederjackenbesitzer in Richtung Garderobe gehen. Oder geht er nur eine rauchen? Nein, er lässt sich seine Jacke geben, zieht sie an. Verdammt, wenn er jetzt merkt, dass … Er holt den Autoschlüssel aus der Innentasche. Wo will der hin? Wo ist Maxi? Sabine drückt sich durch zur Tanzfläche, sieht ihren Bruder mit seinen Freunden.

»Ich brauch den Autoschlüssel«, brüllt sie ihm ins Ohr.

»Hä?!«

»Bin in zehn Minuten zurück.«

Er fummelt den Schlüssel aus der Jeans und gibt ihn ihr. Sie macht sich auf den Weg nach draußen.

»Schon nach Hause?«, ruft Traudl ihr hinterher.

»Nein, ich hol nur schnell was aus dem Auto.«

Als sie auf den Parkplatz raustritt, kommt ihr Greindl entgegen. Sie dreht sich zu einem Auto, tut so, als würde sie die Tür aufsperren. Scheiße, er geht wieder rein, er hat gemerkt, dass der Umschlag fehlt. Was passiert jetzt? Hoffentlich bekommt Traudl keinen Stress. Was tun? Sie setzt sich in den Opel Corsa ihres Bruders und wartet ab.

WEGGEKOMMEN

»Nein, ich hab nix aus der Jacke genommen!«, sagt Traudl resolut.

»Aus dieser Jacke.« Greindl deutet auf sich selbst.

»Auch nicht aus dieser Jacke. Was, glaubst du, mach ich hier? Das ist die Garderobe, da gibst du dein Zeug ab, damit nix wegkommt. Und nicht umgekehrt. Ich pass selbst für Deppen wie dich auf, die kein Trinkgeld geben.«

»Hey, wie redest denn du mit mir?«

»Ich red, wie es mir passt. Seit zwanzig Jahren mach ich den Job. Und hier ist noch nie was weggekommen!«

»Vielleicht ist es ja rausgefallen«, sagt Greindl eingeschüchtert.

»Was denn überhaupt?«

»Ein Briefumschlag mit wichtigen Papieren.«

»Und warum glaubst du, dass ich dir den Umschlag aus der Tasche zieh?«

»Ich glaub gar nichts. Und jetzt schau bitte nach, ob da was rausgefallen ist!«

Traudl beleuchtet mit ihrer Handylampe den Boden der Garderobe. Bis auf ein paar Kupfermünzen, Haargummis und Bonbonpapieren ist da nichts zu sehen.

»Nix.«

»Scheiße.«

»Gibt's ein Problem?«, fragt Brandner, der jetzt dazukommt.

»Der Herr vermisst einen Briefumschlag mit wichtigen Papieren.«

»Ist das so?«

»Ja, sie waren in meiner Jackentasche.«

»Für meine Mitarbeiterin lege ich die Hand ins Feuer. Ich arbeite bei der Polizei. Was war denn genau drin? Also, um was für Papiere geht es?«

Greindl winkt genervt ab. »Schon gut. Vielleicht hab ich den Umschlag auch im Auto oder zu Hause liegen gelassen.«

»Geben Sie uns doch Ihre Adresse. Wenn wir was finden, melden wir uns.«

»Danke, ist nicht so wichtig. Servus.«

Irritiert sehen ihm die beiden hinterher.

Brandner grübelt. Sonnenbrille, hier in der Disco? Merkwürdiger Typ. Dann fragt Brandner seine Garderobenfrau: »Was war das für ein Zeisig?«

»Hä?«, grunzt Traudl.

»Was war das für ein bescheuerter Vogel?«

»Ein Zeisig ist kein bescheuerter Vogel. Der Zeisig ist ein kleiner lebhafter Vogel aus der Familie der Finken. Der Typ war einfach ein Depp.«

»Ja, du Ornithologin. Hast du sonst noch was zu dem Heini zu sagen?«

»Nein. Außer, dass Sonnenbrillen bei Nacht scheiße ausschauen. Was denkt der sich, wo er ist? In Miami? In den Achtzigerjahren? So ein Depp!«

»Du warst die ganze Zeit auf deinem Platz?«

»Logisch. Da kommt nix weg aus der Garderobe.«

Jetzt fällt es Brandner ein. Verdammt noch mal! Die Sonnenbrille hat ihn verwirrt. Das war dieser Greindl! Er stürmt zur Tür raus und schaut auf den Parkplatz. Kann ihn nicht sehen. Nur noch zwei Rücklichter, die auf der Straße verschwinden. Was hat das zu bedeuten. Was wollte der? Was sollte der Aufstand eben?

ZUFALL

Greindl rast innerlich. Was für eine Scheiße! Wie bekommen, so zerronnen. Irgendein Scheißer klaut ihm das Geld aus der Jackentasche! Geht's noch? Nein, geht gar nicht. So viel Zufall gibt es nicht. Da wusste jemand genau Bescheid. Also kommt eigentlich nur einer infrage: Wildgruber. Er hat sich das Geld zurückgeholt. Aber wie hat er es gemacht? Steckt er mit der Garderobentussi unter einer Decke? Hat er Wildgruber vorhin gesagt, dass er noch ins TOXIC geht? Ja, kann sein. Vielleicht ist er ihm einfach in die Disco gefolgt, sieht, wie er die Jacke abgibt, drückt der Lady an der Garderobe einen Fünfziger in die Hand, damit sie kurz wegschaut, und schon ist er wieder im Besitz der fünfundzwanzig Mille. Der hat ihn komplett verarscht! Dem wird er sauber einschenken! Komisch nur, dass Wildgruber gerade am Telefon ganz cool war. Er hat dem spontanen Treffen zugestimmt. Ohne Rückfrage.

Greindl flucht. Das ist doch alles scheiße! Jetzt hat er einen wirklich guten Job mit hohem Einkommen und ist so auf den Hund gekommen. Die Scheißzockerei. Wann hat das angefangen? Er hat schon immer um Geld gespielt. Aber Schafkopf und Casino, das sind zwei Paar Schuhe. Es wurde immer mehr, immer höhere Einsätze. Eigentlich geht es ihm nicht besser als Chrissie – er ist süchtig. Kommt man von Spielsucht selber los? Wie sieht da eine Therapie aus? Irgendwelche beschissenen Psychospielchen – wir sitzen im Kreis und erzählen uns putzige Sachen über unsere Ziele und Verfehlungen?

Es nieselt. Das Ortsschild brennt gelb im Scheinwerferlicht. Karlsreuth. Ein paar wenige Lichter noch.

SCHWEIGEGELD

Sabines Stirn ist schweißnass. So schnell ist sie mit der alten Mühle noch nie gefahren. Der Typ fährt wie ein Irrer. Und sie? Ist sie verrückt? Klaut ihm die Kohle und fährt ihm dann noch hinterher? Ist das Geld vielleicht der Lohn für den Tod der Frauen? Oder Schweigegeld, damit er für sich behält, was er über den Fall weiß? Sie erinnert sich genau an das Gespräch auf der Toilette. Der Typ hat definitiv was damit zu tun. Fährt er zu seinem Kumpel, um gemeinsam zu überlegen, was zu tun ist, jetzt, wo das Geld weg ist? Wenn sie ihm folgt, erfährt sie vielleicht, wer der zweite Mann ist, mit dem sich der Typ auf dem Klo unterhalten hat.

Sie sieht, wie der Wagen vor der Kirche in Karlsreuth hält. Sie fährt vorbei und parkt weiter oben im Dorf. Läuft den Weg zurück, sieht von einer Hausecke aus, wie der Mann mit der Lederjacke aussteigt und sich eine Zigarette anzündet. Eine Rauchfahne steigt in der feuchten Nachtluft und im orangefarbenen Laternenlicht nach oben. Es ist gespenstisch still. Auf wen wartet er? Sie muss näher ran. Sabine geht ein paar Meter zurück, macht einen Umweg, um ungesehen zur Kirche zu gelangen. Sie betritt den Friedhof und schleicht im Schatten des Kirchengebäudes zum Kirchplatz vor. Sie huscht durch die Grabsteine bis zur Friedhofsmauer und lugt durch das schmiedeeiserne Gitter, das die halbhohe Mauer abschließt. Jetzt hört sie Schritte auf dem Platz. Ein Mann. Licht fällt auf sein Gesicht. Den kennt sie! Wildgruber, der Bürgermeister! Brandners Schwiegervater. Was haben die zwei Typen miteinander zu tun?

In der stillen Nacht sind die beiden bestens zu verstehen.

»Was bestellst du mich mitten in der Nacht her?«

»Tu nicht so, das ist doch ein abgekartetes Spiel. Du gibst mir das Geld und holst es dir gleich wieder zurück.«

»Was ist passiert?«

»Ich geb meine Jacke an der Garderobe in der Disco ab, und als ich zurückkomm, ist der Umschlag weg.«

Wildgruber lacht auf. Dämpft seine Stimme aber gleich wieder: »Sag mal, haben sie dir ins Hirn geschissen? Du hast fünfundzwanzigtausend Euro in der Jacke und gibst sie einfach an der Garderobe ab?«

»Niemand weiß von dem Geld außer dir.«

»Gelegenheit macht Diebe. Wer war an der Garderobe?«

»Eine Frau, die angeblich immer an der Garderobe sitzt. Warum sollte die an meine Jacke gehen?«

»Vielleicht hast du dich komisch verhalten. Einen auf Spendierhosen gemacht?«

»Hab ich nicht.«

»Weißt du, wie mir das auf den Sack geht? Du bist ein Verlierer. Alles, was du anpackst, verwandelt sich in Scheiße. Wir hätten nie ins Geschäft kommen dürfen!«

»Du wolltest doch, dass der Puff verschwindet.«

»Ja, aber so haben wir nicht gewettet. Du wolltest den Paschinger in Schwierigkeiten bringen. Und plötzlich haben wir neun tote Nutten.«

»Das war ein Unfall.«

»Erzähl mir nichts. Du überredest sie abzuhauen, überhaupt erst in diesen Laster zu steigen. Und dann kommst du auf die tolle Idee, der Sache noch einen besonderen Dreh zu geben, und stellst die Kühlung an. So war es doch, oder? Du bist eiskalt.«

»Du hängst in der Sache mit drin. Ich hab unsere Vereinbarung mit dem Handy mitgeschnitten.«

»Erzähl keinen Scheiß. Und selbst wenn. Ich hab nichts zum Tod der Frauen gesagt.«

»Spar dir die Details. Du weißt genau, was passiert, wenn der Mitschnitt bei der Polizei und der Presse landet. Dann ist es vorbei mit dem schönen Bürgermeisteramt.«

»Was willst du? Dass ich dir noch mal fünfundzwanzig Mille gebe, weil du die ersten versandelt hast? Das kannst du dir abschminken. Geh gefälligst zu deinem Vater.«

»Der gibt mir nix, der Hühnerbaron.«

Jetzt weiß Sabine endlich, wer der Mann ist: der Sohn von Greindl, dem Hühnerzüchter. Kriegt sie das alles richtig zusammen? Die inszenieren einen Menschentransport mit Prostituierten, um Paschinger und seine Geschäfte in Misskredit zu bringen, damit er seinen Puff hier dichtmachen muss? Kann das sein? Und unterwegs sterben die Frauen, weil sie erfrieren. Weil Greindl die Kühlung angestellt hat?

Ihr Handy klingelt. Scheiße! Die Männer drehen sich in ihre Richtung. Maxi. Den hat sie total vergessen. Sie drückt das Gespräch weg und springt auf, hastet durch die Grabsteine, wirft ein paar Kerzen und Vasen um. Folgen sie ihr? Sie dreht sich nicht um. Sie erreicht das hintere Tor des Friedhofs. Steigt an der Seite über die Mauer, bleibt mit der Jacke an einem Zacken des Gitters hängen. Ein Reißen, sie taumelt, fängt sich, kommt mit den Füßen zuerst auf dem Pflaster auf. Ihre Sohlen brennen. Sie horcht. Nichts.

Sie läuft im Schatten der Häuser zum Auto. Jetzt kommt von unten ein Wagen. Sie duckt sich hinter den Corsa. Das Auto kriecht an ihr vorbei. Sie wartet eine lange Minute, bis sie aus der Deckung geht und in den Wagen steigt. Sie verriegelt die Türen und holt ihr Handy raus. Überlegt es sich anders. Sie startet den Motor und fährt ein paar Meter ohne Licht, dann schaltet sie es ein. Sieht zwei Lichtpunkte im Rückspiegel. Scheiße! Vorsichtig gibt sie Gas. Ruhig, was soll hier passieren, mitten im Dorf? Sie biegt in die nächste Hofeinfahrt. Das Auto fährt vorbei. Geschafft! Sie wartet. Dann wählt sie Maxis Nummer. Als er endlich drangeht, kann sie ihn kaum verstehen wegen der lauten Musik.

»Wo bleibst du, Bine? Ich will heim!«

»Ich bin in zwanzig Minuten da und hol dich ab«, sagt sie.

Sie wählt Hummels Nummer. Erreicht nur den Anrufbeantworter, spricht nichts drauf. Brandner? Nein, den sieht sie ja eh gleich in der Disco. Sie muss ihm das alles erzählen, ihm das Geld geben. Sie wartet noch einen Moment. Dann fährt sie los.

Sie ist unendlich erleichtert, als sie das Ortsschild passiert. Sie schert auf die Bundesstraße ein, macht Musik an. Nach zehn Minuten hat sie die Abzweigung nach Grafenberg erreicht. Ein paar Minuten noch, und sie ist bei der Disco. Sie fährt zügig über die kurvige Strecke.

FIXIERT

Was für ein schöner Morgen! Hummel blinzelt. Er spürt Beate an seiner Seite. Es ist spät geworden gestern. Sie waren die Ersten und die Letzten in der Blackbox. Haben zum Schluss noch zwischen den Tischen mit den hochgestellten Stühlen getanzt. Eng umschlungen im Kerzenschein. *Sweet Soul Music.* Bis das letzte Teelicht erloschen war. Er hatte die Lichter vor dem Hochstellen der Stühle von den Tischen geholt und auf dem Tresen als Lichterkette platziert. Immer wenn eins erlosch, bekam er einen Kuss. Er war so glücklich, er ist so glücklich. Und das Komische – er fühlt sich jetzt überhaupt nicht müde, obwohl es nach vier Uhr geworden war. Vielleicht sollte er umsatteln und bei Beate in der Kneipe einsteigen? Nein, das ist zu nah, da gehen sie sich bestimmt schnell auf die Nerven. Er sieht auf die Uhr auf Beates Nachttisch. Halb neun. Er hat heute keinen Dienst. Samstag.

Beates Telefon klingelt im Flur.

»Lass klingeln«, murmelt Beate.

Das Telefon hört nicht auf.

»Kannst du drangehen, Klaus?«

Hummel steht auf und geht in den Flur.

»Ja, bitte?«

»Hummel, bist du das?«

»Dosi, bist du das?«

»Wer denn sonst? Warum gehst du nicht an dein Handy?«

»Weil es aus ist. Es ist Samstag. Ich hab frei.«

»Komm bitte ins Präsidium, schnell!«

»Ist was passiert?«

»Nicht am Telefon. Bis gleich.«

Dosi hat aufgelegt. Hummel ist hellwach. Und verwirrt. Was ist los? Er sucht seine Kleider zusammen und zieht sich an.

»Arbeit?«, fragt Beate.

»Sieht so aus. Schlaf weiter.« Er gibt Beate einen Kuss und zieht leise die Wohnungstür hinter sich zu.

Auf der Straße macht er sein Handy an. Sieht Dosis vergebliche Anrufe von heute Morgen. Und gestern Nacht um halb zwei hat Sabine versucht, ihn zu erreichen. Hat aber nicht auf Band gesprochen. So spät? Kann er es jetzt schon bei ihr probieren? Er wählt ihre Nummer. Sie hebt nach dem dritten Tuten ab.

»Hallo, Sabine, hier ist Klaus.«

»Welcher Klaus?«, fragt eine Männerstimme.

»Wer ist dran?«, fragt Hummel.

»Stefan Brandner. Polizei. Und wer sind Sie?«

»Brandner, ich bin's, Hummel. Äh ... Eigentlich wollte ich Sabine sprechen. Äh, ist sie da?«

»Ähm, das ist jetzt schlecht. Hast du schon mit Dosi gesprochen?«

»Ich bin auf dem Weg ins Präsidium.«

»Sprich mit ihr. Wir telefonieren später.« Brandner legt auf.

Hummel ist verwirrt. Was ist los? Spinnen jetzt alle? Was verheimlichen die ihm? Ihm fällt ein, dass er sein Fahrrad bei Beate vergessen hat. Scheiß drauf! Er winkt sich ein Taxi heran. Im Taxi probiert er es bei Zankl. Der geht nicht dran. Die Innenstadt fliegt an ihm vorbei, kein Blick, kein Gedanke, alles auf eins fixiert, aber so weit weggeschoben, wie es nur geht. Bine – warum geht Brandner an Bines Handy? Und wimmelt ihn ab? Verdammt noch mal!

Sie halten am Präsidium, er zahlt und stürzt nach oben. Dort sitzen bereits alle um Maders Besprechungstisch.

»Was ist los?«, fragt Hummel außer Atem.

»Setz dich«, sagt Mader.

»Sagt mir vielleicht mal einer, was passiert ist?«

»Um halb drei hat Maximilian Brunner in der Diskothek TOXIC den örtlichen Polizisten Stefan Brandner informiert, dass er seine Schwester vermisst. Die beiden sind in Richtung Bundesstraße gefahren, haben sie aber nicht gefunden.«

»Sie hat versucht, mich um halb zwei anzurufen.«

»Und?«

»Mein Handy war aus. Ich hab es heute Morgen probiert, und da war Brandner an ihrem Handy. Hat mich an euch verwiesen. Was ist mit Sabine? Hat sie einen Unfall gehabt? Ist sie im Krankenhaus?«

Mader räuspert sich, dann sagt er leise: »Sabine Brunner war gestern Nacht mit dem Wagen ihres Bruders unterwegs. Sie hatte in der Nähe der Disco einen Unfall. Tödlich.«

MILCHKALT

Alles weiß. Ein leerer Parkplatz, groß wie ein Rollfeld. Aus dem Bodennebel taucht ein Imbisswagen auf, ein Faden Espressoduft durchzieht die milchkalte Luft. Hummel tritt auf den Wagen zu.

»Hallo, niemand da?«

»Komme gleich.«

Jetzt riecht Hummel die Zigarette. Die rückwärtige Tür des Wagens öffnet sich, und die schönste Frau, die er je in seinem Leben gesehen hat, betritt den Wagen, lächelt ihn an.

»Was kriegst du?«

»Dich.«

Ihr Lächeln gefriert. »Niemals.«

Er schreckt hoch, verschwitzt.

»Herr Hummel, ganz ruhig!«

Hummel sieht die Frau im weißen Kittel verständnislos an. Wer ist die Frau? Was will sie von ihm?

»Herr Hummel, ich bin die Betriebsärztin. Ihre Kollegen haben mich vorhin gerufen. Sie sind zusammengebrochen.«

»Was ist passiert?«

»Ihre Kollegen haben gesagt, Sie hätten schlecht auf eine, nun ja, schlechte Nachricht reagiert.«

»Ich kann mich nicht erinnern.«

»Unser Gehirn ist schlau. Es neigt dazu, Bedrohliches zu verdrängen.«

»Was ist mit Sabine?«

»Wer ist Sabine?«

»Ich, ich hab sie gerade gesehen, im Traum. In ihrem Imbisswagen. Ist ihr etwas passiert? So reden Sie doch!«

»Tut mir leid, ich kann Ihnen dazu keine Auskunft geben. Sie bekommen gleich noch eine Spritze, und nachher sollte Sie jemand nach Hause bringen. Leben Sie allein?«

Hummel ist schon versucht, einfach die Augen zu schließen und die Spritze abzuwarten, aber er steht auf und sagt mit fester Stimme: »Ich geh jetzt!«

»Ich kann Sie nicht daran hindern. Aber es wäre mir lieber, wenn Sie jemand abholt. Ihre Frau vielleicht?«

»Ich bin nicht verheiratet.«

»Nun gut, Ihre Partnerin oder Ihr Partner.«

»Ich bin nicht schwul!«

»Herr Hummel, Sie sind immer noch sehr erregt.« Sie drückt ihm ein Attest in die Hand. »Den Rest der Woche bleiben Sie zu Hause!«

»Ich will jetzt gehen.«

»Ich kann Sie so nicht gehen lassen.«

»Rufen Sie meine Kollegen an.«

»Jemand Bestimmten?«

»Doris Rossmeier.«

»Gut, ich rufe sie an. Und Sie bleiben so lange hier.«

Es dauert nur ein paar Minuten, bis Dosi bei ihm ist.

Hummel sieht sie mit wirrem Blick an. »Sag's mir, was ist passiert? Was ist mit Sabine?«

»Du hast es doch gehört.«

»Nein. Blackout. Alles weg.«

»Sabine hatte einen tödlichen Unfall. Sie ist auf der kurvigen Strecke in der Nähe der Disco verunglückt.«

Hummel sieht eine schwarze Wand auf sich zurasen, aber er behält die Augen offen. Beim Aufprall zerbirst die Wand in tausend Teile, er fühlt etwas Nasses auf seinen Wangen. Tränen. Er schluchzt auf. Dosi nimmt ihn in die Arme. Die Ärztin zieht sich zurück. Hummel heult und rotzt hemmungslos in Dosis Sweatshirt.

Nach zehn Minuten sagt Dosi: »Komm, wir gehen jetzt nach Hause.«

Sie stützt ihn. Er ist ganz schwach auf den Beinen. Draußen empfängt sie ein warmer Sommerabend.

»Wie lang war ich da drinnen bei der Ärztin?«

»Seit heute Vormittag. Nach der Beruhigungsspritze hast du geschlafen wie ein Murmeltier. Du musst einen Wahnsinnshunger haben.«

»Ich kann nichts essen.«

»Ich bring dich heim. Oder lieber zu Beate?«

»Sie ist heute bei einer Freundin in Bamberg. Über Nacht.«

»Und ihr Laden?«

»Kathi und Max sind da.«

»Ich bring dich heim.«

Hummel fährt zum zweiten Mal heute Taxi. Macht er sonst nie. Die Stadt, die an den Fenstern vorbeizieht, die Isar an der Corneliusbrücke, der Gebsattelberg nach Haidhausen hoch, das alles sagt ihm heute nichts, gibt ihm nichts, obwohl er sonst jeden Tag auf seiner Stammstrecke ein neues Detail entdeckt. Es interessiert ihn einfach nicht. Die vielen fröhlichen Menschen dort an der Isar in ihrer ganzen Ahnungslosigkeit, die nicht wissen, was das Leben für Schmerzen bereithält. Welche Verluste.

Unsinn. Er weiß natürlich, dass jeder sein Päckchen trägt. Tausend Menschen, tausend Geschichten und Schicksale. Aber jetzt hat es das Schicksal auf ihn abgesehen. Er ist am Boden zerstört, er möchte nicht mehr leben. Wenn so viel Schönheit einfach verloren gehen darf, dann möchte auch er nicht mehr auf diesem Planeten sein.

»Ich hätte ans Telefon gehen müssen«, murmelt er. »Sabine hatte mich um halb zwei angerufen. Mein Handy war aus. Ich wollte nicht gestört werden in meinem Glück mit Beate.«

»Hummel, dich trifft keine Schuld.«

»Doch, für jeden Deppen bin ich erreichbar. Aber wenn mich jemand anruft, der mich wirklich braucht, dann geh ich nicht dran.«

»Dein Handy war aus. Punkt.«

Das Taxi hält. Dosi zahlt und bringt Hummel in seine Wohnung. Auf dem Sofa liegt noch Sabines grüner Pulli. Den hat er vergessen, als er ihre Tasche mit ins Präsidium genommen hat. Als er ihn sieht, bricht er sofort wieder in Schluchzen aus. Dosi auch. Auch weil ihr einfällt, dass Sabines Sachen noch alle in ihrer Wohnung sind, so als würde sie gleich zurückkommen. Wahrscheinlich auch das zitronengelbe Top aus der Boutique im Glockenbachviertel.

Dosi und Hummel sitzen nebeneinander wie versteinert

auf dem Sofa, berühren sich nicht. Als keine Tränen mehr kommen, ist es draußen dunkel.

»So, ich mach uns was zu essen«, beschließt Dosi und steht auf. »Und du rufst jetzt Beate an und erzählst ihr, was los ist.«

»Das schaff ich nicht.«

»Okay, das musst du wissen. Darf ich Musik anmachen? Ich krieg sonst hier die komplette Krise.«

»Ja klar, mach was an.«

Sie skippt durch seine Platten, findet neben den vielen Soulscheiben, die zu ihrer Stimmung nicht passen, auch eine Platte von The Verve. Kurz darauf schwebt *Bittersweet Symphony* tröstlich durch Hummels Wohnung. Dosi macht in der Küche Wasser für die Spaghetti heiß. In einem Küchenschrank findet sie ein Glas mit Tomaten-Basilikum-Sauce.

»Sabine ist der schönste Mensch, den ich kenne«, sagt Hummel, der plötzlich in der Küche steht.

»Und wie ist das mit Beate?«

»Das mein ich nicht mit Schönheit. Beate ist meine große Liebe. Mit allen Ecken und Kanten und Widerhaken. Sabine ist jung, unschuldig, sie strahlt dich an, und du denkst: Alles hat einen Anfang, und das ist er jetzt, es geht los. Und was für einen Glanz und Zauber diesem Anfang innewohnt, so frisch, unverbraucht! Sie lacht dich an, und du denkst: Alles ist möglich.«

Dosi nickt. »Ja, so ist sie. Sie verzaubert alle.«

»Und jetzt ist sie fort, bevor sie überhaupt angefangen hat, unser Leben zum Strahlen zu bringen.«

»Ach, Hummel.«

»Es ist so verrückt, so widersinnig: Ich denk so viel nach, mach mir so viele Sorgen, und ich seh die einfachsten Dinge nicht.«

»Doch, du fühlst sie. Du hast es im ersten Moment gewusst, als wir Sabine getroffen haben. Du siehst das Schöne. Viel schneller als ich.«

»Sie hat die Fenster aufgerissen, Energien in mir geweckt, von denen ich gar nichts wusste. Als wir das erste Mal von da draußen wieder nach München gekommen sind, da hab ich mich so gut gefühlt, da war ich voll unbändiger Kraft. Ich bin einfach rein in dieses Kaufhaus und hab diesen Attentäter ausgeschaltet. Ich hab selbst über mich gestaunt.«

»Ja, Hummel, diese Kraft steckt in dir, du bist ein Held.«

»Ich möchte kein Held sein, ich möchte Schönheit bewahren. Ich wusste, dass Beate in dem Kaufhaus war. Ich musste sie retten und die Leute da drinnen. Ich hab funktioniert wie ein Roboter.«

»Weiß Beate das?«

»Natürlich nicht. Ich bin nicht stolz drauf. Das hätte in einer Katastrophe enden können. Ich weiß auch nicht, was mit mir los war. Aber ich weiß, was ich jetzt vorhab – ich werde Sabines Tod aufklären. Ich kann nicht glauben, dass Sabine einfach so einen Unfall baut. Ich werde rauskriegen, wie das passiert ist!«

»Daran hab ich keinen Zweifel, aber jetzt iss erst mal was.« Sie schiebt ihm einen Teller mit Nudeln hin.

Hummel lächelt das erste Mal an diesem Tag. Wenn man die Aufwachphase mit Beate am Morgen abzieht. Ja, jetzt merkt er es. Er hat einen Wahnsinnshunger.

»Danke, Dosi.«

»Wofür?«

»Fürs Kochen, dass du da bist, für alles.«

»Ist doch klar.«

»Hör zu – und das sag ich nur dir: Ich werde das aufklären. Wenn es ein Unfall war, dann krieg ich das raus. Und wenn es kein Unfall war, dann krieg ich das ebenfalls raus. Und die Geschichte mit den toten Prostituierten klär ich auch auf. Und wenn es die letzten Fälle sind, die ich bearbeite. Dosi, ich bin tieftraurig, aber ich bin Polizist, und ich werde das zu Ende bringen. Und ich werde mich nicht bei allen Aktionen mit euch abstimmen.«

»Red keinen Unsinn, Hummel. Wir sind auf deiner Seite. Wir lösen das gemeinsam.«

»Ich kann nicht versprechen, dass ich mich an alle Spielregeln halte.«

»Doch, Hummel, das tust du, du bist Polizist.«

»Wie ist das jetzt, bin ich krankgeschrieben nach dem Kollaps?«

»Ja, die nächste Woche.«

»Gut, ich fahr morgen nach Karlsreuth. Du sagst den anderen nichts. Ich will die Hintergründe von Sabines Tod aufklären. Ihr seid weiterhin an der Geschichte mit den toten Frauen und den toten Fahrern dran?«

Dosi nickt. »Greindl war gestern Nacht ...« Sie schneidet sich selbst das Wort ab.

»Was ist mit Greindl? Ich will alles wissen.«

Dosi atmet tief durch. »Laut Brandner war Greindl gestern im TOXIC und hat einen Riesenaufstand an der Garderobe gemacht, dass ihm wichtige Papiere aus der Jacke geklaut wurden.«

»Hat Sabine ...« – »Hummel, wir wissen es nicht, ob sie was damit zu tun hat. Ja, sie war zur gleichen Zeit in der Disco. Brandner hat uns das gesagt. Sabine hat kurz vor Greindl die Disco verlassen. Sie wollte noch irgendwohin und später ihren Bruder Maxi abholen. Sie ist mit dem Auto ihres Bruders gefahren.«

»Und was war mit Greindl?«

»Greindl hat sich ziemlich aufgeführt, sich dann aber irgendwann unverrichteter Dinge getrollt. Sabine hat später noch mit ihrem Bruder telefoniert, dass sie auf dem Rückweg zur Disco ist.«

»Und hat sie gesagt, wo sie in der Zwischenzeit war?«

»Nein. Aber der Anruf bei ihrem Bruder war die letzte Nachricht. Sie hat nicht beunruhigt geklungen, sagt ihr Bruder.«

»Wann war das, also das Telefonat?«

»Ein Uhr siebenundvierzig.«

»Dann war ich nicht der Letzte. Was wollte sie mir mitteilen? Wusste sie etwas über Greindl? Hat sie wieder etwas mit angehört?«

»Ich weiß es nicht. Jedenfalls hatte Sabines Bruder nicht den Eindruck, dass etwas Besonderes vorgefallen war. Er sagt, dass Sabine immer spontane Ideen hatte und mal schnell dahin oder dorthin wollte. Dass sie nie lang überlegt hat.«

»Wie geht es ihrem Bruder? Und ihrem Vater?«

»Sie können es nicht fassen.«

»Hat jemand schon mit Greindl gesprochen?«

»Ja, Zankl.«

»Und, was sagt er?«

»Greindl war gestern auf Dienstreise in der Gegend. Bei einem Hersteller von Lasersystemen. In der Nähe von Ortenburg. Wir haben das bereits überprüft. Im Anschluss hat er noch einen Ausflug in die Heimat gemacht, um diese Christiane in der Klinik zu besuchen. Die hat das bestätigt.«

»Und diese Papiere, die er in der Disco verloren hat?«

»Geschäftsunterlagen. Er arbeitet ja bei Black & White, die stellen auch militärische Geräte her. Er sagt, er hätte ein bisschen überreagiert. Er dachte, er hätte die Papiere in der Garderobe in seiner Jacke gelassen.«

»Geschäftspapiere in der Jacke?«

»Ja, sagt er.«

»Und die waren dann weg?«

»Nein, die waren im Aktenkoffer im Kofferraum seines Dienstwagens, er hatte sich getäuscht. War ihm schrecklich peinlich, denn er hatte die Garderobenfrau verdächtigt, die Papiere aus seiner Jacke gestohlen zu haben.«

»Dass ich nicht lache. Der Typ ist nie um eine Ausrede verlegen.«

»Hummel, ich weiß es auch nicht. Aber wegen ein paar Worten, die Sabine einmal auf dem Männerklo mitgehört hat, können wir nicht einfach schlussfolgern, dass jemand ein Verbrecher ist.«

»Ich hab nicht gesagt, dass er sie umgebracht hat.«

»Aber gedacht.« Dosi sieht ihn scharf an.

Er nickt.

SICHERGEHEN

»Wo ist Sabine?«, fragt Hummel, als Brandner ihn am Sonntagvormittag in Plattling vom Zug abholt.

»Sie wurde nach München überführt.«

»Warum?«

»Ich hab mit Mader gesprochen. Er will sichergehen, dass sie an den Unfallfolgen gestorben ist.«

»Was ist mit der Unfallursache?«

»Müssen wir schauen. Mader hat mir gesagt, dass du kommst.«

»Wann hat er das gesagt?«

»Gestern.«

»Aber ...?«

»Wir sollen uns gemeinsam kümmern.«

Hummel lächelt. Er hat den Kollegen nicht gesagt, dass er nach Karlsreuth fährt. Aber sie kennen ihn gut. Und sie alle wollen diese Geschichte aufklären.

»Ich soll dir helfen, Hummel«, sagt Brandner.

»Danke. Dann lass uns zur Unfallstelle fahren.«

Brandner wirft Hummels Tasche auf die Rückbank und startet den Wagen.

»Was ist in der Disco vorgefallen?«, fragt Hummel unterwegs.

»Keine Ahnung, Sabine war plötzlich weg. Traudl, meine Garderobenfrau, hat gesagt, dass Sabine sie kurz vertreten hat, als sie eine rauchen war. Kurz danach hatte Greindl seinen Auftritt, hat behauptet, dass Traudl ihm Papiere aus der Jackentasche geklaut hat. Ich hab ihn zuerst gar nicht erkannt, weil er eine Sonnenbrille aufhatte.«

»Meinst du, Sabine hat was damit zu tun, also mit seinen verschwundenen Papieren?«

»Ich hab keine Ahnung. Was denn? Und vor allem: warum? Außerdem hat er ja gesagt, dass seine Sachen dann doch im Auto waren.«

»Das klingt doch alles schräg.«

»Allerdings.«

Brandner biegt von der Bundesstraße ab auf die kurvige Landstraße in Richtung TOXIC. Hinter einer scharfen Rechtskurve hält er an und steigt aus.

»Hier ist es passiert.«

Sie betrachten die beschädigten Sträucher und Baumstämme.

»Ist das Auto noch da?«, fragt Hummel.

»Ja, es ist schwierig zu bergen. Sabine wurde mit dem Hubschrauber geholt.«

Hummel sieht sich die Unfallstelle genau an. Keine Brems-
spuren auf dem groben Asphalt. »Wenn der Wagen ausbricht,
müsste man dann nicht den Gummiabrieb auf der Straße
sehen?«

Brandner zuckt mit den Schultern. »Komm, hier lang.«

Sie steigen durch das Gestrüpp nach unten.

»Der Hang ist ganz zertrampelt. Wer war das?«, fragt Hummel.

»Die Rettungskräfte.«

»Wer hat das Wrack überhaupt gesehen? Von oben ist
nichts zu erkennen.«

Brandner deutet zu dem gegenüberliegenden Hang. »Der
Bauer, also der Hinz Alois, hat das Wrack von oben gesehen,
als er frühmorgens mit dem Trecker raus ist. Aber von seiner
Seite kommst du nicht runter.«

»Wenn hier noch andere Spuren waren, können wir die
jedenfalls vergessen.«

»Was meinst du damit?«

»Vielleicht war noch jemand unten am Auto?«

»Um dort was zu tun?«

»Sich das zurückholen, was Sabine entwendet hat.«

»Greindl hat seine Unterlagen doch im Auto gehabt?«

»Der lügt doch, wenn er das Maul aufmacht.«

»Hummel, wir haben keinen konkreten Hinweis darauf,
dass das was anderes als ein Unfall war.«

Hummel betrachtet das Autowrack genau, zieht sich Ein-
weghandschuhe an. Er ist froh, im Auto zumindest oberflächlich kein Blut zu sehen. Der Gedanke, dass Sabine in dem
zerstörten Auto gesessen hat, schnürt ihm die Kehle zu. Dosi
hat ihm gesagt, dass Gesine am Unfallort war und sich alles
angesehen hat. Ob sie irgendwelche Spuren sichern konnte?
Ein zweiter Blick schadet nicht. Er untersucht akribisch den

Fußraum und das Handschuhfach, auch die Sitzbank hinten und den Kofferraum des Corsa. Nichts, was ihm irgendwelche Anhaltspunkte geben könnte, was vorgefallen ist. Er tritt ein paar Meter zurück, betrachtet den Hang. Sie ist an der steilsten Stelle abgestürzt. Ein paar Meter weiter vor oder hinter der Kurve, und der Wagen wäre schnell im dichten Wald zum Stehen gekommen.

Durch die Bäume kann er oben Brandners Wagen sehen. Er steigt durch den Wald nach oben. Scannt den Boden. Wie ein Pfadfinder auf Spurensuche. Nichts. Hummel ist schon fast auf der Straße zurück, als er die groben Schuhprofile in dem weichen Boden sieht. Schnaufend kommt ihm Brandner hinterher.

»Und, hast du was?«

»Habt ihr hier auch so was wie eine Spurensicherung?«

»Na ja, die Regensburger Kollegen …«

»Will ich jetzt nicht unbedingt anrufen. Sonst fragen die, was die Münchner hier noch alles treiben. Schau, hier die Abdrücke. Und da sind auch Reifenspuren.«

In der Ferne grollt der Donner. Hummel sieht zum Himmel. »Wir müssen schnell sein. Die Spuren sind bald Geschichte. Was machen wir, Brandner?«

»Ich hab ein bisschen Gips in der Werkstatt.«

»Bei dir zu Hause?«

»Bei meiner Mama. Sie wohnt jetzt in der alten Mühle. Also, wo ich früher gewohnt hab. Ich ruf sie an.«

»Schnell, bitte.«

Es beginnt schon zu tröpfeln, kurz nachdem Brandner telefoniert hat.

»Ich hab auch Malerfolie bestellt«, sagt Brandner.

»Sehr gut. Aber wir müssen die Spuren jetzt schon abdecken.«

Sie finden im Wagen nichts Besseres als die Warnwesten und breiten sie auf dem Boden aus. Dann setzen sie sich ins Auto und rauchen bei offenen Türen.

Als Hummel fertig ist, drückt er den Zigarettenstummel im Aschenbecher aus und schaut aus der Tür. Nein, er täuscht sich nicht. Da ist eine Kippe. Er streift das Zellophan von seiner Zigarettenschachtel und hebt damit die Kippe auf. Der Filter ist ein bisschen aufgequollen, aber alt ist der Zigarettenstumpen nicht, denkt Hummel. »Vielleicht haben wir ja Glück, und das ist eine Spur.«

»Wenn du meinst.«

Endlich trifft Brandners Mutter ein. Mit Schirm kommt sie im Nieselregen zu ihnen hinüber.

»Servus, ich bin die Mama vom Stefan.«

»Hummel, also Klaus. Sie haben den Gips?«

»Ja, einen ganzen Sack.«

»Eimer und Wasser?«, fragt Brandner.

»Äh. Eimer hab ich. Aber Wasser? Es nieselt doch eh schon.«

»Aber wie sollen wir das machen? Mama!«

»Ruhig, mein Kleiner. Sei froh, dass ich an den Eimer gedacht hab. Den hast du auch nicht bestellt.«

»Aber die Folie hast du?«

»Natürlich.«

»Dann lasst uns erst mal die Spuren abdecken.«

Sie entfalten die Malerfolie und decken die Spuren großzügig ab.

»Wenn der Boden erst mal richtig durchnässt ist, dann geht da nix mehr«, sagt Hummel. »Wir müssen die Spuren schnellstens ausgießen. Bevor der Regen stärker wird.«

»Ich hab einen Kasten Bier im Auto«, sagt Frau Brandner. »Geht das?«

»Wenn's kein Weißbier ist. Das schäumt zu sehr.«

»Helles.«

»Na dann ist ja alles gut.«

Sie rühren einen Eimer mit Gips an. Brandner und seine Mutter halten die Folie hoch, und Hummel gießt die zähe Masse in die Spuren. Dann breiten sie wieder die Folie darüber. Sie schaffen es gerade so, bevor ein heftiger Schauer niedergeht. Sie setzen sich ins Auto und warten ab. Auf Regen folgt Sonne. So ist es wenige Minuten später. Alles dampft, der blaue Riss im Himmel wird immer breiter. Sie ziehen die Folien weg.

»So, jetzt brauchen wir nur ein bisschen Geduld«, sagt Hummel.

Stefans Mama grinst und geht zum Kofferraum ihres Autos und holt drei Bier raus. Hummel will schon ablehnen. Aber nein, das kann er jetzt gut gebrauchen. Wenn sie Glück haben, dann bringen ihnen die Spuren was. Auch die Zigarettenkippe in seiner Jackentasche. Wären sie nur eine Stunde später hierhergekommen, wären die Spuren verschwunden gewesen. Wenn es denn relevante Spuren sind. Er wird die Sache aufklären. Unter allen Umständen. Sie stoßen an. Sein Magen ist leer. Das Bier knallt sofort.

»Alles klar, Hummel?«, fragt Brandner besorgt

»Alles klar. Ich muss bald was essen. Wir warten noch, bis der Gips trocken ist, und dann packen wir das Zeug ein.«

»Ich kann ja schon mal vorausfahren und uns was kochen, Burschen.«

»Danke, Mama. Das wäre gut.«

»Okay, wir sehen uns gleich.«

Sie steigt in ihr Auto und fährt los.

»Wenn meine Mama eins nicht kann, dann kochen. Es gibt Dosenravioli, wetten?«

»Ich liebe Dosenravioli.«

Hummel lehnt sich nach hinten, dreht die Lehne zurück, starrt an die Wagendecke. Nimmt einen großen Schluck Bier und schließt die Augen.

»Klaus, bitte noch mal. Dagegen ist John Travolta ein Dreck!«

»Nein, ich kann mich doch nicht zum Affen machen.«

»Doch, ich liebe Männer mit Humor. Weißt du, hier machen immer alle auf cool und dicke Hose: ›Mein Haus, mein Hof, mein Auto, meine Muskeln, meine Tattoos.‹ Cool in der Disco und im echten Leben die letzten Spießer. Von denen würde nie einer über die Tanzfläche rutschen und seine Jacke wegwerfen.«

»Ich hab das auch noch nie gemacht. Aber wenn du mir andauernd die blöden Rüscherl hinstellst.«

»Magst du noch eins?«

»Ich mag lieber einen Kuss.«

»Kriegst du.«

Ein gewaltiger Knall reißt Hummel aus den Träumen. Der Himmel ist wieder pechschwarz. Weiße Blitze spalten den Himmel. Donner wie Explosionen. Hagel prasselt hernieder.

»Scheiße, alles umsonst!«, sagt Hummel.

»Cool bleiben, Hummel.«

»Wie kannst du da cool bleiben, wenn gerade unsere Spuren vernichtet werden?«

»Die Gipsabdrücke sind bereits im Kofferraum.«

»Cool, Brandner, sehr cool. Sorry, ich bin eingenickt.«

»Alles gut. Hast du die Kippe?«

»Ja, mal sehen, was unser Labor sagt.«

»DNA?«

»Klar.«

»Ihr macht das selber?«

»Nein, wir schicken das ein. Dafür gibt's Speziallabors.«

»Aber dann müsstet ihr ja was Vergleichbares in der Datenbank haben.«

»Na ja, das ist eher unwahrscheinlich. Ich denke, ich werde mir was bei unserem Verdächtigen besorgen.«

»Mit richterlichem Beschluss?«

»Da hab ich keine Hoffnung, dass ich den bekomm. Ich dachte eher, dass ich dem in München einen kleinen Besuch abstatte und ihm in seinem Badezimmer ein paar Haare aus dem Kamm zupfe.«

»Das ist illegal, oder?«

Hummel zuckt mit den Achseln. »Illegal ist ein hartes Wort. Wenn wir immer alles brav nach Vorschrift machen, kommen wir manchmal nicht sehr weit. So einen kleinen DNA-Abgleich muss ja nicht jeder mitkriegen, oder?«

»Ja, klar.« Brandner nickt nachdenklich. »Geht das denn schnell, so eine DNA-Analyse?«

»Ja, ziemlich. Warum interessiert dich das Thema mit der DNA so?«

»Ach, nur so. So komplexe Sachen haben wir hier in der Regel nicht. Obwohl, die Regensburger Kollegen rücken bei Kapitalverbrechen ja auch immer mit dem kompletten Besteck an. So, wir können jetzt losfahren. Bestimmt sind Mamas Ravioli schon al dente.«

FUGEN

Am Nachmittag unterhält sich Hummel mit Traudl, der Garderobendame aus der Disco. Ja, Sabine hat sie für eine Zigarettenlänge an der Garderobe vertreten. Nein, Sabine würde niemandem etwas aus der Jackentasche klauen. Und ja, der Typ sei sehr unangenehm gewesen. Sehr aufbrausend, bisschen wie ein Alki. Aber besoffen war er nicht.

Hummel fährt danach noch mit Brandners Wagen zu Robert Weinzierl und spricht mit ihm. Eigentlich ganz vernünftig. Bei einem Becher Kaffee im Hof. Mit Blick auf die Armada hinfälliger Landmaschinen.

»Sie leben nicht von der Landwirtschaft?«, fragt Hummel.

»Nein, ich bin in Dingolfing bei BMW.«

»Sie pendeln.«

»Wie viele in der Gegend. Ich würde gern den Hof bewirtschaften, aber das überschreitet meine Kräfte. Wenn Chrissie mitmachen würde, wäre das was anderes. Aber Sie haben sie ja gesehen.«

»Was war denn der Auslöser für ihre Drogensucht?«

»Die Verfügbarkeit. Die Tatsache, dass das billige Zeug den gesamten Landstrich überschwemmt. Schuld ist man am Ende immer selbst, wenn man das Zeug nimmt. Andere saufen. Ich war kurz davor.«

»Warum?«

»Als unsere Eltern gestorben sind, geriet alles aus den Fugen.«

»Haben Sie noch irgendwas zu sagen zu der Geschichte mit den toten Frauen in dem Transporter?«

»Nein, wieso?«

»Eine Zeugin hat Sie und Ihren Freund an der Stimme erkannt, als Sie darüber redeten. In der Disco. Leider können wir das jetzt nicht mehr überprüfen. Die Zeugin ist tot.«

»Was ist passiert?«

»Ein Unfall nach der Disco. Also, es sieht aus wie ein Unfall, oder es soll aussehen wie ein Unfall. Und nun raten Sie mal, wer auch in der Disco war und zur selben Zeit von dort weggefahren ist wie unsere Zeugin.«

Robert sieht ihn mit leerem Blick an.

»Ihr Freund Andreas Greindl.«

Robert zuckt mit den Achseln.

Hummel gibt ihm seine Visitenkarte. »Rufen Sie an, wenn Sie reden wollen.«

Hummel hat kein rechtes Gespür dafür, ob er jetzt zu weit gegangen ist. Ob der Typ vielleicht mit alldem nichts zu tun hat. Ob er nur durch den Wind ist wegen der Sorge um seine Schwester. Warum ist er überhaupt schon zu Hause? Hat er gar nicht gefragt. Na ja, vermutlich hat er sich wegen seiner Schwester freigenommen. Jetzt steht Hummel das Schwierigste bevor – der Besuch bei Sabines Bruder Maximilian und ihrem Vater.

HOLZHACKEN

Im Hof der Familie Brunner hackt Maxi Holz. Mit unbändiger Wut, sein T-Shirt ist komplett durchnässt.

»Hallo!«, ruft Hummel.

Der junge Mann hält nicht inne.

»Hey, du!?«

Jetzt hört der junge Mann auf.

»Klaus Hummel, Kriminalpolizei. Bist du der Bruder von Sabine, Maxi?«

»Ja. Und?«

»Können wir reden?«

»Gleich.«

Maxi legt sich einen besonders großen Holzklotz zurecht und schlägt mit aller Wucht zu, die Hälften springen zu den Seiten weg.

»Jetzt können wir reden.«

»Ich glaube nicht an einen Unfall«, sagt Hummel geradeheraus.

Maximilian sieht ihn irritiert an.

»Sabine hatte vor ein paar Tagen eine Zeugenaussage gemacht in dem Fall mit den toten Prostituierten. Gestern Nacht hatte sie noch versucht, mich zu erreichen. Leider war mein Handy ausgeschaltet. Vielleicht hat sie noch was zu dem Fall herausgefunden.«

»Was hat Sabine mit den toten Frauen zu tun?«

»Tut mir leid, ich darf nicht darüber reden.«

»Sie ist eure Zeugin, und ihr beschützt sie nicht?«

»Niemand außer uns Polizisten wusste, dass sie eine Aussage gemacht hat. Der Tatverdächtige weiß nichts von ihr.«

»Sicher?«

»Ganz sicher«, lügt Hummel. Wie soll er sich da sicher sein? Wenn Greindl sie doch erkannt hat nach der Begegnung auf dem Flur im Präsidium?

Maxi holt seine Zigaretten raus, reicht Hummel eine. Sie rauchen.

»Deine Schwester war unglaublich schön«, sagt Hummel.

Maxi nickt stumm.

»Ein frischer Luftzug. Sie hat alles zum Leuchten gebracht.«

»Immer schon. Als Mama damals weg ist, hat Papa mit dem Saufen so richtig aufgedreht. Nix mehr auf die Reihe gekriegt. Sabine hat den ganzen Laden allein geschmissen. Ich war keine große Hilfe. Und jetzt war endlich alles gut und in ruhigem Fahrwasser, und sie wollte selber raus, in die Stadt. Sie hat es nicht geschafft.«

»Nein, leider nicht. Kommst du klar hier, also du und dein Vater?«

»Wir müssen.«

»Was ist mit deiner Mutter?«

»Ich hab sie angerufen. Sie kommt nach München. Warum ist Sabine dort in der Rechtsmedizin?«

»Wir suchen nach Fremdspuren.«

»Was meinst du damit?«

»Ich glaube, sie hatte etwas dabei, was nicht ihr gehörte, was jemand zurückhaben wollte.« Hummel beißt sich auf die Zunge.

»Der Typ in der Disco. Ich hab's mitgekriegt.«

»Kennst du ihn?«

»Nein, ist mir vorher noch nie aufgefallen. Aus der Gegend?«

»Ich darf nicht darüber reden.«

»Keine Angst. Rache ist nicht so meins.«

»Aber meins. Ich versuche, das zu klären. Nein, ich werde das klären!«

»Mach das. Ich muss jetzt wieder Holz hacken. Sonst dreh ich durch. Der nächste Winter kommt bestimmt. Nein, er ist schon da.«

Hummel sieht in den tiefblauen Sommerhimmel. Ja, auch in sein Herz ist der Winter eingezogen.

Er fährt nach Grafenberg zu Brandner auf die Wache. Dann ruft er Dosi an und berichtet ihr von seinen mageren Ergebnissen. Dosi hat leider keine Neuigkeiten aus München. Der Firmenwagen, mit dem Greindl unterwegs war, hat keine Geländereifen. Ein stinknormaler Ford Focus.

»Und die Stiefel?«, fragt Hummel.

»Der Greindl lässt uns bestimmt nicht sein Schuhwerk anschauen«, meint Dosi.

»Ich nehm die Abgüsse trotzdem mit«, verabschiedet sich Hummel und legt auf.

»Was machen wir jetzt?«, fragt Brandner.

»Die Zigarette. Vielleicht bringt das was. Ich lass sie auf Speichelreste prüfen. Wenn DNA dran ist, dann organisier ich eine Probe von Greindl.«

»Dauert das lang, so ein DNA-Test?«

»Jetzt fragst du schon wieder. Also, warum?«

»Kannst du mir einen Gefallen tun?«

»Was denn?«

»Das ist jetzt ein bisschen peinlich. Ich brauch einen DNA-Test.«

»Du? Wofür? Deine Kinder?«

Brandner nickt bedrückt.

»Jetzt nicht dein Ernst? Warum?«

»Mir kam kürzlich der Gedanke. Dass ich mich an ein Leben kette, das gar nicht meins ist, wegen Umständen, die vielleicht gar nicht in meiner Verantwortung liegen.«

»Und da willst du einen DNA-Test von dir und deinen Kindern machen?«

»Ja, das will ich. Hilfst du mir?«

»Ach komm, so ein Test ist doch ganz einfach. Da gibt's doch Anbieter im Internet.«

»Und wie gut sind die? Außerdem haben meine Frau und ich ein gemeinsames Konto. Wie erklär ich ihr die Kreditkartenabbuchung? Sie kontrolliert alle Ausgaben.«

»Boh, Brandner, in welcher Hölle lebst du eigentlich?«

»Ich will da raus.«

»Ich kann das auch mit meiner Kreditkarte für dich machen. Ach, quatsch. Gib mir die Proben mit. Ich frag Gesine, ob sie in München einen Schnelltest machen kann. Von dir brauch ich dann aber auch Genmaterial.«

»Cool, das ist mir wahnsinnig peinlich. Ich hoffe natürlich, dass ich der Vater bin.«

»Deswegen machst du ja den Test, schon klar. Brandner, alles gut, ich organisier das.«

»Ich möchte mich ja um die Kinder kümmern. Aber das ist nicht so einfach. Ich fühl mich eigentlich noch nicht bereit für so was.«

»Hey, Brandner, du bist keine zwanzig mehr!«

»Ja, ich weiß. Eigentlich ist es nur so, dass ich meine Frau nicht liebe. Ich hab das Gefühl, dass sie mich gekapert hat. Die war früher auch kein Kind von Traurigkeit und hatte ihre Affären. Es könnte sein, dass ein anderer Mann die Kinder gezeugt hat.«

»Und auf die Idee kommst du erst jetzt, nach zwei Jahren?«

»Not macht erfinderisch.«

ABSCHIED

Im Zug nach München ist Hummel sehr nachdenklich. Was will er eigentlich rauskriegen? Wenn es doch einfach nur ein tragischer Autounfall ist? Und er spuckt große Töne. Dass er das alles aufklärt. Was, wenn es gar nichts zum Aufklären gibt? Scheiß drauf! Er muss es probieren. Es ist eine höhere Aufgabe. Er merkt, dass ihm die Tränen über die Wangen laufen. Er rutscht in seinem Sitz nach unten und dreht sich zur Fensterscheibe. Er lässt es einfach laufen, das salzige Wasser. Sind sie schuld daran, dass Sabine in die ganze Geschichte reingerutscht ist? Aber Sabine hat ja selbst bei ihm angerufen, nachdem sie das Gespräch in der Disco belauscht hatte. Scheiße, jetzt fällt ihm ein, dass er Beate immer noch nicht Bescheid gegeben hat. Per Telefon geht das nicht. Er fürchtet sich bereits jetzt davor. Nicht nur davor. Gesine hat ihm gesimst, dass morgen um zehn Uhr Leichenschau ist. Noch einmal Sabines schönes Gesicht sehen, Abschied nehmen von ihr. Hummel sieht mit starrem Blick, wie die Höhenzüge des Bayerischen Walds am orangefarbenen Horizont in die Ferne rücken.

TAUFRISCH

»Muss das sein?«, fragt Brandner genervt seine Frau, als er heimkommt.

»Wenn meine Eltern schon mal einladen!«, antwortet Susi in schriller Tonlage.

»Bisschen spontan. Ich bin müde.«

»So, für die Disco warst du gestern auch nicht zu müde.«

»Das ist Arbeit, kein Spaß.«

»Du bist um vier Uhr gekommen und warst um halb sieben schon wieder weg. Das ist doch kein Zustand!«

»Es gab einen schlimmen Unfall auf dem Heimweg von der Disco.«

»Ja, hast du dich vielleicht schon mal gefragt, ob es da einen Zusammenhang gibt?«

»Wo?«

»Zwischen Disco und Autounfällen spätnachts.«

»Was soll das, Susi? Die Leute sind erwachsen. Und wenn ich sehe, dass wer besoffen noch selber fahren will, dem nehm ich die Autoschlüssel weg.«

»Jaja, der fürsorgliche Herr Polizist. Wäre schön, wenn der mal zu Hause so fürsorglich wäre. Die Kinder sehen dich ja kaum.«

Brandner atmet tief durch. »Vorschlag: Ich bring die Kinder zum Schlafen, und du fährst allein zu deinen Eltern.«

»Nein, da gehen wir gemeinsam hin. Mama will die Zwillinge sehen. Die können da schon ein bisschen auf dem Wohnzimmersofa schlafen. Ich brauch noch fünf Minuten, dann gehen wir. Und wechsle zumindest dein Hemd.«

Brandner zieht sich aufs Klo zurück. Starrt die Klotür an. Das ist die Hölle, denkt er, ich muss hier raus! Sich vom Herrn Bürgermeister mal wieder die Welt erklären zu lassen und die Tricks und Kniffe der Kommunalpolitik – darauf ist wirklich geschissen!

Es pocht heftig an der Tür.

Er spült, obwohl er auf dem geschlossenen Klodeckel sitzt.

»Wo ist das frische Hemd?«, fragt sie, als er vom Klo kommt.

»Im Schrank.«

»Egal. Jetzt komm. Wir sind schon zu spät. Du weißt doch, wie Mama immer mit dem Essen ist.«

Sie packen die Zwillinge in die Kindersitze und fahren die drei Kilometer zum schwiegerelterlichen Heim, einem eindrucksvollen Dreiseithof mit opulenten Geranienwucherungen an den Balkonen, die sich über die gesamte Außenfront des Gebäudes erstrecken. Fünfzig Meter Blütenalbtraum. Es ist fast dunkel und immer noch schwül und stickig. Grillen zirpen, und Grillkohle verleiht der Sommernacht ein herbes Aroma. Okay, es gibt auf der Terrasse das volle Programm, denkt Brandner und wischt sich den Schweiß von der Stirn.

Sie bringen die Zwillinge ins Haus, wo sie sogleich von Oma-Liebe überschüttet werden. Brandner tritt durch die geöffnete Glasfront auf die Terrasse raus.

»Servus, Stefan«, sagt Wildgruber.

»Servus, Franz-Josef, danke für die Einladung.«

»Bisserl spontan. Aber ich hab vom Eichinger eine halbe Wildsau bekommen. Das meiste hat die Moni eingefroren. Aber ein paar Steaks isst man am besten frisch vom Grill. Du hast doch Hunger?«

»Ach, du weißt doch, das mit der Radioaktivität …«

»Haha! Was kümmert uns das, wir haben unsere Gene ja bereits erfolgreich weitergegeben. Oder habt ihr noch mehr vor?«

»Bier ist in der Küche?«

»Bring mir auch eins mit.«

Als Brandner mit dem Bier zurück ist, stoßen sie an und trinken. Brandner mustert die Grillschürze seines Schwiegervaters, unter der sich Unterhemd, kurze Hose und Badelatschen verbergen. »Schicker Dress«, sagt er grinsend.

»Genau das Richtige zum Grillen in einer lauen Sommernacht. Tagsüber immer der Trachtenanzug, da bist du abends schon mal froh, wenn du was Bequemes anhast.«

»Susi wollte, dass ich noch ein frisches Hemd anziehe.«

»Von mir aus hättest du auch in Jogginghosen kommen können.«

»Mach ich das nächste Mal. Du, ich bin gleich wieder da. Ich schau mal schnell nach den Kleinen.«

Brandner geht nach drinnen. Irgendwas arbeitet in seinem Kopf. Die Badelatschen. Nein. Oder? Etwas, was er draußen gesehen hat.

»Stefan, holst du mal die Windeltasche aus dem Auto?«, fragt ihn seine Frau.

Als Brandner rausgeht, sieht er die großen Gummistiefel neben der Haustür. Die sein Schwiegervater so oft anhat, wenn er nicht dienstlich unterwegs ist. Er hebt einen der Stiefel hoch, betrachtet nachdenklich die dicke Profilsohle. Sein Blick geht zu dem Mercedes-Geländewagen. Er beugt sich nach unten und betrachtet das Reifenprofil, macht seine Handylampe an. Jetzt hört er die Zwillinge im Haus schreien. Er steckt das Handy ein und öffnet den Kofferraum seines Wagens, um die Wickeltasche herauszunehmen. Sieht zu den Stiefeln. Nimmt einen. Nein, beide. Sieht ja sonst blöd aus, wenn hier nur ein Stiefel stehen bleibt. Er legt sie in den Kofferraum seines Autos und wirft die alte Decke drüber.

»Wo bleibst du denn?«, zischt Susi von der Haustür.

»Sorry, ich hab mein Handy im Auto vergessen.«

»Heute ruft keiner mehr an. Dienstschluss!«

»Jaja.«

»Moritz hat bestimmt schon einen wunden Po.«

»Ich wechsle ihm gleich die Windel.«

»Auf keinen Fall. Das mach ich. Du kleisterst ihn sonst wieder komplett mit Penatencreme zu. Da schmiert man nur ein bisschen in die Hautfalten. Babyhaut ist sehr empfindlich, die muss atmen können.«

»Jawoll.«

»Und Papa wartet auch schon auf dich.«

Der steht auf der Terrasse im Grilldunst und grinst breit.

»Na, alles frisch, Stefan?«

»Taufrisch.«

Sie stoßen an.

FEST

Beate liegt weinend in Hummels Armen. Er hat ihr gerade erzählt, was passiert ist.

»Ich wollte es dir gleich sagen. Ich hab es gestern erfahren, aber es war so ein Schock, ich bin zusammengeklappt.«

Sie sieht ihn irritiert an.

»Ich weiß auch nicht, das hat mich so mitgenommen, dass ich umgekippt bin. Die Betriebsärztin hat mir eine Spritze gegeben.«

»Warum hast du mich nicht angerufen?«

»Ich weiß auch nicht. Du warst bei deiner Freundin in Bamberg, ich wollte dir das nicht am Telefon erzählen.«

»Und warum hast du bis heute mitten in der Nacht gewartet?«

»Ich war den ganzen Tag unterwegs. Ich ermittle in dem Fall. Ich war in Karlsreuth. Nicht ganz offiziell, die Betriebsärztin hat mich krankgeschrieben. Aber Mader weiß Bescheid.«

»Was heißt: Du ermittelst?«

»Ich bin mir nicht sicher, ob es nur ein Unfall war.«

»Was meinst du damit?«

»Das kann ich dir nicht sagen, das darf ich nicht sagen. Das ist alles so unendlich traurig. Sie war so liebenswürdig, ein so schöner Mensch.«

Beate nickt. »Ja, das war sie. So unverstellt. Klaus, versprich mir eins.«

»Ja?«

»Bring dich nicht selbst in Gefahr.«

»Nein, mach ich nicht.«

»Und jetzt halt mich fest.«

SCHNEEWITTCHEN

Auch Mader ist im kühlen Keller bei Gesine dabei. Sabine liegt unter einem weißen Tuch. Gesine deckt ihr Gesicht ab. Die feinen Gesichtszüge, die kräftigen dunklen Haare, um die Mundwinkel ein fast entspanntes Lächeln.

Sie schläft, denkt Hummel und weiß, dass es nicht so ist.

»Keine Kopfverletzung, kein gebrochenes Rückgrat«, erklärt Gesine. »Der Brustkorb wurde beim Aufprall durch den Gurt stark eingedrückt, ein paar Rippen sind gebrochen und haben innere Organe verletzt. Sie ist innerlich verblutet.«

»War sie gleich tot?«, fragt Mader.

»Nein, ich kann das nur schätzen, aber sie war noch ein paar Stunden am Leben. Wann war der Unfall genau?«

»Ungefähr zwei Uhr nachts«, sagt Hummel. »Sie wurde am frühen Morgen gefunden, die Rettungsleute waren so um sieben Uhr am Unfallort.«

Gesine nickt ernst. »Zu spät, leider, vielleicht nicht viel zu spät. Aber zu spät.«

Hummels Augen füllen sich wieder mit Tränen. Er schnäuzt sich. »Wenn rechtzeitig jemand gekommen wäre oder wenn man sie in der Nacht schon gefunden hätte, dann wäre sie jetzt noch am Leben?«

»Davon gehe ich aus.«

»Fremdspuren?«, fragt Mader.

»Ich hab ins Labor gegeben, was im Auto und an ihrer Kleidung zu finden war: ein paar Fusseln, Haare, ein Stück Papiertaschentuch, ein paar Schuppen.«

»Hummel, warum glaubst du, dass da jemand bei ihr am Auto war in dieser Nacht?«, fragt Dosi.

»Wir haben oben Reifenspuren gefunden, Schuhabdrücke, eine Kippe.«

»Das kann von den Sanitätern sein. Die haben es zuerst von oben versucht«, sagt Dosi.

»Nein, das war weiter hinten, nach der Kurve. Dort ist der Hang nicht so steil.«

»Warum soll da jemand gewesen sein? Also jemand, der mit der Sache was zu tun hat?«

»Ich glaube, dass Sabine in der Disco diese Papiere hat mitgehen lassen. Sie hat Greindl erkannt, hat gesehen, wie er seine Jacke an der Garderobe abgibt, und war neugierig. Von der Garderobenfrau weiß ich, dass Sabine sie für eine Zigarettenlänge vertreten hat.«

»Und was soll das gewesen sein, was sie an sich genommen hat?«

»Keine Ahnung, aber irgendwas Wichtiges, sonst hätte Greindl nicht einen solchen Aufstand gemacht.«

»Greindl hatte eine Erklärung dafür«, sagt Zankl. »Er dachte, er hätte wichtige Papiere verloren. Aber sie waren dann doch da. Im Kofferraum seines Autos.«

»Der ist doch eine Ausrede! Geschäftspapiere in der Jackentasche?«

»Hummel, du rückst Greindl nicht auf die Pelle!«, sagt Mader. »Der soll sich sicher fühlen. Wir müssen sehen, was er tut. Kein Alleingang. Ist das klar, Hummel?«

»Ja, ist klar.«

»Dann wieder an die Arbeit, Leute.«

Alle außer Gesine und Hummel verlassen den Raum.

»Kann ich noch kurz hierbleiben?«, fragt Hummel.

Gesine klopft ihm auf die Schulter. »Hummel, nimm es nicht so schwer. Du bist bei der Kripo. Ihr seid nicht verwandt. Heute kommt noch die Mutter vorbei. Das ist was ganz anderes. So gern ich meinen Job mache, das sind dann die Momente, in denen ich mir einen anderen Beruf wünsche. In irgendeinem ruhigen Krankenhaus. Du hast sie sehr gerngehabt?«

»Wie es in so kurzer Zeit möglich ist. Sie war so anders, so frisch, so unkompliziert.«

»Das Anrecht der Jugend.«

»Vielleicht.«

Er sieht in Sabines schönes Gesicht. »Hoffentlich schläft sie gut.«

»Das tut sie.« Gesine zieht das Tuch über ihr Gesicht. »Sobald ich Ergebnisse wegen der Proben aus dem Auto habe, melde ich mich.«

»Klar.« Hummel wendet sich zum Gehen. »Äh, Gesine. kann ich dir noch was geben? Das ist jetzt vielleicht ein bisschen unpassend, aber …« Er greift in die Innentasche seiner Jacke. »Das hat jetzt mit dem Fall nichts zu tun. Ich hab jemandem gesagt, dass ich ihm helfe. Kannst du einfach vergleichen, ob das in den beiden Tütchen dieselbe DNA ist?«

»Ist das von dir?«

»Wieso?«

»Hast du eine Vaterschaftsklage am Hals?«

»Nein, es ist für einen Freund.«

»Dafür gibt es Labors.«

»Er hat mich gebeten. Ein Polizist.«

»Aber nur ein Schnelltest.«

SPUREN

Als Hummel die Katakomben im Präsidium verlässt, brummt sein Handy.

Brandner. Er hat es schon zweimal probiert, wie Hummel jetzt sieht.

»Ja, Brandner, was gibt's?«

»Hi, Hummel, ich hab da eine ganz blöde Idee. Also wegen unserer Spuren am Unfallort. Die Reifenspuren und die Schuhabdrücke.«

Brandner erklärt ihm, dass er gestern Abend auf eine Idee gekommen ist, dass sein Schwiegervater etwas mit der Sache zu tun haben könnte, als er seinen Geländewagen und seine Gummistiefel vor der Haustür gesehen hatte.

»Wie kommst du auf ihn?«, fragt Hummel.

»Ich komm gar nicht auf ihn. Aber Greindl fährt ja aktuell laut Zankl einen normalen Ford Focus, und in der Disco hatte er definitiv keine Stiefel mit grobem Profil an. Von Greindl können die Spuren, die wir ausgegossen haben, also nicht sein.«

»Kennen sich die beiden denn, der Greindl und dein Schwiegervater?«

»Keine Ahnung. Aber hier in der Gegend kennt jeder meinen Schwiegervater. Hast du die Gipsabdrücke in die KTU gegeben?«

»Ja klar. Und wie sollen wir das jetzt machen? Das schaut ja komisch aus, wenn wir bei deinem Schwiegervater aufkreuzen und die Abdrücke vergleichen.«

»Ja, mit dem Wagen, das geht nicht, aber die Stiefel sind bereits in meinem Kofferraum. Und ich würde sagen, wenn das sich deckt, dann haben wir einen guten Grund, auch das Reifenprofil zu überprüfen.«

»Nenn mir irgendeinen Grund, warum dein Schwiegervater in diesen ganzen merkwürdigen Geschichten drinhängen sollte.«

»Na ja, er ist der Bürgermeister von Karlsreuth und ein erbitterter Gegner von dem Puff. Für ihn war die Sache mit den toten Prostituierten ja nicht das Schlechteste. Der Puff steht jetzt vor dem Aus.«

»Weißt du, was du da sagst?«

»Ja, dass ich meinem Schwiegervater zutraue, für die Durchsetzung seiner Interessen über Leichen zu gehen. Und wenn du es ganz genau wissen willst: Ich traue ihm alles zu. Er ist ein Karrierist, ein Strippenzieher, ein durch und durch unangenehmer Mensch.«

»Und dein Schwiegervater.«

»Leider. Aber wer weiß, vielleicht nicht für immer. Hast du denn deiner Kollegin die Proben geben können?«

»Ja, sie macht es.«

»Und wie lange dauert das?«

»Weiß ich nicht. Aber nicht lange. Kannst du kommen und die Stiefel mitbringen?«

»Mach ich. Meine Schicht geht bis um vier Uhr, dann fahr ich los.«

Hummel kratzt sich nachdenklich am Kopf, als er aufgelegt hat. Dieser Fall hat erstaunliche Facetten. Wie kommt Brandner auf die Idee, dass sein Schwiegervater etwas damit zu tun hat? Interessant. Aber Brandner ist ein Instinkttyp. Das mit dem Schuhprofil können sie schnell klären, dazu brauchen sie eigentlich nicht einmal einen Spezialisten von der KTU.

SAFEMONEY

»Ich hab was Neues«, sagt Zankl zu Hummel im Büro. »Die zwei Inkassotypen, die wir bei Greindl im Treppenhaus gesehen haben und die ihm vermutlich das Veilchen verpasst haben, die waren vorhin da.«

»Mit Anwalt natürlich«, murmelt Hummel.

»Nein, mit ihrem Chef. Der führt das Unternehmen Safemoney. Die werden kontaktiert, wenn jemand partout seine Schulden nicht zurückzahlt. Dann machen die Druck.«

»Und die dürfen auch pfänden, also wegen des Audis?«

»Nein, dürfen die nicht. Aber sie haben gesagt, dass ihnen Greindl den als Pfand gegeben hat.«

»Haha. Freiwillig natürlich.«

»Klar. Und jetzt haltet euch fest. Er ist mit hunderttausend Euro verschuldet und muss den Betrag bis zum Donnerstag zurückzahlen. Dieser Donnerstag. Letzte Frist. Und er will es zurückzahlen.«

»Wollen und können ist aber ein Unterschied.«

»Klingelt da nichts? Wenn der Typ in der Disco plötzlich panisch irgendwelche Papiere sucht. Vielleicht war es Geld. Und wenn es Geld war, wo kommt das her, wer gibt so einem Zocker Geld? Und was ist die Gegenleistung?«

Hummel sagt nichts. Aber er hat schon eine vage Idee.

NERVEN

Greindl öffnet die Haustür in der Plinganserstraße, gerade als sie klingeln wollen.

»Schon zu Hause?«, fragt Zankl. »Müssen Sie nicht arbeiten?«

»Was geht Sie das an?«

»Kaum zu Hause und schon wieder auf dem Sprung«, meint Hummel.

»Sie gehen jetzt nirgendwohin«, sagt Zankl.

»Daran können Sie mich nicht hindern.«

»Wir können vieles. Auch wenn wir nicht von Safemoney kommen.«

»Was wollen Sie?«

»Möchten Sie hier reden oder im Präsidium?«

»Dann kommen Sie rein.«

Sie gehen nach oben, setzen sich in Greindls Wohnzimmer. Sie sehen es ihm an. Er hat wenig geschlafen, er ist mit den Nerven ziemlich runter. »Wollen Sie wieder wegen meiner Dienstfahrt fragen? Das haben wir doch bereits geklärt.«

»Nein, mal ein anderes Thema. Wir haben mit den Leuten von Safemoney gesprochen. Die haben Ihr Auto einkassiert.

Wir wissen jetzt ein bisschen mehr über Sie. Sie spielen. Eher erfolglos. Sie haben hohe Spielschulden. Wie wollen Sie denn die hunderttausend zurückzahlen?«

»Sagen die das?«

»Sie sind am Arsch«, meint Zankl. »Hoch verschuldet. Spielsüchtig. Irgendwann ist Ihr Job weg. Sie kriegen die Kurve nicht. Und erzählen Sie uns jetzt nichts von Ihrem alten Herrn, dem Hühnerbaron. Der finanziert doch lieber seine neue Familie als den verlorenen Sohn. Wenn Sie sich über meinen Ton wundern – ich hab das nicht vergessen mit Ihrem breitbeinigen Auftritt samt Anwalt bei uns. Sie glauben vielleicht, das macht bei uns einen professionellen Eindruck. Aber dafür machen wir den Job schon zu lange. Bei jemandem wie Ihnen riechen wir hundert Meter gegen den Wind, dass Sie Dreck am Stecken haben. Und jetzt ist auch noch unsere Zeugin verstorben, die uns damals erst auf Ihre Spur gebracht hat. Und das ausgerechnet nach Ihrem denkwürdigen Auftritt in der Disco. Ein Unfall in der Nähe der Disco. Ein Unfall? Erzählen Sie mir jetzt nichts von irgendwelchen Scheißpapieren. Es ging um Geld.«

»Ich sag gar nichts. Ohne meinen Anwalt.«

»Machen Sie das. Morgen, zehn Uhr im Präsidium. Da nehmen wir uns dann richtig Zeit für Sie. Und jetzt werden wir noch bei Ihrem Arbeitgeber vorbeischauen und das mit der Dienstreise noch mal ganz genau nachprüfen. Ob die nicht recht spontan war. Wie das mit dem Kilometerstand des Dienstwagens ist und so weiter.«

»Tun Sie, was Sie nicht lassen können. Sie werden sehen, dass alles korrekt ist.«

»Ja, hoffentlich rutscht mir da nichts über Ihre Spielschulden raus.«

»Das wagen Sie nicht!«

»Nein, deswegen sage ich es ja, also hoffentlich. Einen schönen Abend noch.«

Als sie vor dem Haus stehen, schaut Hummel seinen Kollegen kopfschüttelnd an. »Spinnst du, Zankl? Was war das denn? Gehst ihn volle Kanne an?«

»Ich hatte einfach Lust dazu. Der Arsch. Der steckt da knietief drin.«

»Dann ist es aber nicht gut, wenn du ihm das auch noch so hinreibst.«

»Doch, der dreht jetzt am Rad. Vielleicht macht er etwas Unbedarftes.«

»Ja, Selbstmord.«

»Hey, Hummel, jetzt komm mal nicht mit der Moralkeule. Du willst ihn doch auch am Arsch kriegen.«

»Ja, aber mit Beweisen.«

»Zum Beispiel mit solchen.« Zankl hält einen kleinen Plastikbeutel mit einer Kippe hoch.

»Hey, Zankl, du bist so ein Aas. Der Aschenbecher. Respekt!«

»Ehrlich gesagt: Ich hoffe, dass Sabine einen Unfall hatte. Dass nicht so ein Arschloch wie er daran schuld ist. Wenn er daran beteiligt war und sie stirbt dann langsam vor sich hin – unvorstellbar.«

»Was machen wir jetzt? Warten wir vor seinem Haus und schauen, was er macht?«

»Der traut sich heute nicht mehr raus. Der muss jetzt bestimmt ganz dringend telefonieren. Was würde ich dafür geben, wenn wir da mithören könnten.«

ÄHNLICH

Dosi ist baff. Die Ähnlichkeit der Mutter mit der Tochter ist frappierend. Unten im Leichenschauraum hat es ihr den Atem verschlagen, als sie die bleichen schönen Gesichter der beiden sah. Eine tot und eine lebendig. Die Mutter weinte nicht, aber Dosi hat gespürt, dass ihr Herz gebrochen ist. Als würde die Mutter sich selbst in jungen Jahren leblos auf dem kalten Edelstahltisch sehen.

Oben im Büro bricht es aus Sabines Mutter heraus, alles, ihre Lebensgeschichte, die frühe Heirat, die Kinder, der saufende Vater, die geistige Enge auf dem Dorf, die Flucht von dort, die nagenden Vorwürfe an sich selbst. »Jetzt habe ich die Rechnung«, schließt sie.

»Unsinn, dafür können Sie nichts«, sagt Dosi bestimmt.

»Doch, ich bin schuld, dass ich nicht für meine Kinder da war. Ich hätte sie nicht zurücklassen dürfen.«

»Dass der Unfall passiert ist, dafür können Sie nichts.«

»Woher kennen Sie Sabine eigentlich?«

»Über einen Fall.«

»Was hatte Sabine mit der Polizei zu tun?«

»Das war reiner Zufall. Wir haben Sabine bei polizeilichen Ermittlungen in Karlsreuth kennengelernt. Und sie hat uns dann in München besucht. Was ich Ihnen auch im Namen meiner Kollegen sagen will: Sabine hat uns allen hier in den wenigen Tagen in München den Kopf verdreht. Sie war so fröhlich, aufgeschlossen, schlagfertig. Wir werden Sabine niemals vergessen.«

»Danke für die netten Worte.«

»Ich habe in meiner Wohnung noch ein paar Sachen von ihr.«

»Was für Sachen?«

»Kleidung. Sie wollte ein paar Tage in meiner alten Wohnung bleiben. Ich wohne schon länger bei meinem Freund.«

»Muss ich ihre Sachen jetzt gleich …?«

»Nein. Rufen Sie einfach an, wenn es für Sie passt.«

Dosi gibt ihr eine Visitenkarte und bringt sie raus. Auf dem Gang kommen ihnen Zankl und Hummel entgegen. Hummel starrt die Frau an, Dosi schüttelt unmerklich den Kopf, Zankl zieht Hummel weiter.

»Das war eine Erscheinung«, sagt Hummel später.

»Das hab ich mir auch gedacht«, meint Dosi. »So würde Sabine in zwanzig Jahren aussehen. Immer noch so schön. – So, was habt ihr, Jungs, was sagt Greindl?«

EINFACH

Das Leben wird nicht einfacher. Für niemanden. Robert hat gerade erfahren, dass seine Schwester aus der Klinik abgehauen ist. Jetzt sitzt er zu Hause und betrinkt sich, weil er auch nicht weiß, was er sonst machen soll, wo er nach ihr suchen soll. Sein Handy liegt vor ihm auf dem Küchentisch. Aber es klingelt nicht. Niemand meldet sich, dass er seine zugedröhnte Schwester irgendwo auf der Straße oder in einem dunklen Winkel aufgegabelt hat, auf dem Klo eines Lokals oder sonst wo. Nicht zum ersten Mal überkommen ihn Selbstmordgedanken. Wenn Chrissie eine Überdosis nimmt, dann will er auch nicht mehr leben.

LOGO

Greindl sitzt zu Hause. Traut sich nicht aus dem Haus. Er hat gerade mit Wildgruber telefoniert wegen des restlichen Gelds. Ob das auch wirklich klargeht?

»Ja, logo geht das klar«, hatte Wildgruber geantwortet. »Aber das wird auch der letzte Berührungspunkt zwischen uns sein.«

»Wann ist Übergabe?«

»Mittwochabend bei uns draußen. Oder willst du es lieber überwiesen bekommen?«

Die Scherze kannst du Drecksack dir sparen, denkt Greindl.

PERLEN

Hummel kommt aus der KTU. Brandner war um sieben im Münchner Präsidium eingetroffen. Im Gepäck die Gummistiefel. Pi mal Daumen passt der Absatz in den Gipsabguss. Aber die Kollegen können das erst morgen früh genau bestätigen. Hummel lädt Brandner zum Pizzaessen ein.

»Was machen wir, wenn dein Schwiegervater wirklich was mit der Sache zu tun hat?«, fragt Hummel beim Essen.

»Ihr braucht keine Rücksicht zu nehmen. Quetscht ihn aus, den muss man nicht mit Samthandschuhen anfassen. Hat denn die Kippe vom Unfallort etwas ergeben? Franz-Josef raucht eigentlich nur Zigarillos.«

»Wir haben uns von Greindl eine Kippe besorgt. Mal sehen.«

»Und meine DNA-Probe?«

»Ist in Arbeit. Falls die Gummistiefel passen, müssen wir uns auch noch um das Reifenprofil kümmern. Dann werden unsere Nachforschungen offiziell. Könnte sein, dass das deine Beziehung zu deinem Schwiegervater ein bisschen belastet.«

»Die ist so gut, die hält das aus.« Brandner grinst müde.

HIMMEL UND HÖLLE

Zankl hat Heimdienst. Jasmin ist zu ihrem Stammtisch gegangen. Er bringt gerade Clarissa ins Bett. Wie immer mit ausführlicher Diskussion. Der endlose Durst nach Erkenntnis.

»Papa, wenn man erschossen wird, rennt man dann im Himmel immer mit einem Loch im Kopf rum? Also, wenn einem in den Kopf geschossen wurde?«

»Na ja, wer sagt denn, dass man immer in den Himmel kommt?«

»Dann eben in die Hölle. Rennen die da alle mit ihren Einschusslöchern rum?«

»Glaub ich nicht.«

»Wieso?«

»Weil, wenn du einen richtig schlimmen Unfall hast, also, wenn …« Er hält inne. »Das möchte ich jetzt nicht ausführen.«

»Wenn man so komplett Matsch ist?«

»Ja, so ungefähr.«

»Stimmt, das macht dann keinen Sinn.«

»Ja, Clarissa. So, jetzt ist es wirklich Zeit zum Schlafen.«

»Immer, wenn es spannend wird, sagst du, dass ich schlafen soll.«

»Ja, wenn's am schönsten ist, soll man aufhören.«

»Das ist ein blöder Spruch.«

»Das ist kein Spruch, das ist ein Prinzip.«

»Ich scheiß aufs Prinzip!«

Zankl lacht los.

»Da ist nix komisch daran!«

»Schlaf gut, Clarissa.«

VOLL UND LEER

Dosi war in ihrer Wohnung und hat Sabines Sachen zusammengepackt. Auf dem Küchentisch lag ein Zettel mit Dingen, die Sabine einkaufen wollte: *Butter, Honig, Eier, Milch, Klopapier, Hagebuttenmarmelade.* Dosi hat den gelben Zettel zusammengefaltet und in ihre Geldbörse gesteckt. Jetzt sitzt sie in Fränkis Wohnung und sieht in das flackernde Rot der dicken Kerze auf dem Küchentisch. Im Ofen duftet die Lasagne. Fränki ist noch schnell bei der Nachbarin, die mit ihrer Spülmaschine Probleme hat. Dosi ist froh, ein paar Minuten für sich zu haben. Ihr Kopf ist voll und leer zugleich. *Hagebuttenmarmelade.*

SPÄTE RUNDE

Mader macht eine späte Runde mit Bajazzo. Er steht auf dem Berg im Ostpark und genießt den Ausblick auf den gezackten Horizont. Die Wohntürme von Neuperlach wirken wie das Artwork eines uralten Computerspiels. Wie viele Lichter kannst du in sechzig Sekunden ausschalten? Irgendwie hat er die Vision, dass hinter der Häuserwand das Meer beginnt. Nein, da kommen erst die Berge. Die sich jetzt im Schwarzblau des Horizonts verbergen. Wäre er jetzt zu Hause, wäre auch sein Wohnzimmer beleuchtet. Ein Licht unter Tausenden, ein kleiner Teil des Ganzen. Gehört er dazu? Natürlich. Und trotzdem brennt jedes Licht für sich allein. Bienenwaben, in denen sich unterschiedlichste Schicksale und Lebensentwürfe entfalten. Und alle Bewohner sind für sich in ihren kleinen Wohneinheit. Ohne große Beziehungen zueinander. Er weiß gerade noch, wie die Nachbarin neben ihm heißt. Keine Ahnung, wer über ihm wohnt. Er denkt an Helene. Wie hysterisch sie geworden ist, als ihre Töchter sich nicht gemeldet haben. Alleinsein bedeutet auch Sicherheit. Man ist nur für sich selbst verantwortlich. Aber das stimmt ja für ihn nicht mehr. Jetzt hat auch er Familie.

Bajazzo bellt.

»Alles klar, mein Lieber, du bist auch noch da. Komm, wir gehen heim.«

MINDESTENS

Hummel reibt sich die Stirn und blinzelt ins Morgenlicht. Gestern Abend war das mindestens ein Bier zu viel in der Blackbox. Brandner war schon fast so weit, bei ihm in München zu bleiben, als ihn seine Frau anrief und am Telefon zusammenfaltete. Brandner hatte kreuzunglücklich ausgesehen und war noch losgefahren. Was soll man sagen? Wirklich Mitleid muss man mit jemandem wie Brandner nicht haben. Der hat es früher gut krachen lassen. Jetzt fällt Hummel wieder der DNA-Test ein. Muss er Gesine nachher fragen. Er stellt die Kaffeetasse in die Spüle und sieht auf die Uhr. Halb neun – Zeit, das Haus zu verlassen.

Heute ist seine erste Station die KTU. Dort bestätigen ihm die Kollegen, dass die Abdrücke zweifelsfrei von den Gummistiefeln stammen, die Brandner mitgebracht hat. Die Sohlen sind exakt so abgelaufen wie beim Gipsabguss.

»Der Gips riecht übrigens geil«, sagt einer der Kollegen und deutet auf die Abgüsse.

»Wir hatten nur Bier da zum Anrühren.«

»Nur Bier? Wo ist das Gelobte Land?«

»Bayerwald.«

»Da will ich hin.«

»Ist nur für die ganz Harten.«

»Und was ist mit den Reifenspuren, Hummel? Hast du da auch was?«

»Ich besorg euch die zugehörigen Reifen. Danke, Leute.«

Wahnsinn, denkt Hummel, Brandner hat einen guten Riecher. Mal sehen, was der werte Herr Schwiegervater dazu sagt.

Seine nächste Station ist Gesines Reich. Gesine sitzt am Schreibtisch und studiert lauter Zahlenkolonnen auf dem Bildschirm.

»Hallo, Gesine, hast du was für mich?«

»Ja, eine Überraschung.«

»Stimmen die DNA-Proben überein?«

»Ja, das tun sie.«

»Wahnsinn, jetzt krieg ich die Typen am Arsch! Greindl war auch an der Unfallstelle.«

»Hummel, das hab ich nicht gesagt. Die zwei Kippen haben nicht dieselben DNA-Spuren. Die Kippe vom Unfallort erzählt uns gar nichts. Die aus dem Aschenbecher von Greindl ist allerdings interessant.«

»Stimmt sie mit DNA-Spuren aus Sabines Auto überein?«

»Nein, auch das nicht.«

»Sondern?«

»Die DNA an der Kippe aus Greindls Aschenbecher passt zu den Haarproben, die du mir gegeben hast.«

»Hä?«

»Na, die Beutel. Die Haarproben deines Kollegen. Die Inhalte der Beutel passen nicht zusammen. Aber die DNA auf der Kippe passt zu den Kinderhaaren.«

»Sag das noch mal!«

»Die Speichelreste an Greindls Kippe und die Kinderhaare, das ist zu neunundneunzig Prozent dieselbe DNA.«

»Ich fass es nicht. Das glaub ich nicht! Du verarschst mich?«

»Warum sollte ich das tun? Offenbar ist Greindl der Vater der Kinder.«

Hummel schüttelt den Kopf. »Wie bist du dadrauf gekommen?«

»Schlichter Zufall. War alles zeitgleich im Labor. Wenn man ein bisschen aufmerksam ist, merkt man das.«

»Wahnsinn, danke, Gesine. Ich glaub, dass ich da jemanden richtig glücklich machen kann mit der Nachricht.«

»Jemand, der jetzt deswegen seine Frau und Kinder im Stich lässt?«

»Äh?«

»Hummel, das ist mir persönlich egal. Ich wollte es nur anmerken.«

»Äh, klar. Danke nochmals.«

Verwirrt geht Hummel zu den Kollegen. Hat das was zu bedeuten für den Fall? Nein. Sie haben keinen Beleg dafür, dass Greindl ebenfalls an dem Unfallort war wie Wildgruber. Trotzdem: Sie müssen rauskriegen, ob es eine Verbindung zwischen Greindl und Wildgruber gibt.

Als Hummel oben bei den Büros der Mordkommission ankommt, sieht er Greindl schon mit seinem Anwalt vor ihrem Büro warten. Klar, sie hatten ihn ja einbestellt. Zehn Uhr.

Hummel verschwindet im Büro und teilt Zankl und Dosi die neuesten Ergebnisse aus KTU und Rechtsmedizin mit.

»Okay«, meint Zankl schließlich. »Ihr beide schaut euch die Vernehmung von nebenan an.«

Zankl verlässt das Zimmer und geht mit Greindl und seinem Anwalt in den Vernehmungsraum. Dosi und Hummel beziehen Stellung hinter dem halbdurchlässigen Spiegel. Man sieht Greindl an, dass er eine schlechte Nacht hatte.

Zankl fragt die ganze Geschichte noch mal vom Anfang an ab. Die Antworten zur Todesnacht der Prostituierten sind exakt dieselben wie bisher. Für die Todesnacht der Lasterfahrer hat er ein wasserdichtes Alibi, einen auswärtigen Geschäftstermin. Zu Sabines Unfallnacht gibt es ebenfalls nichts Neues. Als Zankl Greindl fragt, ob er in dieser Nacht auch Wildgruber getroffen hat, stockt Greindl.

Volltreffer, denkt Hummel.

Aber nur eine ganz kurze Irritation. Ohne große Gefühlsregung verneint Greindl diese Frage.

»Irgendwas, was Sie uns sonst noch sagen wollen?«, fragt Zankl.

»Ja, einen schönen Tag noch.«

»Den wünsch ich Ihnen auch. Bis zum nächsten Mal. Und einen schönen Gruß an Herrn Wildgruber.«

»Na super, wir sind nicht wirklich weitergekommen«, sagt Zankl hinterher zu Hummel und Dosi.

»Doch«, findet Hummel. »Als du Greindl wegen Wildgruber gefragt hast, da hat er gezuckt.«

»Vielleicht kommt uns das nur so vor?«

»Wie meinst du das?«, fragt Dosi.

»Na ja, wir zimmern uns da was zusammen und warten auf das erstbeste Signal dafür, dass wir recht haben. Es kann irgendeinen Grund dafür gegeben haben, dass Wildgruber in der Kurve gehalten und ausgerechnet da Spuren hinterlassen hat. Sind denn unten beim Unfallauto auch Spuren von ihm gewesen?«

»Da war alles niedergetrampelt von den Rettungskräften. Und der Hang besteht weitgehend aus Fels und Latschenkiefern, da findest du nichts.«

»Komm, es wird doch irgendwelche Stellen mit Waldboden geben.«

»Nach dem Regen, der da runtergekommen ist, sind alle Spuren weg, vergiss es.«

»Wir müssen mit Wildgruber sprechen«, sagt Dosi.

Zankl schüttelt den Kopf. »Müssen wir das? Ich meine, jetzt haben wir Greindl den Hinweis gegeben, dass wir von einer Verbindung zwischen ihm und Wildgruber ausgehen. Das steigert seine Nervosität sicher noch mal. Wenn an der Verbindung mit den beiden was dran ist, wird er sich mit Wildgruber in Verbindung setzen.«

»Was schlägst du vor?«, fragt Hummel.

»Wir beschatten Greindl weiterhin.«

Jetzt schüttelt Dosi den Kopf. »Wir können nicht den ganzen Tag vor seinem Haus rumlungern oder bei seiner Firma.«

»Müssen wir auch nicht. Wir haben erst nach Büroschluss ein Auge auf ihn. Er hat Schulden, die Kredithaie auf dem Hals und jetzt auch noch die Polizei. Er wird zusehen, dass zumindest ein Teil seines Lebens in geordneten Bahnen verläuft. Er wird ganz korrekt in die Arbeit gehen.«

»Sagen wir Brandner das mit dem DNA-Test?«, fragt Hummel.

»Ja klar. Aber nicht jetzt, das bringt alles durcheinander. Und dann kommt es vielleicht zu einer Konfrontation mit seiner Frau und auch mit dem alten Wildgruber. Das wäre nicht gut.«

»Aber sagen müssen wir es ihm.«

»Aber nicht jetzt.«

Dosi nickt nachdenklich. »Die armen Kinder. Die haben dann die Probleme, wenn der Papa nicht mehr da ist.«

»Es gibt ja einen neuen Papa. Den richtigen.«

»Ja klar, weil Greindl sich kümmert. Vom Knast aus. Denn der geht in den Knast, da sind wir uns doch einig, oder?«

HILFE

Robert Weinzierl betritt die Polizeistation in Grafenberg. »Ich brauch deine Hilfe, Brandner«, sagt er über den Bürotresen. »Chrissie ist verschwunden. Aus der Klinik. Gestern schon. Sie ist nicht nach Hause gekommen. Ich hab Angst.«

»Und was soll ich machen?«

»Du kennst doch Leute.«

»Was meinst du damit?«

»Na ja, aus dem Nachtleben.«

»Ich bin Polizist.«

»Als Polizist kennst du doch auch viele Leute. Bitte!«

»Wie soll ich das machen?«

»Gib sie in die Fahndung.«

»Ich kann sie nicht einfach in die Fahndung geben.«

»Warum nicht?«

»Weil das eine Riesenwelle macht. Sie ist aus eigenen Stücken verschwunden, sie ist erwachsen. Sie ist abgehauen.«

»Es wird etwas passieren. Ihr wird etwas zustoßen. Sie wird eine Überdosis nehmen.«

»Woher willst du das wissen?«

»Ich spür das. Ich bin ihr Bruder. Kennst du Typen, bei denen sie an Stoff kommt? Bitte, hilf mir! Bitte!«

»Okay, komm mit.«

Sie steigen in Brandners Dienstgolf.

»War sie in Cham in der Klinik?«

»Ja.«

»Okay, dann fangen wir in Cham an. Kennst du das Bangers?«

»Die Metal-Disco?«

»Ja. Da würde ich hingehen, wenn ich Drogen kaufen will.«

»Sie hat kein Geld.«

»Trotzdem, da trifft sie Typen, die was haben.«

»Aber da ist doch jetzt zu?«

»Ich kenn den Pächter. Hast du ein Foto von Chrissie dabei?«

»Auf dem Handy.«

Sie fahren eine halbe Stunde schweigend über Land, bis sie schließlich einen verlotterten Weiler im Nirgendwo erreichen.

Als Brandner aussteigt, schießen zwei riesige Hunde auf ihn zu. Er springt zurück ins Auto. Zähnefletschende Hundeköpfe tauchen an der Seitenscheibe auf und mustern neugierig das Wageninnere. Es dauert eine lange Minute, bis die Bestien von ihnen ablassen. Der Grund dafür ist ein Waldschrat mit Rübezahlbart und Glatze, der aus dem Haus kommt. Auf seinem linken Ellenbogen ruht der lange Lauf einer Schrotflinte.

Brandner lässt das Fenster ein bisschen runter. »Charles, ich bin's, der Brandner Stefan.«

»So, der Brandner. Was willst du?«

»Was fragen.«

»Als Polizist oder als Kollege?«

»Als Privatmann. Können wir aussteigen?«

Charles pfeift scharf, und sofort ziehen sich die Hunde zurück. Brandner und Robert steigen aus.

»Wir suchen eine junge Frau.«

»Das tu ich auch immer.«

»Hier, schau dir mal das Bild an. Robert, zeig's ihm.«

Charles betrachtet lange das Bild. »Sieht gut aus, die Braut. Nein, nie gesehen. Wüsste ich.«

»Charles, überleg genau. Das ist ein Jugendbild. Sie ist älter, nimmt Drogen, sie sieht nicht mehr so frisch aus.«

Charles schaut sich das Bild noch mal an. »Kann sein. Gestern war da eine Tussi im Laden. Komische Klamotten. Blauer Trainingsanzug.«

»Das ist sie«, sagt Robert. »Wo ist sie?«

»Das weiß ich nicht. Sie hat mit einem Typen rumgemacht. Ich kenn die Sorte Weiber. Brauchen Stoff. Haben gehört, dass es in meinem Laden was geben soll. Ist aber nicht der Fall. Ist das klar, Brandner?«

»Charles, das sagt keiner. Man kann sich seine Gäste nicht aussuchen. Solange sie nix verticken.«

Charles lacht. »Hey, Brandner, was soll das? Machst du jetzt einen auf scheißliberal? Klar, zu dir in den Laden kommt dieses Scheißgesocks nicht. Wären auch schön blöd, bei 'nem Cop.«

»Charles, wenn es nicht wirklich ernst wäre, würde ich dich auch nicht um eine Auskunft bitten. Das bleibt alles unter uns. Ehrenwort.«

»Ehrenwort klingt gut. Probiert es bei Flipper.«

»Bürgerlicher Name?«

»Philipp Kurz.«

»Hier in Cham?«

»Der hat einen Hof in Runding. Sind nur ein paar Häuser. Nicht zu verfehlen. Da, wo der große rote Pick-up steht. Der ist brandneu – sein ganzer Stolz.«

»Danke, Charles, das vergess ich dir nicht.«

»Falls doch, erinner ich dich dran.«

»Kennst du diesen Flipper?«, fragt Robert Brandner.

»Nein, ich kenn viele komische Typen, aber den kenn ich nicht.«

Nach zehn Minuten erreichen sie Runding. Der rote Pick-up ist tatsächlich nicht zu übersehen. Ein PS-Monster mit riesigen Reifen und dicken verchromten Auspuffrohren an den Seiten. Auf dem Hof ist niemand zu sehen.

»Robert, du bleibst sitzen. Wenn was passiert, rufst du die 110. Ist das klar?«

»Ja, ist klar.«

Brandner zieht die Waffe und steigt aus. Es ist gespenstisch still. Nichts, keine Automotoren, kein Waldesrauschen, keine Vögel. Die Sonne steht hoch am Himmel. Brandner schwitzt. Er geht zum Eingang. Klopft. Keine Antwort. Er probiert die Klinke. Zugesperrt. Er klopft noch einmal. Nichts passiert. Er geht zu dem angrenzenden Stall und schaut hinein. Keine Tiere. Staubpartikel tanzen im Sonnenlicht, das durch die Oberlichter in scharfen Lichtblöcken in den Stall fällt. Brandner dreht sich noch mal zum Auto um. Sieht Robert. Nickt ihm zu. Dann geht er in den Stall, an den leeren Schweineboxen vorbei. Die Verbindungstür zum Wohnhaus ist offen. Sie knirscht leise, als er sie öffnet.

BONK! Der Schlag trifft ihn hart am Hinterkopf. Licht aus.

Als Brandner aufwacht, sieht er Flipper. Er geht jedenfalls davon aus, dass es sich bei dem tätowierten Muskelglatzkopf um Flipper handelt. Brandner rappelt sich auf und wundert sich, warum Flipper die Hände über den Kopf hält. Er dreht sich um, sieht Robert. Der hat eine Waffe in Anschlag. Brandner kennt sie, es ist seine Waffe. »Respekt, Robert! Bitte gib mir die Pistole.«

Robert gibt sie ihm, und Brandner wendet sich an Flipper: »Wir interessieren uns nicht für deine kleinen dreckigen Geschäfte, mein Lieber. Nein, das stimmt natürlich nicht ganz. Wenn du Drogen vercheckst, dann übernehmen das meine Kollegen, und du wanderst dafür in den Bau. Wenn du dem Ganzen jetzt noch einen positiven Dreh geben willst, dann gibst du uns eine Auskunft. Robert, zeig ihm das Foto.«

Robert hält Flipper das Handy hin. »Blauer Trainingsanzug.«

»Sie war gestern im Bangers«, erklärt Brandner.

Flipper betrachtet mit mäßigem Interesse das Foto.

»Und?«, herrscht Brandner ihn an.

»Oben.«

»Wo? Hier?«

»Oben. Die Kleine ist voll durchgeknallt. Krass auf Turkey. Die ist irre. Ich hab's erst gecheckt, als wir hier waren.«

»Hast du ihr was gegeben?«

»Die hat irgendwas aus der Disco mitgebracht.«

»Du bleibst hier unten und rührst dich nicht von der Stelle!«

Brandner stürmt mit Robert die Treppe hoch. Eine Flucht kleiner verwahrloster Zimmer. Im letzten ein Matratzenlager. Da liegt sie. Blass, Schaum in den Mundwinkeln.

»Scheiße!«, stöhnt Brandner. »Robert, hol Wasser von unten!«

Brandner tätschelt ihre Wangen. Keine Reaktion, er schlägt härter zu, gibt ihr Ohrfeigen, rechts, links, keine Reaktion. Fühlt ihren Puls. Nichts. Herz-Lungen-Massage. Verschorfte Nase und Lippen. Ihm graust. Trotzdem beginnt er mit der

Beatmung. Vergeblich. Er gibt nicht auf. Plötzlich zuckt sie, erbricht weißen Schaum. Er dreht ihren Kopf zur Seite, damit die Kotze abfließen kann.

»Gib ihr einen Schluck Wasser«, weist er Robert an.

Chrissie röchelt und spuckt das Wasser wieder aus. Brandner richtet ihren Oberkörper auf. Robert flößt ihr noch mehr Wasser ein.

Im Hof brüllt der Pick-up auf, Flipper macht sich vom Acker.

Chrissie sieht ihren Bruder mit großen Augen an.

»Alles wird gut«, sagt Robert.

»Was?«, murmelt sie.

»Alles.«

Chrissie nickt unmerklich.

Brandner steht auf und ruft einen Krankenwagen.

SCHMIERE

Robert und Brandner sitzen im Krankenhausflur und warten. Brandner hat einen Verband am Kopf. Flippers Schlag hatte es in sich.

Endlich kommt ein junger Arzt zu ihnen.

»Sind Sie verwandt?«

»Ich bin der Bruder«, sagt Robert. »Was ist mit ihr?«

»Das war knapp. Eine Überdosis. Sehr knapp. Sie muss in eine Spezialklinik.«

Robert nickt.

»Sie schläft jetzt.«

»Darf ich zu ihr?«

»Kurz. Kommen Sie.«

Wenig später ist Robert wieder da. Hat rote Augen.

»Wie geht's ihr?«, fragt Brandner.

»Sie schläft. Sie sieht so friedlich aus. Danke!«

»Passt schon.«

»Wie hast du diesen Flipper überwältigt?«

»Gar nicht.«

»Aha?«

»Er hatte deine Waffe auf den Esstisch gelegt und ist aufs Klo.«

»Trotzdem – Respekt. Ich hab Hunger. Komm, wir gehen was essen.«

Im Gasthaus packt Robert aus. Zumindest, was er weiß über die Sache mit dem Laster, in dem dann die Frauen ums Leben gekommen sind. Dass er Schmiere gestanden ist, als Greindl überprüft hat, ob der Laster wieder Laborausstattung für die Giftküchen im Grenzland mit an Bord hatte. Dass er mitgemacht hatte, weil seine Schwester süchtig ist und man diesen Typen das Handwerk legen muss, wenn es die Polizei schon nicht schafft. Dass er wusste, dass Andreas auch die Sache mit den Prostituierten eingefädelt hatte. Damit es nach Menschen- und Drogenhandel aussah – gleich mehrere Straftaten auf einmal. Und dass er keine Ahnung hatte, dass der Laderaum stark gekühlt wurde. Er berichtet auch, wie schockiert er war, als er vom Tod der Frauen erfahren hatte.

»Wie hat Greindl die Frauen in den Laster gelotst?«

»Es war ein Deal, er hat ihre Papiere organisiert und angeboten, sie unbemerkt aus München rauszubringen.«

»Wohin?«

»Über die Grenze nach Tschechien.«

»Und dann?«

»Keine Ahnung.«

»Und das haben sie ihm geglaubt?«

»Offenbar.«

»Woher hatte er die Papiere?«

»Ich weiß es nicht.«

»Und dann liefert er die Prostituierten ans Messer?«

»Wie meinst du das?«

»Na ja, er informiert die Polizei.«

»Die Frauen sind doch keine Verbrecherinnen, die hatten doch nichts zu befürchten, wenn sie erwischt werden.«

»Was wussten die beiden Lasterfahrer?«

»Das weiß ich nicht. Ich hab auch keine Ahnung, warum die Typen die Kühlung angemacht haben. Im Laderaum war laut Andreas nichts drin, was zu kühlen gewesen wäre.«

»Das kannst du laut sagen. Vielleicht hat er sie selbst angeschaltet. Warum hast du da überhaupt mitgemacht?«

»Andreas ist mein Freund. Chrissie war mal wieder verschwunden zu dieser Zeit, und ich war zerfressen vor Angst. Ich war am Durchdrehen. Andi hat mich aus meiner Paranoia rausgeholt, ich hab ein paar Tage bei ihm in München gewohnt. Er hat gesagt, dass Typen wie die Paschingers für den ganzen Dreck verantwortlich sind – Prostitution, Drogen.«

»Was hat Greindl mit meinem Schwiegervater zu tun?«

»Wie meinst du das?«

»Was haben die beiden miteinander zu tun? Machen sie Geschäfte miteinander?«

»Das weiß ich nicht.«

Brandner schaut ihn ernst an und sieht es: Robert weiß es wirklich nicht. Aber jetzt fällt ihm was Wichtiges ein. Er hatte Hummel ja versprochen, dass er sich um Wildgrubers Reifenprofile kümmert. Okay, das wird er jetzt machen.

Er ruft Hummel an. Der sitzt gerade mit Zankl vor Greindls Haus, das dieser nach Arbeitsende um achtzehn Uhr betreten hat. Interessiert hört sich Hummel am Handy Brandners neueste Informationen von seinem Belastungszeugen an.

»Gut, die Aussage ist ausreichend«, meint Hummel. »Wir gehen jetzt rein und nehmen Greindl fest wegen des Verdachts, neun Frauen getötet zu haben.«

»Und was mach ich wegen meines Schwiegervaters?«, fragt Brandner. »Soll ich den Geländewagen konfiszieren?«

»Nein, das ist zu offensiv. Wir laden ihn morgen vor. Wenn er mit dem Auto kommt, überprüfen wir das hier. Jetzt kümmern wir uns erst mal um Greindl.«

»Passt bitte auf. Ich trau dem Greindl zu, dass er über Leichen geht.«

»Keine Sorge. Wir sind zu zweit.« Hummel beendet das Gespräch.

»Was sagt er?«, fragt Zankl.

»Wir haben endlich einen Belastungszeugen für die Nacht, in der die Frauen umgekommen sind. Weinzierl hat ausgesagt, dass Greindl die Frauen in den Laster gelotst und er Schmiere gestanden hat.«

»Gut so, dann nehmen wir Greindl jetzt fest. Wird eh Zeit.«

Sie steigen aus und klingeln am Hauseingang. Nichts. Zankl tritt ein paar Schritte zurück, sieht nach oben. In Greindls Wohnung brennt Licht. Er macht nicht auf. Sie probieren es nochmals. Vergebens. Dann klingeln sie woanders. Beim dritten Versuch meldet sich jemand.

»Polizei. Wir müssen ins Haus. Bitte öffnen Sie und bleiben Sie in Ihrer Wohnung.«

Der Türöffner summt. Sie schleichen im dunklen Treppenhaus nach oben. Horchen an Greindls Tür. Leise Musik. Zankl klopft. »Herr Greindl, aufmachen! Polizei!«

Nichts passiert. Zankl klingelt, klopft an die Tür. Hummel zieht die Waffe, deutet auf die Tür. Zankl tritt kraftvoll auf

Höhe des Schlosses gegen die Tür. Beide richten ihre Waffen in den beleuchteten Flur. Aus dem Wohnzimmer dudelt Musik. Sie überprüfen die Wohnung. Keiner da.

»Der hat uns verarscht«, sagt Hummel. »Der ist ausgeflogen.«

»Wo ist er hin?«

»Vermutlich wieder unterwegs in Richtung Bayerwald.«

»Warum?«

»Um das Geld zu besorgen. Die Frist läuft.«

»Du meinst bei Brandners Schwiegervater?«

»Na ja, wenn Wildgrubers Spuren am Unfallort sind und Greindl wichtige Unterlagen in der Disco verloren hat, vielleicht hatte er schon die erste Rate bekommen. Offenbar hängt der Herr Bürgermeister in dieser ganzen hässlichen Geschichte mit drin.«

»Fahndung?«, fragt Zankl.

»Nein, wir fahren hin. Wir geben Brandner Bescheid, dass er Weinzierl nicht aus den Augen lassen soll. Der ist unser Hauptzeuge gegen Greindl. Oh Mann, das ist echt eine Geschichte mit vielen Facetten. Und dann ist Greindl ja scheinbar auch noch der Vater der Zwillinge von Brandners Frau.«

»Und Brandners Schwiegervater ist offenbar ein Verbrecher.«

»Na ja, Zankl, ich vermute mal, dass sich diese Verwandtschaft bald erledigt hat. Also wenn Brandner es erfährt. Wann sagen wir es ihm?«

»Wenn das alles vorbei ist. Sonst ist das Chaos komplett.«

Während sie im Tiefflug über die nächtliche A 92 donnern, informiert Hummel Mader, der sie ermahnt, ihre Befugnisse nicht zu überschreiten.

»Niemals täten wir das«, murmelt Hummel, nachdem er aufgelegt hat.

JAGD

Brandner bringt Robert bei seiner Mama unter. Er sagt ihm auch, warum: »Greindl ist vermutlich auf dem Weg hierher. Ich möchte nicht, dass ihr euch begegnet. Ich weiß nicht, was er vorhat. Du bist unser einziger Zeuge. Du bleibst hier, ist das klar?«

Robert nickt müde. »Und was hast du vor?«

»Kann ich dir nicht sagen. Das ist Polizeiarbeit.«

Brandners nächste Station ist das Haus seiner Schwiegereltern. Er sieht gleich, dass der Mercedes-Geländewagen nicht auf dem Hof steht.

»Moni, ist der Franz-Josef nicht zu Hause?«, fragt er, nachdem er seine Schwiegermutter rausgeklingelt hat.

»Du, die Susi hat schon angerufen. Dass du schon wieder so lange unterwegs bist.«

»Ich hab ihr gesagt, dass ich arbeiten muss. Ich bin Polizist.«

»Aha, jetzt auch?«

»Nein, ich wollte Franz-Josef bloß was fragen.«

»Kann ich dir helfen?«

»Nein, es geht um die neue Umgehungsstraße.«

»Ruf ihn doch an.«

»Klar, mach ich.«

»Halt, Stefan, sein Handy ist ja aus. Macht er doch immer, wenn er auf der Jagd ist.«

»Okay, dann schau ich, ob ich ihn morgen erwisch.«

Brandner hat das dringende Gefühl, dass er nicht warten sollte. Er weiß, wo das Jagdrevier seines Schwiegervaters ist. Als er in den Waldweg einbiegt, sieht er den Mercedes seines

Schwiegervaters. Ein paar Meter daneben steht ein Ford mit einer Münchner Nummer. Brandner ruft Hummel an und gibt ihm die Nummer durch.

»Brandner, alles klar«, sagt Hummel. »Wir checken gleich, ob der Wagen zum Fuhrpark von Greindls Firma gehört. Und du machst da nichts, bis wir da sind, hast du verstanden? Wir sind schon bei Deggendorf, halbe Stunde noch. Wie finden wir dich?«

»Ihr nehmt die Bundesstraße nach Giesing. Nach ungefähr drei Kilometern kommt der Wegweiser nach Hinterschmiding, da fahrt ihr rechts ab. An dem großen Weiler vorbei bis zum Waldrand. Da stehen die Autos.«

»Du wartest beim Auto, du gehst nicht in den Wald!«

Brandner steckt das Handy ein und steigt aus, will sich eine Zigarette anzünden. Nein, der Wald ist knochentrocken. Zu gefährlich. Tja. Jetzt fällt ihm die Stille auf. Nicht mal von der Bundesstraße ist etwas zu hören. Kein Verkehr. Der Himmel ist dunkelviolett, fast schwarz. Sein Blick versinkt im Horizont. Ihm fällt seine Jugendliebe Rosi ein. Wie oft hatten sie sich hier irgendwo in der Gegend den Abend- oder Nachthimmel angesehen, die Autositze nach hinten gekurbelt, Türen und Schiebedach offen, ein Bier und eine Zigarette und aus der Stereoanlage kam Kyuss oder irgendeine Stoner-Rockband. Damals hatte er mit Rosi von hier weggehen wollen. Hat er aber nie wirklich zu Ende gedacht. Er, der kleine König in der Provinz – Polizist, Discobesitzer, Bandleader. Dann war Rosi gegangen, ohne ihn. Oder wegen ihm. Er weiß es nicht. Er war irgendwie hier kleben geblieben. Und die kurze Phase der Wiedervereinigung mit Rosi ist schon lange vorbei. Jetzt hängt er wirklich hier fest, für immer und ewig. Ob Hummel schon die Ergebnisse von dem DNA-Test hat? Will er das wirklich wissen? Die Kinder können doch nichts dafür! Doch, na klar ist er der Vater – das ist die gerechte Strafe für einen Hallodri wie ihn. Scheiße, die letzten zwei Jahre sind nicht gut gelaufen. Er sieht auf die Uhr. Gleich ist es komplett dunkel. Wo bleiben die denn so lange?

Ein Schuss zerreißt die Stille.

Brandner springt auf. Zieht die Waffe, nimmt die Stabtaschenlampe aus dem Kofferraum und geht los. »Franz-Josef? Hey, Franz-Josef? Ich bin's, Stefan.« Er rennt den Waldweg entlang und hat bald den Hochsitz erreicht, leuchtet hoch. »Hey, bist du da oben?«

»Pssst.«

Brandner fährt herum. Leuchtet seinem Schwiegervater ins Gesicht.

»Licht weg, zefix!«, faucht ihn dieser an.

Brandner senkt die Lampe. »Was machst du da?«

»Was werd ich schon machen? Das ist mein Revier. Ich frag mich eher: Was machst du hier? Du weißt doch, wie gefährlich das ist, vor allem im Dunkeln.«

»Ich hätte dich gern über mein Kommen informiert, aber dein Handy ist aus.«

»Auf der Jagd immer.«

»Auf was hast du geschossen?«

»Auf Wild, auf was denn sonst? Einen Bock wahrscheinlich.«

»Oder auf Greindl.«

»Auf wen?«

»Andreas Greindl. Den Sohn vom Geflügelbaron. Tu nicht, als würdest du ihn nicht kennen.«

»Was ist mit ihm?«

»Sein Auto steht am Waldrand. Bei deinem Wagen. Er ist hier.«

»Hier? Noch so ein Wahnsinniger, der im Dunkeln durch den Wald schleicht? Das ist lebensgefährlich! Was hast du da eigentlich für einen Verband am Kopf?«

»Kleiner Unfall. Hast du den Bock gesehen?«

»Ich würde sagen: ja.«

»Und was machst du dann hier unten?«

»Mei, du Depp, was werd ich schon machen? Ich wollt halt hingehen und schauen, ob ich ihn erwischt hab.«

»Dann machen wir das jetzt gemeinsam.«

»Ich freu mich über deine Hilfe. Auch wenn ich mich etwas wundere – die Jagd hat dich doch sonst nicht interessiert?«

»Du würdest staunen.«

Es dauert nicht lange, bis sie den Bock gefunden haben.

»Ach du Scheiße!«, entfährt es Wildgruber, als er Greindl im Lichtkegel von Brandners Lampe sieht.

Brandner bemüht sich, Greindl wiederzubeleben, was ihm nicht gelingt. Die Kugel hat ihn an der Schläfe erwischt und dort ein schwarzes Loch hinterlassen. Franz-Josef beugt sich zu Greindl runter.

»Nix anfassen!«, sagt Brandner. »Gib mir deine Waffe!«

»Was soll das?«

»Gib sie her! Die muss in die KTU!«

»Wohin?«

»Kriminaltechnische Untersuchung.«

»Wozu? Das weiß ich selber, dass ich das war. Was schleicht der Depp auch im dunklen Wald herum?«

»Warum sollte er das wohl tun?«

»Weil er Geld von mir wollte.«

»Aha.«

»Er hat angerufen. Brauchte dringend Geld. Hat offenbar Schulden. Ich hab ihn abgewimmelt. Woher wusste der, wo ich bin?«

»Ich bin mir sicher, dir fällt was Gutes ein, bis wir auf der Wache sind.«

»Nimmst du mich fest?«

»So würde ich das jetzt nicht nennen. Aber ich brauch eine ordentliche Zeugenaussage von dir.«

»Ich helfe, wo ich kann«, sagt Wildgruber und gibt Brandner das Gewehr.

Sie gehen zu den Autos, wo gerade Hummel und Zankl eintreffen.

»Ihr seid zu spät«, begrüßt Brandner sie, »Greindl ist tot.«

»Was ist passiert?«

»Jagdunfall.«

»Und was ist mit dir?« Hummel deutet auf Brandners Verband.

»Kleiner Zwischenfall heute Nachmittag. Nicht der Rede wert.«

»Und hier? Ein Jagdunfall?«

»Ja, Greindl ist tot.«

»Ganz toll. Wir brauchen die Spurensicherung. Das große Besteck.«

Zankl nickt. »Wir stimmen uns mit den Straubingern ab. Wo liegt er?«

»Den Waldweg lang, beim Hochsitz, dann etwa dreißig Meter links.« Brandner gibt ihnen die Taschenlampe.

ERLEDIGT

Hummel holt Mader aus dem Bett. Der arrangiert sich mit den Regensburgern. Die Münchner Kripo übernimmt den Fall. Um Mitternacht trifft auch Gesine am Waldrand ein. Dosi ist mit Mader gekommen. Sie hat eine Thermoskanne dabei und eine Brotzeitbox. »Hier, Jungs, guter Münchner Kaffee. Und ein Stück Kuchen von Fränkis Geburtstag.«

»Oh, haben wir euch den Abend versaut?«, fragt Brandner.

»Nur ein bisschen. Aber ich bin natürlich da am liebsten, wo am meisten los ist. Wo ist die Leiche?«

»Mir nach«, sagt Brandner und geht voran.

Sie nehmen den toten Greindl in Augenschein. Gesine mustert die Leiche genau, spricht leise in ihr Diktiergerät.

»Was meinst du?«, fragt Mader.

»Kann man nicht sagen«, meint Gesine. »Ja klar, das kann ein blöder Unfall sein. Jedenfalls ist das eine letale Schusswunde. Die Waffe habt ihr?«

»Ja, die ist gesichert«, sagt Brandner. »Hätte er ihn nicht erkennen müssen? Also, dass das kein Wild ist. So weit ist das nicht weg.«

Zankl zuckt mit den Achseln. »Weiß ich nicht. Das Unterholz ist schon sehr dicht. Es ist dunkel. Was macht der Typ hier überhaupt in der Nacht im Wald?«

»Franz-Josef hat gesagt ...« – »Wer?«, unterbricht Zankl Brandner.

»Mein Schwiegervater. Er hat gesagt, dass Greindl ihn heute wegen Geld angepumpt und er ihn weggeschickt hat. Greindl war angeblich sehr aufdringlich.«

»Kein Wunder«, sagt Zankl. »Morgen ist der Termin, an dem er seine Schulden verbindlich zurückzahlen muss.«

»Wo dein Schwiegervater auftaucht, sterben die Leut«, sagt Dosi.

»Find ich nicht witzig.«

»Tschuldige, Brandner. Wann befragen wir ihn?«

»Heute Nacht noch«, sagt Mader. »Wenn die KTU da ist, kann sie ja gleich einen Abdruck von den Reifen seines Autos nehmen. Was passiert jetzt mit der Leiche, Gesine?«

»Die Kollegen fotografieren das alles, prüfen das mit Schussrichtung und Schussentfernung und suchen das Projektil. Es ist am Kopf hinten wieder ausgetreten. Wir nehmen die Leiche mit. Wann fiel der Schuss, Brandner?«

»Der Schuss ist etwa halb neun gefallen. Es war schon dunkel.«

»Gut. Ihr kümmert euch um den Schützen, ich kümmere mich um die Leiche.«

Sie fahren zu Brandners Dienststelle, wo Brandners verschlafener Chef Gerber einen Raum für die Vernehmung vorbereitet hat.

»Bestimmt nur Routine, Franz-Josef«, sagt Gerber zu Wildgruber.

Mader sieht ihn genervt an. »Herr Wildgruber, nehmen Sie bitte Platz. Mein Name ist Mader, ich bin von der Kripo München. Mordkommission.«

»Warum Mordkommission, warum München?«

»Sie sind der Bürgermeister von Karlsreuth?«

»Ja.«

»Wir ermitteln in dem Fall mit den neun toten Prostituierten.«

»Was hab ich damit zu tun?«

»Das Todesopfer von vorhin war verdächtig, etwas mit dem Tod der Prostituierten zu tun zu haben.«

»Der Greindl-Sohn vom Hühnerhof, warum das denn?«

»Über das Warum rätseln wir auch noch. Wir hatten eine Belastungszeugin. Ausgerechnet die ist vorgestern ums Leben gekommen. Der Autounfall bei der Disco TOXIC.«

»Ja, das hab ich gehört. Sehr traurig. Und sie war eine Zeugin? Wofür?«

»Wo waren Sie vorgestern Nacht?«

»Im Bett.«

»Kann das jemand bestätigen?«

»Ja, freilich. Meine Frau.«

»Auch zwischen Mitternacht und drei Uhr morgens?«

»Da bin ich nimmer unterwegs. Bin ja keine zwanzig mehr.«

»Sehr schön. Wie kommen denn die Abdrücke Ihrer Gummistiefel an den Unfallort?«

»Was wird das jetzt?«

»Unsere KTU prüft gerade auch, ob der Gipsabdruck mit dem Reifenprofil, den wir am Unfallort erstellt haben, zum Reifenprofil Ihres Geländewagens passt. Und ich bin mir schon ziemlich sicher, dass das der Fall sein wird. Also?«

»Ja, gut. Ich war beim TOXIC. Greindl hatte mich angerufen. Dass er ganz dringend Geld braucht. Wollte mich unbedingt sprechen. Sofort.«

»In der Disco?«

»Na ja, ich kann ihn ja nicht wirklich spätnachts in mein Haus reinbitten. Meine Frau würde es auch nie dulden, dass ich ihm Geld leihe. Sie mag die Greindls nicht.«

»Ja, warum sollten Sie ihm Geld leihen?«

»Er hat Spielschulden.«

»Und Sie wollten ihm was leihen?«

»Ein bisschen.«

»Für welche Gegenleistung?«

»Das Geld wäre seine Provision gewesen. Ich will ein Stück Wald, das sein Vater partout nicht hergeben will.«

»Aha.«

»Dafür hab ich ihm gesagt, dass ich ihm ein bisschen finanziell unter die Arme greife. Vorübergehend.«

»Und wie kommen Ihre Schuhabdrücke dort an den Straßenrand? Wo Sabine Brunner mit dem Auto verunglückt ist?«

»Ich hab irgendwo zum Bieseln gehalten. Vielleicht können das Ihre Leute auch noch nachweisen.«

»Vorsicht. Meine Witztoleranz ist heute niedrig.«

»Meine auch. Kann ich jetzt gehen?«

Mader schaltet das Aufnahmegerät aus und steckt es ein. »Warten Sie bitte hier. Mein Kollege tippt die Aussage ab, und dann müssen Sie sie noch unterschreiben.«

Mader steht auf und verlässt grußlos den Raum. Zankl geht ebenfalls raus.

»Und?«, fragt Hummel.

»Nix«, sagt Mader.

»Was für ein Arschloch!«, meint Zankl. »Der fühlt sich so was von sicher. Keine Spur von Verunsicherung oder Schuldgefühlen. Der hat vor ein paar Stunden einen Menschen erschossen. Wenn er wüsste, dass der Tote ...« Er verstummt, denn Brandner ist im Raum.

Der schaut ihn fragend an.

Mader gibt Brandner das Aufnahmegerät. »Tippen Sie das bitte ab.«

»Wenn du mir zeigst, an welchen Computer ich mich setzen kann, mach ich das«, sagt Zankl.

»Passt schon, Zankl. Mach ich. Und dann?«

»Unterschreibt Ihr Schwiegervater und kann heimgehen«, sagt jetzt Mader. »Also, irgendwer bringt Wildgruber dann heim, denn sein Auto haben die Leute von der KTU. Sagen Sie, Herr Brandner, gibt es hier ein Wirtshaus oder eine Pension?«

»Ja, schon. Aber um die Uhrzeit werden Sie keinen Erfolg haben. Wenn Sie wollen, können Sie und Ihre Leute bei meiner Mutter in der alten Mühle schlafen. Nicht sehr komfortabel, aber wir haben genug Platz.«

»Gern. Wenn es keine Umstände macht. Ist das für Ihre Mutter in Ordnung?«

»Ganz sicher. Die freut sich über Besuch. Und sie hat eh schon einen Übernachtungsgast.«

»Wen denn?«, fragt Mader.

»Robert Weinzierl, den Bruder von Christiane Weinzierl. Die wir heute in die Klinik zurückgebracht haben. Ich wollte nicht, dass Robert allein zu Hause ist. Ich war mir nicht sicher, was Greindl noch alles vorhatte. Schließlich ist Robert unser einziger Zeuge für die Sache mit den Prostituierten.«

IN BAR

Geschlafen hat niemand wirklich gut in der alten Mühle. Wirklich gut ist allerdings der Kaffee, den Brandners Mama am Morgen zubereitet.

»Hui! Der weckt Tote auf«, meint Dosi.

»Schwärzer als die CSU«, sagt Brandners Mama und deutet zur Hausbar. »Wenn jemand einen Corretto mag, nur zu.«

»Danke, nein«, sagt Mader und beißt vergnügt in die Breze, die frisch aus der Tiefkühltruhe beziehungsweise aus dem Ofen kommt. Gefällt ihm. Schon wieder eine Nacht nicht allein verbracht. An gemeinsames Frühstücken könnte er sich gewöhnen. Bajazzo erkundet bereits den weitläufigen Garten hinter dem Haus und jagt die Hühner über die Wiese.

Nach dem Frühstück fahren sie zu Brandners Dienststelle und telefonieren mit Gesine, die gestern mit den Leuten von der KTU noch nach München zurückgefahren ist. Brandner bringt Robert zu seiner Schwester in die Klinik. Robert war ganz blass geworden, als er beim Frühstück vom Tod seines Freundes erfahren hatte. Das mit dem Jagdunfall will auch er nicht recht glauben. Allerdings gibt es in Gesines Bericht keinerlei Beleg dafür, dass es anders gewesen sein könnte. Vorsatz lässt sich bei der Spurenlage nicht herauslesen. Verletzung und Schussentfernung und Einschusswinkel und das

Ganze im tiefen Unterholz bei Dunkelheit, das ist alles plausibel. Allerdings gibt es keine gute Erklärung, warum der Schuss erst gefallen ist, nachdem Greindl schon eine halbe Stunde im Wald gewesen war, wie Brandner sagt.

»Das ist eine Frage, die wir nachher Brandners Schwiegervater noch mal stellen müssen«, meint Hummel dazu.

Wildgruber findet sich wie verabredet wenig später auf der Wache ein. Ohne Anwalt.

»Ich habe nichts zu verbergen«, sagt der Bürgermeister selbstbewusst.

»Das ist schön«, sagt Mader und führt ihn in den Vernehmungsraum. »Dann werden wir die Sache noch mal in aller Ruhe durchgehen.«

Wie verabredet ruft Hummel Brandner an, und dieser fährt direkt von der Klinik zum Hof seiner Schwiegereltern, wo er sich umsehen will, solange sein Schwiegervater auf der Wache und seine Schwiegermutter draußen auf dem Gestüt bei den Pferden ist. Brandner weiß, wo der Ersatzschlüssel liegt, und sperrt die Haustür auf. Er geht direkt in das Arbeitszimmer seines Schwiegervaters. Wundert sich selbst, dass er dabei kein schlechtes Gewissen hat. Er zieht die große Schreibtischschublade auf, ebenso die Schubladen des Bürocontainers, blättert durch die Papiere. Im Container ist eine Geldkassette. Natürlich abgeschlossen. Vorsichtig schüttelt er sie. Nach Hartgeld klingt das nicht. Eher nach Papier. Banknoten? Er überlegt. Er erinnert sich daran, wie ihm sein Schwiegervater einmal gönnerhaft tausend Euro in bar für den Doppelkinderwagen gegeben hat. Der Schlüssel lag damals in der untersten Schublade des Containers. Er durchsucht sie und findet ihn ganz hinten unter einen Stapel von Dokumenten. Er sperrt die Kassette auf und staunt. Ein Bündel Fünhunderter. Er skippt durch und kommt auf fünfzig Scheine. Fünfundzwanzigtausend Euro! Einfach so im Schreibtisch. War das Geld für Greindl bestimmt? Wollte er es ihm im Wald geben, und hat er es behalten, weil Greindl jetzt tot ist? Ist das ein Mordmotiv? Hat Greindl ihn erpresst? Soll er das Geld einstecken und den Kollegen übergeben? Nein, das geht nicht. Es ist nicht verboten, so viel Geld in bar zu Hause zu haben.

Brandner legt es wieder in die Kassette, sperrt sie zu und platziert den Schlüssel wieder in der Schublade. Sein Blick fällt in den Papierkorb. Der ist leer. Fast. Ein Briefumschlag. Brandner hat eine Idee. Er nimmt eine Kunststoffhülle aus der Dokumentenablage und greift damit vorsichtig den Briefumschlag, lässt ihn hineingleiten. Er hört die Haustür unten. Scheiße! Hat er vorhin hinter sich abgesperrt? Nein, er glaubt nicht. Aber vielleicht merkt Moni es gar nicht und denkt, dass sie es vergessen hat. Aber wenn sie ihn hier oben findet, ist er am Arsch. Jetzt hört er Schritte auf der Treppe. Er öffnet die Balkontür, huscht hinaus und zieht die Tür hinter sich zu. Er drückt sich neben der Balkontür an die Hauswand und späht um die Ecke. Moni geht durch das Arbeitszimmer, inspiziert alles. Sieht den Briefumschlag in der Plastikhülle auf dem Schreibtisch, hebt die Hülle hoch, legt sie wieder hin. Dann verlässt sie den Raum.

Brandner traut sich wieder rein. Durch die halboffene Tür hört er das Küchenradio dudeln. Bayern 1. Der Rückweg ist abgeschnitten. Er schnappt sich die Plastikhülle und steckt sie in die Jackentasche. Er klettert über das Balkongeländer, hängt sich dran und lässt sich nach unten auf den Rasen fallen. Läuft geduckt zum Auto. Wenn Moni ihn gesehen hat? Egal.

KOMISCHE IDEE

»Was ist das?«, fragt Hummel, als Brandner ihm den Umschlag gibt.

»Eine komische Idee. Der Umschlag war im Papierkorb im Arbeitszimmer meines Schwiegervaters. Er hat eine Geldkassette im Schreibtisch mit einem dicken Geldbündel. Fünfundzwanzigtausend Euro.«

»Aha?«

»Das Geld hab ich nicht genommen. Tut mir einen Gefallen und überprüft bitte die Fingerabdrücke auf dem Briefumschlag.«

»Okay – warum?«

»Na ja, vielleicht war da vorher das Geld drin. Man hebt ja zu Hause in der Regel nicht so viel Bargeld auf.«

»Du meinst, das ist das Geld, das er Greindl leihen wollte?«

»Oder das er ihm bereits geliehen hat. Das Sabine aus Greindls Jackentasche geklaut hat und das er sich wieder besorgt hat. Denk an die Spuren von meinem Schwiegervater am Unfallort.«

»Verstehe. Nicht schlecht. Und weiter?«

»Greindl weiß das alles nicht. Aber seine fünfundzwanzig Mille sind weg. Er braucht jetzt noch dringender Geld und will Franz-Josef unbedingt treffen. Und dann gibt es den Jagdunfall. Unfall, pah!«

»Was könnte der Grund sein, dass er Greindl umbringen wollte?«, fragt Hummel.

»Weil er etwas wusste, das für ihn gefährlich ist?«

»Und was könnte das sein?«

»Vielleicht ist Wildgruber ebenfalls in den Fall mit den toten Frauen verstrickt. Vielleicht ist er sogar der Auftraggeber für die Aktion? Er ist einer der schärfsten Gegner des Puffs hier in der Gemeinde. Der ist ihm ein totaler Dorn im Auge.«

Hummel nickt nachdenklich. »Sollen wir ihn mit dem Geld konfrontieren?«

»Bloß nicht. Das war ein glatter Einbruch meinerseits. Oder gilt so was unter Verwandten nicht?«

Hummel zuckt mit den Achseln. »Jedenfalls werden wir den Umschlag untersuchen.«

»Sag mal, habt ihr denn jetzt eigentlich Ergebnisse wegen der DNA-Tests?«

»Nein, noch nicht, morgen vielleicht. Gesine ist im Moment ja sehr beschäftigt. Aktuell hat sie ja Greindl auf dem Tisch.«

»Und was ist mit meinem Schwiegervater? Habt ihr ihn einkassiert?«

»Nein. Wir mussten ihn gehen lassen.«

»Was ist mit den Spuren am Unfallort von Sabine?«

»Das reicht nicht. Aber wir werden das Autowrack und auch Sabines Kleidung akribisch auf Fremdspuren untersuchen. Leider hat dein Schwiegervater einen DNA-Test abgelehnt. Dasselbe für Fingerabdrücke. Na ja, die sind ja zumindest auf der Waffe und dem Briefumschlag.«

»Und falls Greindl etwas mit Sabines Unfall zu tun gehabt hat, ihr habt ja jetzt seine DNA.«

»Ja, in mehr als ausreichender Menge. Tja, das wäre es dann wohl. Vorerst. Wir fahren jetzt wieder nach München. Vielen Dank noch mal für alles. Auch wenn wir jetzt leider noch eine Leiche mehr haben. Hast du bitte ein Auge auf Robert Weinzierl, der schien mir heute Morgen sehr durchsichtig. Weinzierl brauchen wir noch als Zeugen. Jetzt belastet er allerdings nur einen Toten. Greindl muss keine Strafverfolgung mehr fürchten.«

»Aber wir müssen trotzdem wissen, warum er das gemacht hat! Er ist ja wohl kaum selbst auf die Idee gekommen.«

Hummel nickt nachdenklich.

Brandner gähnt herzhaft. Er spürt eine bleierne Müdigkeit. Am liebsten würde er jetzt einfach zu seiner Mama fahren und sich für ein paar Stunden auf die Couch hauen. Nein, er muss endlich mal nach Hause zu seiner Familie. Susi wird in heller Aufregung sein. Ihr göttlicher Vater, verwickelt in einen tödlichen Unfall. Oh, wie er diese ganze Familie hasst! Nicht die ganze Familie. Die Kinder können ja nichts dafür. Er sieht auf sein Handy. Auf stumm gestellt. Mehrere vergebliche Anrufe und klagende SMS seiner Frau.

Brandner ruft zurück, ist ganz knapp und barsch: »Schatz, es geht jetzt leider nicht. Die Ermittlungen laufen noch. Aber Franz-Josef durfte wieder gehen. Offenbar ein tragischer Unfall. Sobald die hier mit der Spurensicherung durch sind und mich die Münchner Kollegen nicht mehr brauchen, komme ich heim. Kann aber noch ein bisschen dauern. Ciao.«

Er legt auf und grinst. Er schaltet den Flugmodus ein, geht nach draußen und steigt ins Auto. Fährt direkt zu seiner Mutter. Zwei, drei Stunden schlafen und dann zu Robert Weinzierl. Die Sache zu Ende bringen. Brandner blinzelt in die Sonne. So ein schöner Tag. Er hat so viel gearbeitet. Jetzt ist Pause. Die lässt er sich nicht von seiner Frau versauen. Und dann muss er noch was erledigen.

BELASTET

»Okay, Robert, ich schalt das Aufnahmegerät ein. Damit wir eine offizielle Aussage haben. Ist das okay für dich, bist du bereit?«, fragt Brandner in der Küche von Robert Weinzierl.

»Ich kann ja nur noch mir selbst schaden, jetzt, wo Andreas Greindl tot ist.«

»Du musst nichts aussagen, was dich selbst belastet.«

»Doch, die Sache muss vom Tisch. Aber es gibt eine Bedingung. Die muss erfüllt werden, sonst sag ich nichts.«

»Ich kann dir nichts versprechen.«

»Doch, das kannst du.«

»Wieso?«

»Weil ich etwas von dir möchte, von dir persönlich.«

»Und was?«

»Falls ich ins Gefängnis muss, kümmerst du dich um Chrissie. Sonst sag ich nichts.«

Brandner will schon den Kopf schütteln, aber er tut es nicht. Er überlegt, dann nickt er. »Okay, das mach ich. Aber ich hoffe mal, dass du nicht ins Gefängnis musst.«

»Versprochen?«

»Versprochen. Fang an.«

»Also ich war in München bei Andreas. Wie so oft. Wir kennen uns ja schon von der Schule. Er weiß das alles, was mit Chrissie passiert ist. Und es hat ihn wirklich berührt. Er hat sich verantwortlich gefühlt. Für ihren Zustand, ihre Trauer. Wir hatten damals den Unfall verursacht, bei dem meine Eltern ums Leben kamen. Er saß am Steuer, aber genauso gut hätte ich es sein können. Natürlich fühlte ich mich auch schuldig dafür, was passiert war. Na ja, Chrissie ist in die Drogengeschichte reingerutscht. Und irgendwann hat mir Andreas erzählt, dass er jetzt weiß, wie das Drogengeschäft bei uns funktioniert. Dass der Paschinger und sein Bruder nicht bloß die zwei Puffs am Laufen haben, sondern auch an der Produktion und dem Vertrieb von Crystal Meth beteiligt sind. Und noch andere Sachen. Und dass die Paschingers die Sachen mit einem Spediteur hin- und herfahren lassen. Drogen aus Tschechien nach München, Diebesgut und Laborausstattung von München in den Bayerwald und nach Tschechien. Greindl wollte sie auffliegen lassen. Und dann hatte er die Idee mit den Frauen.«

»Und das kam dir nicht komisch vor?«

»Doch. Aber er hat gemeint, das gibt dem Ganzen noch eine ganz andere Dimension.«

»Dimension. Allerdings. Was hat Greindl dazu gesagt, als bekannt wurde, dass in dem Laster neun Frauen erfroren sind?«

»Er war auch total schockiert.«

Brandner haut auf den Tisch. »Ich glaub dir kein Wort. Weißt du, wie die Story geht?«

Robert sieht ihn ängstlich an. »Er hat das nicht geplant, oder? Also, dass die Frauen sterben?«

Brandner haut wieder auf den Tisch. »Doch, die ganze Scheiße war genauestens geplant. Der Tod der Frauen war ganz genau so geplant.«

»Ich hab damit nichts zu tun, beim Leben meiner Schwester. Ich schwöre es dir.«

»Greindl wusste genau, was er da tat. Wer sonst soll die Kühlung angemacht haben? Erzähl mir das! Die Fahrer wohl kaum.«

»Neun Menschen? Wofür?«

»Das will ich von dir wissen, Robert!«

»Ich weiß es nicht. Ich hätte niemals mitgemacht, wenn ich gewusst hätte, dass es darum geht, jemanden zu töten.«

»Greindl hat das von langer Hand geplant, sagen meine Kollegen. Die Frauen wollten aus dem Puff abhauen, er hat so getan, als wäre er der Retter, der sie heimlich mit einem Laster wegbringen kann. Und dann schaltet er die Kühlanlage an.«

»Aber warum sollte er so was tun?«

»Das weiß ich auch nicht. Vielleicht passte es wem anders in den Kram. Zum Beispiel Wildgruber. Der den Puff in seiner Gemeinde loswerden wollte. Hat Greindl Geld bekommen für den Job? Was weißt du über seine Spielschulden?«

»Andreas hatte ständig Spielschulden, er hatte Angst vor diesen Inkassoleuten. Aber ich kenne Andreas. Der hat die Kühlung nicht angeschaltet. Warum sollte er das tun?«

»Wer soll es denn sonst gewesen sein?«

»Das weiß ich nicht. Die Fahrer, aus Versehen, ein Defekt?«

»Was weißt du über Greindls Beziehung zu Wildgruber?«

»Nichts.«

»Streng deinen Kopf an. Geld?«

»Ich weiß es nicht. Andreas hat mit mir nicht über Geld gesprochen. Ich weiß nur, dass sein Vater ihm nichts geben wollte.«

»Warum zur Hölle bist du nicht zur Polizei gegangen, als du vom Tod der Frauen erfahren hast?«

»Ich dachte doch, das Ganze wäre ein unglücklicher Unfall. Und ich hatte Angst, dass ich ins Gefängnis muss, ich kann Chrissie doch nicht alleinlassen. Wenn ich gewusst hätte, dass Andreas …« – »Hättest du auch nichts gemacht. Ich könnte kotzen, Robert. Beklagst das Elend der Welt, die bösen Drogen und stehst Schmiere, wenn neun Frauen ins Jenseits geschickt werden. Frauen, von denen ihr vielleicht glaubt, dass sie weniger wert sind als andere.«

»Das ist nicht so!«

»Ich kann dir nur raten, vor Gericht die Wahrheit zu sagen und nichts als die Wahrheit.«

»Brandner, wenn ich ins Gefängnis muss …« – »Kümmere ich mich um Chrissie. Ja, das mach ich. Sag aus, was du weißt, nimm dir einen guten Anwalt, überzeug den Richter, dass du nichts von Andreas' Plänen gewusst hast, dann kommst du vielleicht mit Bewährung davon.«

»Das tut mir alles so leid. Ich sag aus, was ich weiß.«

»Womit wir noch nichts über den oder die Auftraggeber wissen. Es muss was mit Greindls Schulden zu tun haben. Jemand muss ihm Geld für diese Aktion geboten haben.«

Brandner raucht der Kopf. Hat sein Schwiegervater tatsächlich den Auftrag erteilt? Ist er so skrupellos, nimmt er Tote in Kauf, um den Puff in seiner Gemeinde loszuwerden? Er traut ihm viel zu, aber diese Vorstellung fällt ihm schwer.

»Was ist jetzt mit mir?«, fragt Robert.

»Du bleibst zu Hause und kümmerst dich um deine Schwester, ich sprech mit den Kollegen.«

»Danke, Brandner.«

»Wofür?«

REUE

Nach Hause – davor graut Brandner jetzt so richtig. Doch irgendwann muss es sein.

»Mein Vater will mit dir sprechen«, begrüßt ihn Susi zu Hause.

»Da muss der alte Herr sich schon herbemühen.«

»Wie redest du denn von meinem Vater?«

»Er hat letzte Nacht jemanden erschossen. Und ich bin mir nicht sicher, ob das ein Unfall war.«

»Spinnst du?«

»Nein, ich spinn nicht. Ich weiß nicht, was der Herr Bürgermeister alles für Sachen dreht, aber ich weiß, dass das alles ans Licht kommen wird.«

»Ich schmeiß dich raus, du Depp!«

»Du könntest mir keinen größeren Gefallen tun. Wenn die Kinder nicht wären, wär ich schon längst weg.«

Seine Frau wirft die Schlafzimmertür zu. Natürlich fangen die Zwillinge an zu schreien. Brandner geht ins Kinderzimmer. »Bscht, nicht weinen. Entschuldigung, wir wollten nicht so laut sein.«

Die Jungs beruhigen sich. Er legt sich auf den Teppich zwischen die beiden Kinderbetten und streckt durch die Gitterstäbe in jedes Bett eine Hand. Seine Finger werden sogleich von den kleinen Kinderhänden umklammert. Brandner schießen Tränen in die Augen.

PLATZIERT

»Und, was hast du bei Greindl rausgefunden, Gesine?«, fragt Dosi Gesine am Morgen.

»Nix. Nix, was beweisen könnte, dass es kein Unfall war. Außer, dass wir offenbar den tragischen Fall vorliegen haben, dass der Herr Bürgermeister den Vater seiner Enkel erschossen hat. Was mich bei der Geschichte im Wald stutzig macht: Der Schuss war so platziert. Kopfschuss. Klar kann das Zufall sein. Aber es könnte genauso gut heißen, dass er genau gezielt hat.«

»In seinem Wagen war ein Klappspaten. Vielleicht wollte er ihn da gleich noch verscharren.«

Als Dosi wieder oben im Büro ist, fragt sie: »Haben wir denn schon was wegen des Briefumschlags?«

»Ist in der KTU«, sagt Hummel. »Mittag sollten wir da was hören. Die sind gerade ziemlich dicht. Aber wir haben die Aussage von Robert. Brandner hat sie uns durchgemailt. Wir wissen jetzt relativ genau, wie das mit den Frauen gelaufen ist, aber nicht, warum und wer der Auftraggeber war. Auch nicht, wer für das Einschalten der Kühlanlage verantwortlich ist. Und wir haben noch keinerlei Ahnung, wer für den Tod der beiden Lasterfahrer verantwortlich ist.«

»Das mit den Fahrern können nur die Paschingers gewesen sein«, sagt Zankl.

»Nicht zwingend«, meint Hummel. »Vielleicht wollte Greindl Zeugen loswerden. Oder es ist ganz anders. Wenn die Typen auch Drogen transportiert haben, dann gibt es da bestimmt noch mehr ungute Geschäftsbeziehungen. Und jemand wollte nicht, dass die Jungs von der Polizei in die Mangel genommen werden.«

»Jetzt mal ganz blöd. Sollen wir nicht Prioritäten setzen?«

»Wie meinst du das, Zankl?«, fragt Dosi.

»Na ja, wenn sich die Gangster untereinander umbringen, dann ist das doch nicht dasselbe, als wenn neun unschuldige Frauen sterben.«

»Willst du damit sagen, dass wir die zwei toten Lasterfahrer links liegen lassen sollen?«

»Nein, aber wir können nicht alles auf einmal klären.«

»Na ja, vielleicht kommen wir weiter, wenn wir jetzt die Wohnung von Greindl auseinandernehmen«, schlägt Hummel vor. »Vielleicht finden wir ja K.-o.-Tropfen oder irgendwas, was uns weiterhilft.«

»Was ist mit der Garage, wo die Toten gefunden wurden?«, fragt Dosi. »Wurde die detailliert auf Fingerabdrücke untersucht?«

»Ja, Dosi, das wurde sie.«

»Aber jetzt haben wir ja ein paar Fingerabdrücke mehr in unserer Datei. Greindl, Wildgruber.«

»Und was ist mit den Paschingers?«

»Die sind beide vorbestraft. Also haben wir ihre Abdrücke im Computer. Das wird immer abgeglichen. Von denen gab es dort keine Spuren. Vielleicht hatten sie Handschuhe an. Oder aber sie waren es nicht.«

»Gut. Checkt das, auch Greindls Wohnung«, sagt Mader, »und nehmt zwei Kriminaltechniker mit.«

VORRAT

Mader geht mit Bajazzo raus. Alter Botanischer Garten. Bajazzo schnüffelt durch die Büsche. Mader schaut zum Biergarten jenseits der Wiese. Da werden gerade die Tische und Bänke abgewischt. Am anderen Ende des Parks findet just ein Geschäft statt – Drogen werden vertickt. Soll er? Nicht sein Job. Oder? Schon schießen zwei Polizeiautos auf die Gruppe Männer zu, drei Beamte springen heraus. Zwei Männer heben die Hände, der Dritte rennt über die Wiese, strauchelt, fällt hin. Der Beamte beeilt sich nicht einmal.

Mader sieht zum Justizpalast. Kurze Wege. Katz und Maus. Endloses Spiel. Räuber und Gendarm. Angebot und Nachfrage. Kein Großstadtproblem. Im Bayerwald ist es nicht besser. Er muss an seine Nichten denken. Noch sind sie zu jung, um in solche Kreise zu geraten. Kann man dafür zu jung sein?

Aufpassen ist auch eine Aufgabe von Eltern. Helene würde nicht zulassen, dass die Mädels schon allein in die Disco gehen und solche Sachen.

Was machen sie jetzt? Ihr Haupttatverdächtiger ist tot – ist der Fall damit erledigt? Haben sie noch eine Chance, etwas über seine Motive oder über seinen Auftraggeber rauszubringen? Werden sich die Typen von der Inkassofirma mit Greindls Tod zufriedengeben oder sich an seinen Vater wenden? Laut Hummel und Zankl ist der Hühnerbaron keiner, der sich einschüchtern lässt. Und was ist mit den Puffbesitzern? Doris sollte noch mal mit der Prostituierten sprechen, die Greindl belastet hat. Vielleicht ist das mit den Filmen auch für die Sitte relevant. Er schüttelt den Kopf. Alles viel zu viel. Viel zu chaotisch. Sein Handy klingelt. Zankl.

»Wir haben in Greindls Wohnung Liquid Ecstasy gefunden«, teilt er ihm mit. »Partydroge oder Betäubungsmittel? Ich glaube, eher Letzteres. Wenn Greindl den Transport organisiert hat, dann gab es vonseiten der Fahrer hinterher sicher Redebedarf, warum die Damen tot sind. Eh schon komisch, dass die es nicht geschnallt haben, dass ihre Kühlung auf Vollgas lief. Oder sie wussten einfach nicht, dass hinten Frauen im Laderaum waren. Aber Hummel sagte ja, dass die dröhnend laut Metal-Musik im Führerhaus gehört haben. Also, meine Theorie geht so: Nach ihrer Vernehmung bei der Polizei wollen sie mit Greindl sprechen und haben sich mit ihm verabredet. Greindl bringt ihnen Kaffee mit den K.-o.-Tropfen und Donuts mit, und als sie den Kaffee intus haben, entschlummern sie sanft. Er schleift sie in ihren Oldtimer und startet den Motor. In den Abgasschwaden gleiten sie ins Jenseits. Getarnt als Selbstmord wegen übergroßer Schuldgefühle. Wissen Sie, was wir noch in Greindls Keller gefunden haben?«

»Einen Kasten Bier?«

»Den auch. Aber ein Notstromaggregat. Wozu braucht jemand in München so was?«

»Keine Ahnung.«

»Jedenfalls darf man die ja nicht indoor betreiben. Wegen des Kohlenmonoxids.«

»Sie meinen, er wollte auf Nummer sicher gehen, dass die zwei Fahrer auch wirklich eine Reise ohne Wiederkehr machen?«

»Könnte doch sein. Wir haben doch auch gestaunt, dass das mit den Auspuffgasen geklappt hat. Er lässt das Ding laufen, bis die Jungs im Jenseits sind, dann kommt er wieder, hält mal fein die Luft an, macht den Generator aus und nimmt ihn mit. Die KTU muss sich die Kiste mal genau ansehen. Vielleicht kann man feststellen, wann der Generator das letzte Mal in Betrieb war.«

»Nicht schlecht, Zankl. War's das? Da brauchen wir natürlich noch irgendwelche Belege.«

»Ja, vor allem der Kaffee und die Donuts. Den nächsten Donut-Laden im Münchner Norden hatten wir ja schon überprüft. Der Laden im Olympia-Einkaufszentrum. Ohne Erfolg. Aber da wussten wir ja auch noch nicht, nach wem wir suchen. Paschingers Foto hatte nichts ergeben. Wir haben es noch mal mit Greindls Foto probiert.«

»Und?«

»Bingo.«

Mader grinst, als er aufgelegt hat. Die machen das wirklich gut, seine Leute. Langsam klärt sich der Nebel. Greindl schaltet die Zeugen aus. Weil der Transport so eskaliert ist? Weil die Typen aus Versehen die Kühlung angeschaltet haben? Oder hat Greindl selbst die Kühlung angestellt? Greindl kann man nicht mehr fragen. Die Fahrer auch nicht. Bleibt noch

Brandners Schwiegervater. Wie steckt der in der ganzen Kiste drin? Seine Spuren an der Unfallstelle von Sabine …

Maders Gedanken schweifen ab: Spuren, überall Spuren. Donut-Rechnungen, Fuß- und Reifenspuren, Cookies im Internet. Alles hinterlässt Spuren. Er denkt an Vorratsdatenspeicherung. Vorrat – für was? Für Erklärungen, für Alibis, für Vergehen, für die Präsenz einer Person an einem Ort, für ihre Bewegung von einem Ort zum anderen. Vorrat – die Idee, alles zu haben oder ganz viel. Und der Gedanke, nur die richtigen Suchkriterien benennen zu müssen und schon Ergebnisse zu bekommen. Was für ein Witz! Wenn es wirklich so wäre, hätten sie Greindl schon viel eher auf die Spur kommen können, hätten sie von seinen Spielschulden gewusst, von seinen Puffbesuchen. Wenn dann jemand stirbt wie Greindl, hat er genug Spuren hinterlassen, anhand derer andere seine Taten nach seinem Tod rekonstruieren können. Was sie aber mit Blick auf seine Motive leider nicht weiterbringt. Die sind nicht klar. Big Data kann nicht in Gehirne reinschauen. Frustrierend für einen Kriminaler, aber auch beruhigend. Sonst könnten irgendwann große Rechenzentren ihre Arbeit machen, wenn die Leute nur noch die Summe ihrer angehäuften Daten sind – Rechnungen, Telefonate, besuchte Homepages, Bordelektronik von Autos, Navis, Einkäufe, Tickets und, und, und. Bei Mord findet vieles nicht im rationalen Bereich statt, ist nicht alles Kalkül, sondern oft Folge überschätzter Selbstbilder, fehlgedeuteter Situationen.

Warum gehen ihm so sonderbare Gedanken durch den Kopf, was erzeugt diesen Gedankendurchfall? Mader weiß es natürlich. Der blöde Vortrag, den er für Günther schreiben soll. Bis morgen. Ob er das hinkriegt? Vielleicht schreibt er einfach eine fette Digitalisierungskritik. Die könnte er aus dem Ärmel schütteln. Ja, vielleicht sollte er seine Meinung dazu einfach in den Computer klopfen und Dr. Günther zu-mailen. Würde nicht ganz zur Zielvorgabe seines Projekts passen, aber sicher ein paar interessante Denkanstöße liefern. Zum Beispiel, dass Ermittlungserfolge sehr stark von der Kre-ativität des ermittelnden Personals abhängen.

Als er zurück im Präsidium ist, sind es dann doch die Spu-ren, die für Klarheit sorgen. Wobei es doch vor allem Brand-ners Instinkt gewesen war, warum er den Briefumschlag aus dem Papierkorb seines Schwiegervaters mitgenommen hatte und dieser kriminaltechnisch untersucht wurde. Die KTU hat auf dem Briefumschlag zahlreiche Fingerabdrücke gesichert. Die von Wildgruber, was ja logisch ist, wenn der Umschlag in seinem Papierkorb lag, die Fingerabdrücke von Greindl, was auch plausibel ist, wenn in dem Umschlag für ihn bestimmtes Geld gewesen war. Was nicht logisch ist: Wa-rum war dann der Umschlag im Papierkorb von Wildgruber? Einen Umschlag gibt man doch nicht zurück, wenn man ihn mit Geld bekommen hat, das dann offenbar wieder in Wild-grubers Schreibtisch landet. Den Weg dorthin erklären die weiteren Fingerabdrücke: Die sind von Sabine. Das ist der Beweis! Damit ist Wildgruber dran!

»Heißt das jetzt auch, dass er sie von der Straße gedrängt hat oder dass er sie geblendet hat mit dem Fernlicht?«, fragt Hummel.

»Das muss er uns schon selbst sagen«, sagt Zankl. »Jeden-falls war er am Unfallort beziehungsweise am Autowrack. Anders ist nicht zu erklären, wie er wieder an den Umschlag gekommen ist. Sabine hatte ihn offenbar aus Greindls Jacke entwendet.«

»Das ist dann bei Wildgruber mindestens unterlassene Hil-feleistung. Sabine hat ja noch gelebt! Sie hätte nicht sterben müssen!«, sagt Hummel entrüstet. »Und dann schaltet er auch noch Greindl aus. Er vereinbart mit ihm eine erneute Geldübergabe abends im Wald. Und da gibt es dann leider den unglücklichen Jagdunfall.«

»Wenn Wildgruber der Auftraggeber bei der Geschichte mit den Prostituierten war, dann hat er jetzt keinen Mitwisser mehr.«

»Doch. Diesen Robert«, sagt Zankl.

»Nein, der hat laut Brandner keine Ahnung vom Auftraggeber«, meint Hummel.

»Das mag schon sein. Aber weiß Wildgruber das auch?«

»Du glaubst doch nicht, dass Wildgruber Robert auch noch erledigen will?«

»Wissen wir, was Leute tun, wenn sie in die Enge getrieben werden?«, fragt Zankl. »Er kann nicht riskieren, dass Greindl Robert eingeweiht hat.«

»Wildgruber muss festgenommen werden!«

Mader schüttelt den Kopf. »Nein, das reicht noch nicht. Aber wir laden ihn noch mal vor und vernehmen ihn.«

»Jetzt gleich?«

»Warum nicht.« Er probiert es bei Wildgruber. Dessen Handy ist aus. »Ruf Brandner an«, sagt er zu Zankl. »Er muss Robert Weinzierl beschützen.«

Zankl erreicht auch Brandner nicht. Er probiert es auf der Dienststelle. Die Kollegen dort wissen nicht, wo Brandner ist.

»Hat jemand die Nummer von Weinzierl?«, fragt Hummel.

Niemand hat die Nummer. Ein Anruf bei der Auskunft ergibt nichts. Sie erreichen zumindest den Arzt auf der Station, wo seine Schwester liegt. Allerdings ist sie nicht ansprechbar.

»Na super, die ist dank Schlafmittel ganz weit weg«, flucht Zankl.

»Dann schicken wir eben Brandners Chef zu Robert Weinzierl nach Hause«, beschließt Mader.

»Sagen wir Brandners Chef Bescheid, was der Grund ist?«, fragt Hummel.

»Nein, noch nicht. Sonst wird es kompliziert. Der scheint mir nicht der Hellste zu sein. Er soll Weinzierl mit auf die Wache nehmen. Weil wir ihn für eine Aussage brauchen.«

GETROFFEN

Robert sitzt am Küchentisch, raucht, trinkt Bier aus der Flasche. Er hört den Kies im Hof knirschen. Er steht nicht auf, um nachzusehen. Als es klopft, antwortet er nicht.

Wildgruber tritt ein.

»Hab ich ›Herein‹ gesagt?«, murmelt Robert.

»Ich muss mit dir sprechen.«

»Warum? Als Bürgermeister von dem Saukaff?«

»Hey, Robert, ich weiß, dass es dir nicht gut geht.«

»Nichts weißt du.«

»Doch, ich war eng mit deinem Vater befreundet. Es hat auch mich sehr getroffen, als das damals mit deinen Eltern passiert ist. Und das mit deiner Schwester.«

»Das geht dir doch am Arsch vorbei.«

»Nein, das tut es nicht. Christiane war eine gute Freundin meiner Tochter.«

»War.«

»Na ja, sie sind in dieselbe Schule gegangen.«

»Was willst du, warum bist du hier?«

»Wegen Greindl.«

»Um mir dein Beileid auszudrücken?«

»Es war ein Unfall. Der Depp. Was stiefelt der nachts im Wald rum?«

»Ja, warum nur? Und, bist du jetzt gekommen, um auch mich ins Jenseits zu befördern?«

»Red keinen Scheiß! Wie kommst du auf die Idee?«

»Na ja, ich kann eins und eins zusammenzählen, warum du Andreas so viel Geld gegeben hast.«

»Hat Greindl das gesagt?«

»Ja, das hat er gesagt.«

»Nun gut, du machst es mir damit nicht einfacher.«

»Was meinst du damit?«

Draußen ist jetzt ein Auto zu hören.

»Erwartest du wen?«, fragt Wildgruber.

»Nein.«

»Ist das eine Falle?«

»Was meinst du damit?«

Brandners Chef Gerber erscheint im Flur, sieht in die Küche. »Mensch, Robert, was soll denn das, warum gehst du denn nicht ans Telefon?«

»Ist was mit Chrissie?«

»Nein. Oh, servus, Franz-Josef, was machst du denn hier?«

»Grüß dich. Ich dachte, ich schau mal vorbei. Ich hab das mit Chrissie gehört.«

»Aha. Kannst du uns mal kurz allein lassen? Einen Moment nur. Ich muss mit Robert sprechen.«

»Wenn's weiter nichts ist.« Wildgruber verlässt den Raum und geht in den Hof.

»Robert, alles gut bei dir?«

»Ja klar, was willst du hier?«

»Die Münchner haben mich geschickt. Ich soll dich mit auf die Wache nehmen. Die Münchner brauchen dich für eine Aussage.«

»Das tut er nicht!«, sagt Brandner, der aus der Speisekammer tritt.

Gruber sieht ihn verdutzt an. »Brandner, was machst du denn hier? Warum gehst du nicht ans Telefon? Ich hab es mehrfach probiert.«

»Mein Handy ist aus.«

»Wie, du kannst doch nicht einfach …?«

»Der Wildgruber war gerade dabei, uns ein astreines Geständnis zu liefern, und da platzt du rein. Ganz super.«

»Was meinst du mit Geständnis?«

»Na ja, wenn Wildgruber dem Greindl einen Haufen Geld geben wollte, dann stellt sich natürlich die Frage, wofür. Für mich schaut es so aus, dass er Greindl für die Sache mit den Frauen im Laster engagiert hat.«

»Weil ihm der Puff ein Dorn im Auge ist? Brandl, du spinnst doch!«

»Wenn du nicht gekommen wärst, hätte er gestanden. Unter Garantie.«

»Und jetzt?«

»Gehst du einfach wieder.«

»Ich soll den Robert doch mit auf die Wache nehmen.«

»Gib uns noch ein bisschen Zeit. Wildgruber denkt, dass Robert Bescheid über seine Machenschaften weiß.«

»Du meinst das mit dem Jagdunfall?«

»So würde ich das nicht nennen. Nein, ich spreche von den neun toten Frauen.«

»Was hat denn Wildgruber damit zu tun?«

»Das erkläre ich dir hinterher. Gib uns bitte noch eine halbe Stunde, dann sehe ich klarer.«

»Brandner, ich bin dein Chef!«

»Chef, das ist jetzt wichtig. Bitte mach das, wie ich es gesagt habe, das ist wichtig. Wirklich! Wildgruber hat keine Ahnung, dass ich da bin und das Ganze aus der Speisekammer mithöre. Ich schreite ein, wenn was passiert.«

»Brandner, das ist nicht dein Ernst?«

»Doch. Bist du noch dabei, Robert?«

»Ja, passt schon.«

Gerber überlegt, dann nickt er. »Okay, dann probiert euer Glück. Ich bin raus. Ich warte unten an der Straße. Brandner, du rufst mich an, wenn du Hilfe brauchst, klar?« Gruber tippt sich an die Stirn und verlässt das Haus.

Brandner verschwindet in der Speisekammer.

Wildgruber tritt wieder ein. »Was wollte der Gerber?«

»Ach, wegen Chrissie. Diese verdammten Drogen.«

»Hör zu, Robert, ich bin jetzt mal ganz großzügig. Egal, was war, was du weißt, du behältst das alles für dich, und ich werde mich kümmern, dass Chrissie die beste Behandlung bekommt, die man kriegen kann. Und ich zahle das alles.«

»Warum willst du das tun?«

»Weil ich ein guter Mensch bin.«

»Weil du glaubst, dass ich dich für den Auftraggeber bei der Geschichte mit dem Laster und den toten Frauen halte.«

»Ich weiß nicht, wovon du sprichst.«

»Von neun toten Frauen.«

»Prostituierte. Und ich sag dir eins: Ich brech nicht gerade in Tränen aus wegen des Unfalls.«

»Das war kein Unfall, das war Mord.«

»Robert, steiger dich da nicht in was rein. Ja, das war nicht schön. Aber die Folgen sind so schlecht nicht. Paschingers Puff läuft seit dem Vorfall nicht mehr so richtig. Der macht bald dicht.«

»Wahnsinn, was bist du für ein menschenverachtendes Arschloch!«

»Ich muss los. Pass gut auf Chrissie auf.«

»Drohst du mir?«

»Im Gegenteil. Ich will euch helfen. Sag ich doch.«

Wildgruber verlässt das Haus.

Brandner tritt in die Küche. Er hat alles mit angehört. Und er ist wütend. »Was für eine Scheiße. Wir haben nichts, gar nichts. Nur aalglattes Gewäsch. Der Typ ist wie ein nasses Stück Seife in der Hand.«

»Das war eine Drohung!«

»Ja, aber keine Aussage.«

Noch jemand hat das Gespräch mit angehört. Paschinger. Er war durch den Stall in den Flur des Hauses gelangt und hat mit Interesse zugehört. Eigentlich hatte er sich ja nur an Brandner drangehängt, weil er wissen wollte, ob er immer noch gegen ihn ermittelt. Der verdammte Schnüffler! Mit diesen Informationen hat er allerdings nicht gerechnet. Wildgruber ist sein Mann, das ist ihm jetzt klar. Der ist der Drahtzieher bei der Aktion gegen seine Geschäfte und die seines Bruders. Der blöde Herr Bürgermeister. Das alles geht Paschinger durch den Kopf, während er eilig den Rückzug angetreten hat, wieder durch den Stall, über die Wiese. Er springt in seinen Pick-up, der unterhalb des Grundstücks am Rand der Zufahrtsstraße steht. In seinem Kopf schießen die Gedanken hin und her. Wildgruber! Der ist fällig! Will sein Geschäft kaputt machen. Ist ihm schon fast gelungen. Das wird er büßen!

Er startet den Motor, wartet. Schon kommt Wildgruber an ihm vorbeigeschossen. Paschinger gibt Gas.

Brandners Chef sieht die beiden Autos vorbeirasen, fragt sich, was da passiert. Er lässt den Wagen an und folgt ihnen.

»Dich pust ich von der Straße, du Arschloch.« Paschinger tritt das Gaspedal durch und ist bald knapp hinter Wildgruber.

»Hey, du Arsch, so dicht auffahren, geht's noch?«, zischt Wildgruber, als er den Pick-up im Rückspiegel drängeln sieht.

»Na, wunderst du dich, was der Typ hinter dir will? Soll ich noch näher auffahren?«

»Was willst du? Hier kannst du nicht überholen!«

»Hast du Angst? Traust dich nicht, schneller zu fahren? Hey, komm, dein Scheiß-Mercedes hat doch genug PS.«

Gerber ist panisch. Was machen die da?!

»Glaubst wohl, du kannst mich stressen mit deiner Scheiß-Amikarre, du Wichser? Zu viel schlechte Filme gesehen, was? Dir werd ich's zeigen.« Wildgruber tritt das Gaspedal durch.

»Sauber, Alter, endlich geht was, dachte schon, du schläfst am Steuer. Na komm, gib Gummi, Bürgermeister!«

»Du Wichser, lass das!«

»Jetzt hab ich dich gleich.«

Paschinger lässt den Motor aufheulen, zieht auf die linke Seite. Lässt die stark getönte Scheibe der Beifahrertür runter, deutet mit der Hand eine Pistole an, zielt und grinst.

Gerber steigt in die Eisen.

Laster auf der Gegenspur!

CRASHHKKKARRRACHHH!

Zeit steht still. Superslowmotion. Der Pick-up drängt den Mercedes von der Straße. Gerbers weit aufgerissene Augen verfolgen die abstürzenden Autos. Der Laster ist schlingernd zum Stehen gekommen.

Paschinger, was bist du für ein Depp!, denkt Wildgruber. Und ich? Ist das die Rechnung für all das Böse, was ich getan hab? Ja, das ist sie. Herr im Himmel, verzeih mir! Hölle, Hölle, Hölle! Paschinger meint nur: »Uhhhh!«

Zehn Meter freier Fall, dann fräsen sich die schweren Autos durch Fichten und Unterholz, Autoscheiben bersten in Tausende Scherben, die Splitter durchsieben die Gesichter der Fahrer, beim Aufprall werden sie in die explodierenden Airbags gedrückt, eiskaltes Flusswasser strömt in das Innere der Wägen, flutet die Lungen.

Aus. Ende. Vorbei.

TRAGISCH

»Schon tragisch. Rasen die beiden in die Teufelsschlucht«, sagt Brandner, als die Münchner Kollegen schon wieder in Karlsreuth sind.

»Ja, irgendwie konsequent«, meint Zankl.

»Der Gerber sagt, der Pick-up hat den Mercedes bedrängt.«

»Das letzte Duell«, sagt Hummel.

Zankl schüttelt den Kopf. »So viele Tote. Das ist schon krass bei euch draußen. Ich bin froh, wenn ich wieder im ruhigen München bin.«

»Na ja, das ist nicht ganz der Normalzustand hier.«

»Hoffentlich. Was hast du jetzt vor, Brandner?«, fragt Hummel.

»Ich geh weg.«

»Und deine Frau?«

»Ich lass mich scheiden.«

»Die Kinder sind nicht von dir«, sagt Hummel.

»Wie?«

»Die DNA. Also die deiner Kinder. Und wir wissen, wer der Vater ist. Greindl.«

»Jetzt nicht dein Ernst?«

»Doch. Sorry, wir haben es gerade erst erfahren. Wir hatten zeitgleich DNA von Greindl im Labor.«

»Wahnsinn. Greindl?«

»Ein One-Night-Stand. Vielleicht.«

»Sie war nie von mir schwanger?«

»So sieht es aus.«

»Dann bin ich aus der Nummer raus. Greindl …?«

»Und die Kinder?«, fragt Hummel.

»Ja, das ist schwierig. Aber ich bin nicht ihr Vater. Ihr Vater ist tot, ihr Großvater jetzt auch. Keine Oma mehr. Meine Mama ist auch raus. Aber es gibt ja jetzt einen neuen Großvater, den Hühnerbaron.«

»Ihr Vater ist nicht tot«, sagt Hummel.

»Hey, Hummel, ich bin das nicht!«

»Nein, du bist vielleicht nicht der leibliche Vater. Aber das wissen sie doch nicht.«

»Soll ich mich an diese Frau ketten, bis die Kinder erwachsen sind?«

»Das musst du doch nicht und kannst trotzdem ihr Vater sein.«

Brandner nickt langsam. »Ich denke drüber nach. Erst mal zieh ich wieder in die alte Mühle. Leider wohnt da jetzt Mama, die kann ich ja schlecht rausschmeißen. Aber man kann nicht alles haben. Platz ist jedenfalls genug.«

»Kümmerst du dich um Robert und seine Schwester?«

»Ja, Hummel, ich hab es Robert versprochen.«

»Hey, du bist ein guter Typ.«

»Danke, Kompliment zurück. An euch alle. Fahrt ihr gleich zurück?«

Zankl nickt. »Eigentlich schon. Außer, du tust uns noch einen Gefallen?«

LOVE

Hummels weißer T-Shirt-Kragen leuchtet unter dem schwarzen Sweatshirt hervor, bei Zankl sind es die Nähte seiner Jeans, die im Schwarzlicht glühen, und bei Brandner die Streifen seiner Adidas-Trainingsjacke. Aus den Bodendüsen wird Nebel auf die Tanzfläche gefaucht, aus den Boxen presst Robert Palmer *Addicted to Love*. Die drei Männer sind frei. Frei von fremden Blicken, frei von eigenen Zwängen, frei davon, cool sein zu müssen. Sie schwingen ihre Hüften, werfen die Köpfe zurück, ihre Augen verlieren sich im bunten Nebel und Stroboskoplicht, dazu tiefe Schlucke aus den Flaschen mit dem eiskalten Pils. Alles tanzt, das ganze Universum: »Whoa, you like to think that you're immune to the stuff, oh yeah / It's closer to the truth to say you can't get enough / You know you're gonna have to face it, you're addicted to love.«

PERFEKT

»Fränki, geht das so?«, fragt Dosi.

Fränki zieht seinen Krawattenknoten zu, überprüft seine Frisur im Flurspiegel, streift ein paar Schuppen von seinen dunklen Sakkoschultern. Dann dreht er sich um und mustert Dosi. Sie trägt ein schwarzes Kostüm, das einen Hauch zu knapp sitzt.

»Super. Perfekt.«

»Echt?«

»Du bist immer perfekt.«

Er küsst sie und verlässt die Wohnung. Seine schwarzen Cowboystiefel knallen durchs Treppenhaus. Er öffnet die Haustür. Der Giesinger Morgenhimmel ist blau. Kein Löwenblau. Eher HSV mit einer gewissen Schwere. Die hat der Tag auch. Fränki steigt an der Tela in die Tram und fährt zwei Stationen in Richtung Grünwald.

Der schwarze Neunsitzer von Mercedes steht im Hof der Autovermietung. Fränki gibt den Code in sein Handy ein, und kurz darauf lässt sich die Fahrertür öffnen. Er steigt ein und schnuppert. Das Wageninnere riecht unangenehm neu. Er lässt die Scheiben runter und stellt die Spiegel ein. Er verbindet sein Handy über Bluetooth mit der Stereoanlage. Eine Rockabilly-Nummer erklingt, Johnny Burnette mit *Train Kept a Rollin'*. Fränki startet den Motor. Sieht die schwarze Dieselwolke im Rückspiegel. Auf die Grünwalder Straße raus. Am Stadion erste Schlachtenbummler. Auch schon ein Mannschaftswagen der Polizei. Anpfiff ist erst in sieben Stunden. Dafür wird er nicht pünktlich zurück sein. Aber es gibt Wichtigeres als 1860.

Beim Ostfriedhof sieht er einen Unfall. Ein Leichenwagen und ein roter Porsche sind ineinandergekracht. Nur Blechschaden. Die Piloten des Leichenwagens kennt Fränki. Er hupt und winkt Andi und Diego von der Trauerhilfe Miller. Er lässt die Scheibe runter: »Hey, Jungs, alles klar bei euch?«

»Logisch«, sagt Andi, »das wird teuer für den Porschezipfel.«

»Aber so was von«, pflichtet ihm Diego bei.

Fränki hupt und fährt weiter.

Als er zu Hause ankommt, wartet Dosi schon vor der Haustür. Sie sieht fantastisch aus. Wie die strenge Chefin eines DAX-Unternehmens.

»Wo bleibst du denn so lange?«

»Na ja, die Autorvermietung ist in Harlaching.«

»Beeilung! Und mach die Musik aus!«

»Gefällt sie dir nicht?«

»Doch. Aber jetzt nicht.« Sie macht die Anlage aus.

Am Max-Weber-Platz wartet eine Gruppe Mitreisender auf sie: Hummel und Beate, Zankl und Mader samt Bajazzo. Alle in Schwarz. Außer Bajazzo.

Der strahlende Morgen steht im Widerspruch zu der gedrückten Stimmung im Kleinbus. Niemand hat so richtig

Augen für das samstagmorgendliche München, den zarten Dunst über den Wiesen der Max-Anlagen, das Glitzern der Isar rechts der Widenmayerstraße. Auf dem Ring ist am frühen Morgen kaum Verkehr. Auch die Autobahn ist fast verwaist. Die Allianz-Arena liegt wie die vergessene Tupperdose eines Riesen links der Autobahn, der IKEA bei Neufahrn ist noch geschlossen. Ausfahrt ohne Rückstau. Fränki jagt den Bus über die leere Autobahn in Richtung Niederbayern. Stille Reise.

Es ist Dosi, die das Schweigen bricht: »Wolkenfabrik«, sagt sie, als sie das Kernkraftwerk Ohu bei Landshut passieren. »Das hat meine Mama immer zu mir gesagt, als ich noch klein war. Wenn wir von Passau nach München zum Einkaufen oder zu einem Bayern-Spiel gefahren sind.«

»Und das hast du geglaubt?«, fragt Hummel.

»Klar. Wolken sind ja was Schönes.«

»Kommt drauf an«, meint Fränki und deutet nach links. Über den Höhenzügen des Bayerischen Walds verdunkelt sich der Himmel.

Als sie bei Deggendorf von der Autobahn abfahren, korrespondiert die Farbe des Himmels mit der ihrer Kleidung. Pechschwarz.

Eine Woche schon ist Sabine tot. Eine Woche, die sie im Präsidium annähernd schweigend gearbeitet haben. Und es wurde mit den Tagen nicht besser oder leichter. Eher schlimmer. Als würde die schreckliche Nachricht ganz langsam wie ein böses Gift in sie einsickern. Die Bedeutung ihres Todes, das Unumkehrbare, die Tatsache, dass sie Sabine nie wiedersehen werden.

Fränki ist bereits auf der kurvigen Landstraße nach Karlsreuth, als ein grüner Blitz den Himmel spaltet. Unmittelbar gefolgt von einem gewaltigen Donner. Sie sind im Auge des

Sturms. Schon prasselt schwerer Regen auf sie nieder. Fränki fährt rechts ran. Macht den Motor aus.

»Fränki, wir kommen zu spät!«

»Dosi, wir können nicht weiterfahren. Wir kommen nicht zu spät. Das ist in ein paar Minuten vorbei.«

Dosi hofft, dass sie nicht ohne sie anfangen werden. Sie hat gestern lange mit Brandner telefoniert wegen Sabines Beisetzung. Brandner hat sich zusammen mit Sabines Bruder Maxi um alles gekümmert. Sabines Vater ist im Moment nicht ansprechbar vor Gram. Aber gesoffen hat er nicht. Laut Brandner zumindest.

Draußen tobt der Sturm. Drinnen eine eingeschworene Gemeinschaft, zu der Sabine gestoßen ist und in der sie ihr Sonnenlicht verbreitet hat, bevor sie jäh aus ihrer Mitte gerissen wurde. Verlust ist etwas, womit Dosi keine Erfahrung hat. Tränen laufen über ihre Wangen, während Regen und Hagel das Blech und die Scheiben des Wagens malträtieren. Die garstige kalte Welt da draußen. Die Scheiben im Bus laufen an. Fränki dreht sich nach hinten und kommt dabei mit dem Knie an die Anlage. Kurzes Knistern in den Boxen, dann singt Elvis: »You saw me crying in the chapel / The tears I shed were tears of joy …« – »Entschuldigung.« Fränki macht sein Handy aus.

»Mach das wieder an!«, zischt Dosi.

Elvis singt sein Lied weiter: »Just a plain and simple chapel / Where humble people go to pray / I pray the Lord that I'll grow stronger / As I live from day to day …«

Plötzlich stoppt der Hagel, der Regen, der schwarze Himmel teilt sich, ein blendend weißer Lichtbalken fällt durch den Wolkenspalt. Fränki schaltet die Scheibenwischer ein und wischt mit seinem Sakkoärmel über die beschlagene Scheibe. Draußen glitzert alles im Sonnenlicht. Die Straße ist mit Perlen übersät. Fränki startet den Motor, öffnet die Seitenfenster, um frische Luft reinzulassen. Die Eiskugeln knirschen unter den Rädern, als der Wagen anrollt. Bajazzo spitzt die Ohren.

ZUKUNFT

Montagabend. Mader sitzt nachdenklich in seinem Büro. Die anderen sind schon nach Hause gegangen. Bajazzo gähnt auf seinem Bodenkissen. Draußen färbt sich der Himmel blutrot. Mader denkt an die Beerdigung vorgestern. Die war ergreifend, das ist ihm sehr nah gegangen. Ein großer Verlust. So ein junger, schöner Mensch. Mit einer so großen Zukunft. Das war nicht dienstlich, das war privat. Die anderen waren heute noch ganz bedrückt, obwohl es eine so stimmungsvolle Feier gewesen war. Jetzt macht er den Job schon so lange, täglich haben sie mit dem Tod zu tun, aber sobald der ins Private vordringt, können sie nicht damit umgehen. Obwohl, das stimmt nicht. Seine Leute haben trotz aller Betroffenheit mit großer Energie an der Aufklärung des Falls gearbeitet. Brandner auch. Gute, sehr gute Arbeit. Auch wenn am Ende niemand zur Verantwortung gezogen werden kann, weil die Verantwortlichen alle tot sind.

Er schrickt hoch, als es an der Tür klopft. Dr. Günther betritt sein Büro. Sofort bekommt Mader ein schlechtes Gewissen. Er hatte Dr. Günther heute Mittag in einem schwachen Moment seine Tirade gegen die Digitalisierung der Polizeiarbeit geschickt. Wahrscheinlich beschwert er sich jetzt darüber.

»Vorhin war die erste Sitzung der Leitungsgruppe«, sagt Dr. Günther.

»Und, wie ist es gelaufen?«

»Ja, Mader, zuerst habe ich gedacht, Sie wollen mich verarschen, als ich Ihre Mail gelesen habe. Das wollen Sie doch nicht, also, mich verarschen?«

»Nicht im Traum käme ich auf den Gedanken.«

»Und ich dachte, Sie wollen nur Ihr personelles Kuriositätenkabinett adeln.«

»Das seh ich nicht so.«

»Nein, das war überspitzt formuliert. Verzeihen Sie. Dann hab ich nachgedacht. Über all die Fälle, die wir in den letzten Jahren hier hatten. Die Sie und Ihr Team oft gut gelöst haben. Und ich hab festgestellt: Da ist was dran. Natürlich machen Routine und feste Handlungsabläufe und auch die Digitalisierung das Grundrauschen unserer Arbeit aus, aber der entscheidende Schritt stammt in der Regel von jemandem, der im jeweiligen Fall den richtigen Blick einbringt oder genug Fantasie entwickelt. Ich hab den Impulsvortrag vorhin genauso gehalten, wie Sie mir es aufgeschrieben haben. Vielleicht mit ein paar kleinen eigenen Akzentuierungen.«

»Und?«, fragt Mader skeptisch.

»Es gab Kopfschütteln und Proteste. Dass man doch nicht den persönlichen Ehrgeiz der Ermittler zum Motor der Ermittlung machen kann, dass es doch um Recht und Gesetz geht, dass die Ausweitung von Datenerhebungen und die Auswertungen von Big Data die großen Herausforderungen der Zukunft sind.«

»Na denn. Das war zu erwarten«, sagt Mader und grinst.

»Sie grinsen zu früh. Nicht unerhebliche Teile der Zuhörerschaft waren begeistert von Ihrem anthropozentrischen Ansatz.«

»Aha. Und jetzt?«

»Das ist doch schon mal ein großer Erfolg.«

»Na ja, wenn Sie meinen.«

Günthers Augen funkeln listig. »Die Theorie ist das eine, Praxis ist das andere. Wir werden das unter Realbedingungen testen. Ich hab da einen Fall, der seit Jahren ungeklärt ist und bei dem wir beweisen können, was wir draufhaben. Also vor allem Sie persönlich«

Mader stöhnt auf. »Wir haben immer neue Fälle, wir können uns doch nicht zum Spaß um alte ungelöste Fälle kümmern.«

»Oh doch, das wird Sie interessieren. Auch wie ich mir die Zusammensetzung des Ermittlerteams gedacht habe. Wir beide werden etwas enger zusammenarbeiten. Ganz praktische Ermittlungsarbeit.«

»Ja, wirklich?«, sagt Mader kraftlos. »Das klingt sehr vielversprechend.«

Günther lächelt. »Aber nicht heute. Ich arbeite die Sache bis nächste Woche aus und stell Ihnen die Details zusammen. Und jetzt würde ich Sie gerne einladen.«

»Ich will keine Sachertorte!«, platzt Mader heraus.

»Ach, Herr Mader, was haben Sie denn immer mit Ihrer Sachertorte?«

»Auch kein Edel-Chichi-Restaurant.«

»Aber Mader, woher denn. Wir gehen so richtig zünftig in den Biergarten vom Hofbräuhaus. Außer, Sie haben heute Abend schon was anderes vor.«

»Es sieht aktuell nicht so aus.«

»Sehr gut. In fünf Minuten unten am Empfang. Für Bajazzo gibt es da bestimmt auch einen großen Knochen.«

Bajazzo spitzt die Ohren.

Als Dr. Günther verschwunden ist, bläst Mader die Backen und lässt die Luft langsam wieder heraus. Er zieht sein Pamphlet aus der Schreibtischschublade und liest, was er da in den Computer geklopft hat.

DIE POLIZEIARBEIT VON MORGEN

Verbrechen werden begangen und, wenn die Polizei Glück hat, auch entdeckt oder angezeigt. Es gibt einen Tatort, es gibt Spuren, es gibt Verdächtige und eine klare Abfolge polizeilicher Aktivitäten, die in die Wege geleitet werden. Schritt für Schritt mit so manchen Wirrungen und Umwegen gelangen wir Ermittler zum Ziel. Der technische, personelle und zeitliche Bedarf ist hoch. Diese nicht zuletzt sehr kostenintensiven Anstrengungen zu reduzieren und dabei die Qualität der Ermittlungsarbeit aufrechtzuerhalten, ist die große Herausforderung der Zukunft. Mehr noch, die Qualität zu steigern, ist der vordringliche Auftrag, vor allem im Bereich der Kapitalverbrechen. Hierbei sind immer schrittweise Verbesserungen denkbar, aber letztendlich werden diese nicht immer zum Ziel führen, denn der Fortschritt auf der dunklen Seite der Macht ist oft schneller. Man denke nur an die Internetbranche, die von niemandem mehr profitiert als von ehemaligen Hackern, die mit ganz anderer Motivation erheblich effizienter im IT-Bereich unterwegs sind als die eigenen Leute. Warum sonst holt man immer wieder Statements zur Computersicherheit vom Chaos Computer Club ein? Das ist kein Plädoyer für das Einstellen Krimineller in den Beamtendienst, dazu sind auch die Verdienstaussichten nicht lukrativ genug, sondern sollte vielmehr ein Ansporn sein, die Fälle vom Ergebnis her zu denken.

Hierbei geht es nicht um Profiling, sondern viel simpler um eine Art der Kosten-Nutzen-Analyse, die sich ohne jegliche psychologische Dimension erst einmal rational formulieren lässt. Dazu gehört es, eine Tat aus der Perspektive des Täters als Erfolg zu werten. Wir sprechen hier von Mord und nicht von Totschlag, dem ja in der Regel eine Affekthandlung vorausgeht. Hierbei ist ein Blick ohne Rechtsbewusstsein hilfreich. Warum also nicht kluge Leute in den Polizeiberuf hineinholen, die aus ganz anderen Berufsfeldern stammen und die in strategischem Denken geübt sind. Zum Beispiel Mathematiker, die Risikoberechnungen für Versicherungen durchführen, Datenanalysten von großen Telefonanbietern, aber auch Sprachwissenschaftler, die sich mit semantischen Feinheiten beschäftigen, oder auch Chemiker und Physiker, die es gewohnt sind, experimentell zu denken.

Die wichtigsten Bestandteile dieses Ansatzes sind Fantasie und Erfahrung und eben nicht die Auswertung von möglichst viel Material, von Big Data. Statt riesiger Mengen von Einzelinformationen könnten von vornherein ergebnisorientierte Ermittlungswege in einem engen Fokus und einer kleinen feinen Auswahl durchdacht werden. Natürlich bietet das die Möglichkeit des Scheiterns, allerdings mit erheblich geringerem Aufwand. Ermittlungserfolge zeichnen sich dann auch durch erheblich geringeren Einsatz von Material, Personal und finanziellen Mitteln aus. Es reicht also nicht, für wirkliche Fortschritte polizeilicher Ermittlungsarbeit stets nur von Digitalisierung 4.0 oder 5.0 zu sprechen, sondern es müssen die kreativen Fähigkeiten des Personals stärker gefordert und gefördert werden. Bei diesem Ansatz steht die Motivation der kreativen Mitarbeiterinnen und Mitarbeiter im Zentrum, der die Ermittlungserfolge auch als ihre persönlichen Erfolge verbuchen wollen und nicht als abstrakte Erfolgsmeldungen in irgendwelchen Kriminalstatistiken.

Was für ein wirres Klugscheißergelaber, denkt Mader erstaunt. Was hat mich da nur geritten?

Das Telefon klingelt. Mader hebt gedankenverloren ab. »Mader, Mordkommission I?«

»Mader, wo bleiben Sie denn? Ich stehe am Empfang und warte schon seit fünf Minuten!«

»Tut mir leid, Dr. Günther. Ein neuer Fall, ich schaffe es heute nicht.«

»Verarschen kann ich mich selber, Mader. In zwei Minuten sind Sie unten!«

Es klickt in der Leitung.

Mader seufzt und steht auf. »Komm, Bajazzo, Happahappa. Und wir bestellen nur das Teuerste auf der Karte!«